本书为浙江省社会科学重点研究基地"浙江大学中华译学馆"自设课题
"王安忆作品在法国的翻译与接受研究"（项目编号：24zhyxg004）的最终成果

王安忆小说
在法国

李 澜 雪 ◎ 著

华东师范大学出版社

图书在版编目（CIP）数据

王安忆小说在法国 / 李澜雪著. —上海：华东师
范大学出版社，2024. — ISBN 978 - 7 - 5760 - 5241 - 1

Ⅰ. I207.42

中国国家版本馆 CIP 数据核字第 2024VT1377 号

王安忆小说在法国

著　　者　李澜雪
责任编辑　乔　健　梁慧敏
责任校对　王　彤　时东明

出版发行　华东师范大学出版社
社　　址　上海市中山北路 3663 号　邮编 200062
网　　址　www.ecnupress.com.cn
电　　话　021 - 60821666　行政传真 021 - 62572105
客服电话　021 - 62865537　门市（邮购）电话 021 - 62869887
地　　址　上海市中山北路 3663 号华东师范大学校内先锋路口
网　　店　http://hdsdcbs.tmall.com

印 刷 者　苏州工业园区美柯乐制版印务有限责任公司
开　　本　890 毫米 × 1240 毫米　1/32
印　　张　9.125
字　　数　230 千字
版　　次　2024 年 12 月第 1 版
印　　次　2024 年 12 月第 1 次
书　　号　ISBN 978 - 7 - 5760 - 5241 - 1
定　　价　58.00 元

出 版 人　王　焰

（如发现本版图书有印订质量问题,请寄回本社客服中心调换或电话 021 - 62865537 联系）

目　录

甲部
王安忆作品的法文译事

乙部

法语世界对王安忆及其作品的阐释与接受

绪　论

在中国文学"走出去"的战略构想下，新世纪以来的二十余年间，众多当代作家的优秀作品被译为外语销往域外，译介体量和规模在中外翻译史上也堪称洋洋大观。这当中有从"拨乱反正"一路走来的老一辈文坛名宿，也有初露峥嵘的创作新人；有荣膺学院大奖的"经典化"作家，也有未来可期、潜力不凡的青年写作者；有销量走俏、几度增印的成功个例，也有"泥牛入海"、从未再版的无名译本；甚至间或还可听闻部分作家在某一语言区域广受关注、引发争鸣的讯息。一面是庞大的译本数量和稳步递增的译介速度，另一面却是中国当代作家在海外普遍不容乐观的接受状况。除一二位如莫言、余华般"孤证"式的存在，学术界以外的普通西方读者对现时讲述中国故事的作者又所知几何呢？真实的现状就是，中国当代文学在西方主流读者的视野中整体仍处于较为边缘的状态。近年，越来越多的译界同仁意识到单纯依靠扩大译介规模、提升翻译速度，即使短期内可令中国文学大踏步"走出去"，但真正地走进译语读者的大众阅读视野尚需时日。这既是文学翻译的自然规律，也与翻译的选择与策略相关。因而，探索影响接受效果的内外因素在我们看来是必不可少的。

中国文学实现国际化，翻译是唯一的桥梁。翻译行为，因其自身"原罪"式的属性——"翻译即背叛"（Traduttore, traditore）——往往也是首当其冲、最易招致非议的"是非之地"。将不甚理想的接受效果动辄归咎于翻译，未免是失之武断的轻佻之举。文学作品在移植到其他语言环境的过程中,经由译者之手获得"新生",原著的生命得以在另一文化场域中接续,其面貌势必有异于当初。当中涉及和触发的翻译问题纷繁复杂,译者的翻译立场、翻译策略及其本身的翻译伦理观,都会影响原作风貌的呈现。然而,当今的文学交流空间实为各种话语争相介入、此消彼长的权力场,漩涡中心的译者又能在多大程度上掌控译本的最终命运呢?作为传播关键一环的出版机构,又在译介行为中扮演何种角色呢?媒介评论、文学批评,乃至目的语国家长久因袭积淀的审美评价系统,又在如何引导译语读者对作家和作品的理解呢?……凡此种种均是文学翻译和接受研究无法回避的问题。基于以上疑问,本书试图在中国当代文学数十载的"出海旅程"中找到具有代表性的案例进行较为全面详尽的分析,希望借此把握中国文学外译过程中的部分一般规律,为中国作家在世界范围的译介和接受提供有价值的中肯建议。

经过对新时期以来当代作品外译情况的整体考察,我们发现了作家王安忆在法国近四十载的译介和接受过程。就翻译数量来看,她是当代创作群体里被译介得较多的作者,其作品的法文翻译经过和现时处境,真实地反映出中国当代文学在法国乃至西方世界的普遍境遇——译本众多,但接受尚不尽如人意的外国文学。对此,王安忆自己也从不避讳,面对采访者她曾坦言相告:"我的作品在海外翻译和发行都不是十分成功的。"[1]

法国是西方汉学研究的传统重镇,法国学界对中国文学的现实关切从未间断,而且近年对华语作品的发掘和引进往往走在美、英等国之前,已然成为海外译介中国文学的"风向标"。法国学界能够在相当长的一段时间内保持对一位外国作家的关注,充分说明对其创作成就和文学价

1　王安忆、刘金冬:《我是女性主义者吗?》,《钟山》,2001 年第 5 期,第 119 页。

值的认可。王安忆的写作生涯基本涵盖了新时期中国文学一路走来的
所有阶段,每次创作思潮她都躬与其役,从带有浓厚知青色彩的"伤痕文
学"到"寻根文学",从"新现实主义"到"新海派文学",再到女性文学,王
安忆均有作品与之应和。以此为坐标,可以清晰地看到法国一方在甄选
作家不同时期作品时表现出的总体倾向。再者,王安忆在法语世界的翻
译和接受过程相当完整,当中包含了文学移植的各个环节,所触发的翻
译问题——诸如译者主体性、翻译伦理、翻译与批评的关系、翻译与接受
的关系等——无一不是译介研究无法规避、常论常新的话题。加之王安
忆在中国文坛几近"经典化"的地位,故而围绕其外译作品的研究更能凸
显她在出发语、目的语两种语境里的接受差异,引发探究背后成因的思
考。此外,王安忆多变不定的行文风格和她对小说语言特有的审美追
求,均对翻译构成极大的"挑战",而译者迎接挑战的方式和译本最终呈
现的结果,更是观察原语、译语两种语言和两种文化真实关系的有效途
径。最后,包括学院派研究者在内的法语读者,他们基于法文译本对王安
忆作出的阐释和解读,哪怕是不同程度的"误读",往往也会折射照亮出作
家、作品在中文语境里被遮蔽的面貌;借翻译之镜回看原著,可以拓展和
加深对作家创作的理解,继而反哺本土文学研究,开启批评的新维度。

　　进入新世纪,俄罗斯翻译家罗季奥诺夫关于中国当代文学如何才能
在西方产生影响的观点曾引发学界关注,他认为作品的历时性和文化底
蕴是不可或缺的重要条件。[1]若依此衡量,王安忆的作品理应成为当代作

1　罗季奥诺夫:《中国文学走出去的步伐——苏联解体后中国新时期小说散文
　　在俄罗斯的传播状况》,《小说评论》,2009 年第 5 期,第 129—137 页。高方、
　　许钧:《现状、问题与建议——关于中国文学走出去的思考》,《中国翻译》,
　　2010 年第 6 期,第 5—9 页。

家在欧美世界中最为成功的案例。然而实际情况不仅并非如此，反而尚显不尽如人意。事实上，王安忆作品所面临的接受困境，也是多数当代作家在域外的真实处境。

那么，王安忆作品在法国翻译、传播与接受的情形究竟如何？她有哪些作品被译为法文发行海外？法国学者对其人其作的研究状况如何？法国都有哪些刊物、著作、学者论及或关注着王安忆的创作活动？前者的阐释与其他西方学者（如英美学界）相比有何异同，其观点又会对中国文坛产生怎样的影响？哪些因素促进或限制了王安忆在法语世界的影响？唯有在厘清相关具体文本素材之后，方能回答以上问题，继而洞见我国文学外译事业取得的既往成就和当前面临的主要问题。

本书围绕王安忆作品法译本的翻译和接受两个核心领域，较为全面完整地收集、整理出一批详实的基础研究资料。从境内外的法语刊物、法语文选集、法译单行本，到出自译者、汉学家、媒体人之手的评介文字，力争所言所论有据可依。与此同时，部分材料内部或相互之间形成的对话式互文效应，也构成了我们理解译介行为言外之意的一种途径。

自 1981 年第一篇法译作品《小院琐记》的刊登开始，至 2020 年最新法译小说《叔叔的故事》问世为止，近冊载光景里，法、中两国共计翻译出版了 23 种王安忆作品的法语译本。散文集 1 部、散文 2 篇、长篇小说 2 部、中篇小说 8 部、短篇小说 8 部。这些译作涉及复译 1 次、节译 2 次；9 部单行本皆在法国出版发行，当中除 1 本散文集外，余者均是中长篇小说。总体而言，王安忆作品的法语译事经历了期刊、文选集的单篇译作先行，独立出版社的单行本逐步跟进，继而主导译介形式的大致过程。

伴随众多译本先后问世，法国社会各界对于作家其人其作的解读评析也是客观衡量接受情况的重要参照凭据。鉴于资讯时代瞬息万变的舆论场，试图穷尽全部围绕王安忆及其作品的观点和文字，自是徒劳，事实上也无需如此。本书在甄选研究资料时有明确规范的标准,划定了汉学著作、学术期刊、主流报刊书评、文学网站评述和法译本副文本等五个范畴,如此也就回避了先验式的感觉判断。以上几类素材篇幅长短不一,除依托译本刊印的 13 篇译序性质的文字外,另有 1 部学术著作、5 篇学术论文、7 篇报刊书评和 6 篇登在专业文学网站的评述文章。

聚焦王安忆作品的法文译本,这并不意味着本书的相关内容就仅限于此。翻译行为不是凭空产生的,自有其来龙去脉,在分析具体翻译行为发生时应结合中国当代文学在法国的整体译介情况,也就必然会牵涉同期进入法语世界的其他作家、作品。"在法国的接受研究",言下之意是相对另外两个空间而言:本土的接受和英语世界的接受。正是在与这两个参照体系的比较下,我们才得以看到法语世界赋予王安忆及其作品的独特属性,从而展开对系列问题的探究:王安忆作品在法语语境中如何被发现、被译介? 法语读者对其有何评论和探讨? 相较其他同代作家,王安忆在法国的影响究竟如何? 来自译语世界的评说又会对我国当代文学产生怎样的影响?

文学译本、批评文本自是本书的立论基础,如下论说则是谋篇行文的研思之法。作为 20 世纪六七十年代兴起的重要文学理论,接受美学提出的"视域"一说有效揭示出读者在文学活动中的重要作用,以及文学作品的社会和美学价值是如何通过阅读产生并发挥影响的。个人接受无不受到社会接受的制约和影响,后者可表现为文学评价标准、社会意识形态、时代美学风貌和审美倾向等更广泛的内容。姚斯和伊瑟尔提出的阐释学分析方法,对分析论述译本出现前后外语读者可能的期待视域多有裨益。社会学的分析方法,主要涉及法国社会学者布尔迪厄提出的"文学场"理论。他对文学场内部的运行原则和资本构成的分析,有助于我们看清法文译本生成和传播过程中面对的力量角逐和权力竞争,从而找到影响翻译作品接受效果的核心因素及其发挥作用的运行机制。法国文论家热奈特的"副文本"理论充分解释了对于出版环节译介主体种种设计构思的内在逻辑和外国读者可能形成的第一观感。法国当代学者安托瓦纳·贝尔曼关于翻译伦理的思考,则为探讨何为理想的翻译、合格的译者提供了标准。他对翻译主体的界定和分析,可助我们观察判断不同译者、不同选择背后的深层成因,以能动的视角看待翻译行为的最终结果——译本。

本书依循从"客观译事"到"主观阐释"的思路,由外及内分甲、乙两部展开,每部三章。

议及王安忆的法语译事研究之前,我们试图立足中外文学关系对作家进行历时性和共时性的定位。从外来文化、外国文学的影响着手,兼论作家跨界性质的艺术创作,以此引述出王安忆作品在英、法两种语言世界的翻译概况,为后文作家域外文学形象的探讨埋一伏笔。客观译事的论述旨在于中国译界的主动外译和法国学界的持续发掘之间,研讨两种迥异译介模式的得失所在和成败原因。以《中国文学》为代表的主动输出译事开始得较早,是法译王安忆作品的开端。这个开端诚然非常重要,但因为受限于多重历史条件,也受制于两种语言文化在那个时代的交流状况,加之宣传属性所需,在一定程度上折损了作品主题的多样性,也限制了译者的能动性。这使得王安忆最初在法语世界呈现的文学形象不免扁平,缺乏立体感,更兼早期译语文化场域里严重失衡的权力话语结构,此番发轫于中国本土的译事最终收效有限,深陷无闻境地。与此相对照的是法国学界基本秉持文学标准、相对成功的持续译事。鉴于法国译事所涉繁巨,为求清晰,在切入其翻译行为之前,有必要先就中国当代文学在法国的整体译介历程作一简明回顾,以此为王安忆具体法语译本的出现提供动态的宏观历史语境。根据翻译行为发生频率的高低,我们将法国译事分为"试水节译""探索蛰伏""关键转折"和"拓展丰富"四个时期。从中分析左右译介模式、影响译者选择的关键因素——出版机构,在文学移植过程中的突出作用。此番译介突出表现为专业文学编辑和汉学家译者主导的规范译事,作为王安忆作品在法语世界的第一读者和第一阐释者,他们的第一解读为之后作家在法国的接受趋势奠定了基调。以上是本书甲部"王安忆作品的法文译事"所讨论的核心内容。

乙部"法语世界对王安忆及其作品的阐释与接受",即是由前部第一阐释者们的先导式解读——法译本的副文本设计入手,从封面、文题、序文等角度观察法国译介主体所呈现出的诠释倾向。从中明显可见他们赋予作家的三重文学身份:上海代言人、女性主义者和现实主义传人。王安忆的此幅"法式三联像",则构成了随后翻译文本分析的考察维度。借助对典型译笔的评析,探知法国译者们再现作家的"心灵世界"之时,究竟在多大程度上兑现了自己在译本副文本中许下的"诺言",他们是否当真着重突出或者无意弱化了王安忆某一层面的文学形象和风格特质。风格层面的文本分析,确指王安忆虚构写作中最显而易见的特征——以"评论叙事文体"见长的小说语言。在众多译者或增减,或重组,或亦步亦趋的翻译手法中,思考翻译行为到底在多大程度上增益或损伤了中文原著的风貌,以及它是否就是决定后续现实评价的首要因素,这也是本书最后留待验证的问题。法国评论界针对王安忆作品或赞许、或指摘的品评,大体沿袭了译介主体的预设方向。译者及其译本奠定的解释基调直接影响了接受环节法语读者对作家的阐释,上海、女性、写实依然是出现频率最高的核心语汇。鉴于其中经由"翻译之镜"不时折射出的解释误差,厘清王安忆创作之时的本真初衷就显得尤为必要。因而,本书最终选择将作家的自我定位和法国评论之声两相对照,洞悉作家、作品经由文学移植之后在译语世界和原语世界所呈现的差异。

甲部
王安忆作品的法文译事

第一章 中外文学关系中的王安忆

在中国当代小说史上,王安忆始终是卓然不群的存在。她从 20 世纪 70 年代末走来,一路保持着难得的创新活力,既收获了无数忠实读者,也赢得了众多文学批评家和同行的欣赏称赞。她是华语评论界公认的视野开阔、"驾驭多种生活经验和文学题材"[1]的作家,在抗衡现实和自我表达之间,"重新拾起被时代碾碎了的知识分子的精神话语"[2],展开精神层面的自我救赎。同行也认可她"活化石"一般的存在,尽管自谦是文学思潮的"拾海人",但"每种风潮与主义,她都有创新的代表作"[3]。她是职业作家中"最像作家的一个"[4],在"富有'深度'和'理想精神'"[5]的小说里,对汉语美学功能的发挥也每每"夺人心魄"[6]。无论是虚构体裁的小说创作,还是非虚构的散文与文论写作,王安忆笔端缤纷多样的主题和

1 洪子诚:《中国当代文学史》,北京:北京大学出版社,2010 年,第 389 页。
2 陈思和、张新颖、王光东:《知识分子精神的自我救赎》,《文艺争鸣》,1999 年第 9 期,第 57 页。
3 阎连科:《当代中国文学的样貌及其独特性》,《中国人民大学学报》,2009 年第 5 期,第 24 页。
4 陈村:《长看王安忆》,《时代文学》,2000 年第 1 期,第 82 页。
5 温儒敏、赵祖谟主编:《中国现当代文学专题研究》,北京:北京大学出版社,2002 年,第 314 页。
6 李静:《不冒险的旅程——论王安忆的写作困境》,《当代作家评论》,2003 年第 1 期,第 25 页。

游走不定的文法总能给读者和评论界带去"猝不及防"的惊喜。

四十余载的文学生涯,王安忆凭借充沛过人的精力和上乘出众的文字始终跻身一线作家之列。各色题材、千百人物,皆在她草蛇灰线的铺排下各就各位,恰以最佳风姿出现在再适宜不过的时空里。她是当之无愧的高产作家:截至目前,已经出版十余部长篇小说、四十余部中篇小说,短篇小说更有百余种,更兼近二十种的散文随笔文集,皇皇五百余万字。她的写作几乎涵盖了我国20世纪80年代以来内陆文坛所经历的所有创作思潮。从"伤痕""反思"到"寻根",从"新写实"到"新海派",再到呼应欧美女性主义批评的"女性文学",凡此种种她都躬与其役;纷纷扰扰的潮流非但未能淹没她的创作灵光,反而将其一次又一次推上备受瞩目的潮头。公允而论,王安忆的创作求索之路近乎完美地印证了"后三十年"里中国当代文学走过的全部重要阶段。就此而言,可称今日文坛中鲜有匹敌之人。

一、 作家的创作历程与外译概况

王安忆,1954年生人,幼年随双亲从出生地南京迁居上海。父亲王啸平系早年归国的南洋华侨,身兼导演和剧作家两重身份。母亲茹志鹃则是当年享誉全国的知名作家,20世纪50年代即写出载列文学史的短篇名作《百合花》,茅盾、冰心、侯金镜等文坛老前辈对其文学成就更是从不吝惜赞美之词。家学如此,更兼淮海路上相对优渥的生活环境,王安忆很早便显露出不凡的文学天赋。

特殊年代造成的"教育真空",虽令王安忆及其同龄人脱离了惯常的求学轨道,却也引她走进宽泛缭乱的阅读世界。与经典翻译文学结缘的这段时光,对其日后文学品位、美学追求的影响十分深远。70年代初,年少的上海姑娘插队到安徽淮北农村，成了千万知青中的一员。陌生的乡土社会想必给其身心带来不小冲击。"我这一个城市女儿想要做自然之子，已没有回归的道路，回家的桥断了。我想念城市，日里想，夜里想。从十六岁起，一种被城市遗弃的感觉便渗透了我的身心……乡村的生活使我们感到孤独，而且危险。"[1]在寄给母亲的家书中，王安忆大量讲述了乡里田间的所见所闻、思考感触。"她写的这些平常的生活情景，生动，亲切，如见其人，如闻其声。"[2]此类观察文字如今读来，依然堪称眼光敏锐、细节充盈，不啻作家最初的文学习作。这段被放逐的年月也为来日特定题材的创作埋下了伏笔。

不久后，王安忆被选拔进徐州地区文工团，成了一名大提琴演奏员。随团走南闯北的颠簸生活和身边频生的烦乱纠葛，为她提供了极为丰富的写作素材，日后作家的笔触屡屡涉及形形色色的从艺人士，有昔年跑江湖、糊口度日的旧式伶人，也有新时代的文艺工作者。1976 年，王安忆在《江苏文艺》上发表首篇散文作品《向前进》。两年后，以《儿童时代》编辑的身份调回一别数载的上海，正式开启了作为职业作家的创作生涯。

时至 80 年代，走出特殊岁月的中国社会迎来了思想层面的广泛震荡，文学艺术界更是种种新思潮、新理念的汇集地。这一时期，中国作家协会曾多次阶段性地举办"文学讲习所"，包括王安忆在内的众多怀有文学志向的创作者——孔捷生、张抗抗、叶辛、古华等人——都参与过学习。于是，我们看到大批日后饮誉文坛的佳作应时而生。王安忆这一时期也相继发表多部短篇小说，如《雨，沙沙沙》《本次列车终点》《小院琐

---

[1] 王安忆：《歌星日本来》，见《香港的情与爱（王安忆自选集·第三卷）》，北京：作家出版社，1996 年，第 209—210 页。

[2] 茹志鹃：《从王安忆说起》，见张新颖、金理：《王安忆研究资料》，天津：天津人民出版社，2009 年，第 392 页。

记》,均在其列。

1983 年,作家飞赴美国加入爱荷华大学的"国际写作计划"[1],与各国同行的交流令她的写作风格发生明显改变。这之后,王安忆写作时每每不愿禁锢在本土背景中,更乐于在国际语境中讲述小说的故事,此番经历构成了她写作生涯的转折点。作家日后曾在多个公开场合坦言,自美归来后,她的写作一度进入停滞期,同时也在深思如何能在未来的创作中超越自我。"从蜗居中走出去,看到了世界的阔大,人的众多,对自身的位置和方位有了略为准确的估价;再不至于为了一小点悲欢搅合得天昏地暗,死去活来,似乎博大了许多,再不把小小的自己看在眼里,而看进了普天下的众生。"[2]

归国一年后发表的《小鲍庄》不仅为其赢得了年度最佳中篇小说的美誉,更是"寻根"一脉不可或缺的杰作。然而,王安忆并未因此延续乡土题材的创作,转而接连写出三部探讨爱情的中篇小说:《小城之恋》《荒山之恋》《锦绣谷之恋》。借不同时空里三种爱情模式,作家在写作方式上进行了大胆尝试,时人看来可称先锋、前卫之举。与此同时,围绕故事中"情爱描写"的争议声音也随之渐起,可终究无法遮蔽"三恋"系列的文学成就。

王安忆最知名的作品长篇小说《长恨歌》,1996 年一经问世便收获读者和批评界的一致赞誉,更在世纪之交摘得茅盾文学奖。这部入选

1　爱荷华国际写作计划:International Writing Program,the University of Iowa,简称 IWP。原名"作家写作坊",1967 年正式更名"爱荷华国际写作计划",地址设立在美国爱荷华大学,所需经费先是由保罗・安格尔(Paul Engle,1908—1991)、聂华苓两人自筹,后来得到了美国国务院的资助。成立以来,世界上 70 多个国家的作家们来到这里,写作计划成为他们交流沟通的平台。它在一定历史时期内为中国大陆、中国港澳地区和中国台湾地区的作家彼此了解、亲近建立了一个通道,促进了华语作家和国际同行的交往。

2　王安忆:《小鲍庄》,上海:上海文艺出版社,2002 年,第 452 页。

"二十世纪中国小说排名百强"的作品,时至今日仍被视为延续了民国以来"海派文学"传统的名篇佳作。担任上海市作家协会主席后,王安忆的创作精力充沛饱满,一如既往,基本保持着一年一部中长篇的写作节奏,且主题更加宽泛多变。仅就"书写上海"一题,便有《富萍》《桃之夭夭》和《寻找上海》。两部长篇、一部散文集,如此夺目的文字体量客观上加重了公众眼中作家身上的"上海"底色。同期的《启蒙时代》风格骤变,令评论界愕然一时,也为她赢得了第六届华语文学传媒大奖的"年度杰出作家"称号,更于2010年进入英国布克奖最终评审环节。之后,描绘一门四代绣娘传奇的长篇"世情小说"《天香》又荣获香港浸会大学颁发的"红楼梦奖",这与文坛谓之承袭"红楼"一脉的高度赞誉不谋而合。尽写人间烟火之余,王安忆又迅速下沉到生活的表象之下,推出以承载思想和抽象审美见长的长篇小说《匿名》。

半世的文学生涯里,王安忆不仅以流水般随物赋形的精准笔法勾画着丰富微妙的"心灵世界",更凭借敏锐过人的感知力在种种文字格调之间辗转腾挪、游刃有余,渐渐形成别具一格的文体审美观。

借助学者洪子诚先生对80年代中国文坛作家群体的分析,便可清楚洞见以汪曾祺、王蒙、张贤亮等为代表的"复出作家"(或"归来作家")与王安忆等"知青作家"在文辞格调上的显著差别。[1]坦率而言,多数知青作家的写作起点并不高,创作之初可以说对文体一事全然无感,更多时候诉说和倾诉的需求压倒一切。王安忆回顾早期作品时,对此也毫不避讳,坦言自己对文体的认知经历了一个从无感到自觉的过程。"在最初的时期,我写小说只是因为有话要说,我倾诉我的情感,……但是我渐渐地感到了不满足。其实在我选择写小说作为我的倾诉活动的时候,就潜

1　洪子诚:《中国当代文学史》,北京:北京大学出版社,2010年,第243—245页。

伏了另一个需要,那就是创造的需要。……要突破限制,仅仅依靠个人的经验和认识是不够的。……还应当依靠一种逻辑的推动力量。……落实到小说具体的写作过程中,便是叙述方式的面貌。"[1]为此,就必然要建构一套理想的叙述语言,一种生活中没有的、区别于日常语言的"抽象语言"[2],"去描绘生活中到处都可以碰到的一些经验现象包括语言现象"[3],这便是华语文坛独树一帜的王安忆式"评论叙事文体"[4]。

　　这种"不要特殊环境特殊人物""不要材料太多""不要语言风格化""不要独特性"的行文追求,[5]于作家、母语读者或可产生审美自洽和满足,可对译者、译语读者而言却极有可能构成翻译和接受的障碍。"非常会写"[6],是80年代初旅居纽约的文学孤客木心给予王安忆的赞誉。细思其义,称许重点或许并非故事本身,而是作家讲述故事的方式。不幸的是,在从出发语到目的语的翻译过程中,存留情节从来不是难事,被消解最多的恰恰是文字本身。这会使得向来以文字见长的王安忆在域外语境中很难保持原有的文学审美优势。如何化解这一困局,迎接原语文本发起的"挑战"? 小而言之,当中考验的不仅仅是译者的语言功底和把控文字的能力,亦可窥见形而上层面译者对翻译伦理的理解;大而论之,面对原语作品中"异质"的态度,更可映照出"文学世界共和国"[7]里中国

1　王安忆:《漂泊的语言(王安忆自选集·第四卷)》,北京:作家出版社,1996年,第330—331页。

2　相关概念见本书第五章。

3　陈思和、王安忆、郜元宝、张新颖、严锋:《当前文学创作中的"轻"与"重"——文学对话录》,《当代作家评论》,1993年第5期,第17页。

4　相关概念见本书第五章。

5　王安忆:《漂泊的语言(王安忆自选集·第四卷)》,第331—332页。

6　陈丹青:《遥远的局外》,《十月》,2020年第1期,第75页。

7　帕斯卡尔·卡萨诺瓦(Pascale Casanova)在《世界文学共和国》(*La république mondiale des lettres*)中提出的概念。

文学和其他国别文学之间的关系。

　　成就如此，王安忆自然受到批评界的格外关注，对其文学理念、写作风格甚至生平经历的考据式研究不胜枚举，称之为"汗牛充栋"恐也不至言过其实。长期持续的高水准文学生产，加之作家本身兼容开放、乐于对话的创作态度，也令王安忆先于众多同行翘楚走进了欧美知识界的关注范畴。回顾作家走向世界的过程，英美学界无疑是最早开始主动翻译王安忆作品的群体，因而英译本的数量明显多于法译本，研究体量和研究层次也在法国之上。

　　保守统计，从 1981 年英文杂志《中国文学》[1] 翻译刊登《小院琐记》直至 2017 年的三十余年间，中国英译界和以美国东亚文学系为代表的学者们陆续翻译出版了至少 24 部王安忆的作品：短篇小说 12 篇、中篇小说 8 部、长篇小说 2 部、散文 2 篇。[2]

　　从译者角度划分，主要存在三个翻译群体，一是以《中国文学》(Chinese Literature)和"熊猫丛书"(Panda Books)为平台，具有官方外事背景的职业译者，二是以中译英文学刊物《译丛》(Renditions)为媒介的香港学者，余者便是主动引进原作的英美出版机构。体裁方面，三方在选择译材时各有侧重。鉴于《中国文学》的刊发形式，北京推出的译文明显以短篇小说居多，10 种作品中仅有《流逝》1 部中篇。余下篇目基本择

1　《中国文学》创刊于 1951 年，专门负责对外翻译中国文化和优秀文学作品，为特定时期中外文化、文学交流作出了重要历史贡献，后出于市场问题、财务困境等诸多原因在 2000 年无奈停刊。

2　短篇小说：《小院琐记》《本次列车终点》《雨，沙沙沙》《舞台小世界》《墙基》《人人之前》《朋友》《老康回来》《弟兄们》《艺术家之死》《姊妹们》《黑弄堂》。中篇小说：《流逝》《小城之恋》《小鲍庄》《荒山之恋》《妙妙》《锦绣谷之恋》《忧伤的年代》《乌托邦诗篇》。长篇小说：《富萍》《长恨歌》。散文：《女作家的自我》《寻找上海》。

取的都是王安忆早期作品,如《小院琐记》《本次列车终点》《雨,沙沙沙》等。香港学界有译作 7 种,当中有《小城之恋》《荒山之恋》2 部完整的中篇译稿和《叔叔的故事》1 篇节选译稿。

英美一方相较之下更青睐作家进入成熟期后的虚构作品,12 种英译本里中长篇小说多达 7 部:《小鲍庄》《锦绣谷之恋》《忧伤的年代》《乌托邦诗篇》《长恨歌》皆是全译本,《叔叔的故事》《富萍》两部则为节选译本。所涉作品里,短篇小说《老康归来》《弟兄们》和中篇小说《流逝》还曾加版复译本。依时线回看,《中国文学》的主动外译行为主要活跃于 80 年代,90 年代后便退出译坛,在结束阶段性“历史使命”的同时,也唤起了海外知识界对王安忆作品的兴趣。孔慧怡(Eva Hung)、艾梅霞(Martha Avery)、杜博妮(Bonnie S. McDougall)、葛浩文(Howard Goldblatt)、白睿文(Michael Berry)、王玲珍等翻译家和知名学者都曾参与过王安忆作品的英文译介工作,得益于译者们深厚的学术修养,这批译作品质堪称上乘。艾梅霞翻译的《小鲍庄》一经问世就获得了极高赞誉,被认为是“近十年来翻译为英文的最好小说之一”;白睿文和苏珊·陈更是凭借英文本《长恨歌》荣获 2008 年洛依斯·罗斯文学作品翻译奖(Lois Roth Award for a Translation of a Literary Work)。这在中国当代文学作品的外译历程中实属难能可贵。

反观当前中国文学外译的另一重镇——法国,王安忆作品的法语译事总体经了期刊、文选集的单篇译作先行,独立出版社的中长篇单行本逐步跟进,继而主导译介形式的大致过程。

王安忆作品法文翻译的起点与前文所述英文译本的情况如出一辙,都源于《中国文学》杂志主动对外译介的举措。这本双语发行的读物在1981 年同时刊发了短篇小说《小院琐记》的英语、法语两篇译稿。法国学界对王安忆的译介,起初则是在“上海”这一文化语境中展开的,《别样》在 1987 年 9 月推出的特刊《上海：欢笑与魅影》里节选翻译了作家描绘日常上海的短文。虽说王安忆作品的英语译本明显多于法语译本，但法国出版界对作家的持续关注以及精心设计的出版计划却不容忽视，此举对于提升作家在法国乃至国际的影响力多有助益。目前，就翻译数量来看，王安忆确为中国当代作家中被译介较多的作者，在女性作家的范畴中，仅次于池莉，位居第二位。

1981 年至 2020 年间，法、中两国共计翻译出版了王安忆 23 种法语译本：散文集 1 部、散文 2 篇、长篇小说 2 部、中篇小说 8 部、短篇小说 8 部。[1]《中国文学》依然是 80 年代向法语世界介绍作家的重要推手，所译 6 种早期作品里有 4 种短篇，余者中篇小说和散文各居其一。这部分法文译作未如同期英译稿一般入选"熊猫丛书"或辑录为作家文集单独出版。法国学界同样格外关注作家进入文学成熟期之后的虚构写作，耗时数年打磨的法文版《长恨歌》便是无删减的全译本，这期间小说的部分章节还出现过复译现象。除"三恋"系列小说和《忧伤的年代》之外，他们还眼光独到地翻译了《香港的情与爱》《月色撩人》两部不见于英语译界的中篇作品，这些译作均以单行本形式在法国出版发行。

在王安忆的英美译事中，以大学为中心的学术机构（如哥伦比亚大学、康奈尔大学、香港中文大学）及其从教学者是翻译和出版的主要推动力量。法国的情况明显有别于此，虽不乏相当数量的汉学家参与其事，真正的推手却是对作家有着长远译介规划的文学出版社，当中尤以阿尔勒的毕基耶出版社（Arles：Éditions Philippe Picquier）最为突出，巴黎的中国蓝出版社（Paris：Bleu de Chine）次之。前者 2001 年以《香港的情与爱》试水法国阅读市场，随后 16 年里陆续译就出版 6 部中长篇小说和

1　详见本章末"附录：王安忆作品法语译本概览（1981—2020）"。

1 部散文选集,目前法语世界可见的王安忆重要佳作可谓皆出自其手。

可见,法国确实存在相当数量王安忆作品的翻译文本和相关研究学者。我们不禁要问:法语国家和英语国家的译介时差、学术成果差异,究竟在多大程度上同翻译状况有所关联呢? 如若确有关联,译本的品质会是影响接受效果的核心因素吗? 王安忆作品在两个外语世界的不同境遇,又能够给文学翻译、翻译文学和中国文学"出海"带来哪些启示呢? 这些问题留待后文逐一解答。

二、 王安忆的外国文学机缘

2000 年《长恨歌》荣获茅盾文学奖之际,王安忆撰感言自称是"一个幸运的人"。幸运有三:一是"生而逢时",二是"生在上海",三是"选择了文学"。[1]这三重机缘共同构成了王安忆其人其作与外国文学的时空关系。

1. "共和国女儿"的时代际遇

"共和国女儿"一说虽为海外同行戏言,王安忆对此则是欣然接受:"共和国气质在我这一点是非常鲜明的,要不我是谁呢?"[2]作为 50 后生人,王安忆几乎就是新中国的同代人。

她那一代作家是不幸的,在本应汲取知识的好年华却没有机会接受正规教育,在人文表达方面也受到制约,可谓"汲取了生活经验,亲历了

---

1 王安忆:《我是一个文学劳动者》,《文汇报》,2000 年 12 月 29 日。
2 张旭东:《纽约书简:随笔、评论与访谈》,上海:上海书店出版社,2006 年,第 184 页。

人生的悲哀"[1]。然而,王安忆与外国文学的深厚机缘偏偏是这时候结下的。这份运气更多来自得天独厚的家庭环境,就在多数人感慨没有好书读的时候,王安忆却在"吞书"式的阅读中找到了幼小心灵的避风港,托尔斯泰、屠格涅夫、普希金、巴尔扎克、雨果等 19 世纪经典作家令她"觉得精神上有个逃避的地方"[2]。这些经典也塑造了王安忆一生的阅读倾向——对翻译文学的钟爱。"我一向喜欢看翻译过来的西方小说""我是比较倾向西方译作",[3] 成名后的作家面对研究者常会谈及自己与翻译的亲缘。事实上,王安忆"文革"时期的阅读完全没有涉及 20 世纪的西方作品,这对其日后创作风格的形成影响颇为深远。她自己就曾将少年时代的阅读基础比作"堡垒",19 世纪的文学审美使得她"对后来的东西有一点排斥,好像有种抵抗力"[4]。王安忆分外注重从翻译文学中提炼创作手法。新世纪初,她将倍为珍视的伟大经典一一写进了《小说家的十三堂课》(再版时更名为《心灵世界》),把一个创作者眼中的《巴黎圣母院》《复活》《约翰·克里斯朵夫》《呼啸山庄》《百年孤独》分享给高等学府的青年学子。近年,她又借《遥想手工业时代》回顾了自己 1988 年至今的外国文学阅读史,主体依然是 19 世纪的欧洲小说,依旧徘徊着熟悉的身影:托尔斯泰、狄更斯、勃朗特姐妹、马尔克斯、阿加莎……因而,我们看到她多数的虚构作品都具有如出一辙的叙事上的古典主义特征。王安忆可以凭借严密的逻辑情节将动辄几十年间的纷繁琐细有序编排、逐一铆合,一如她在《华丽家族》里对阿加莎叙事技巧的归纳——"杂树生花,

---

1　王安忆:《我是一个文学劳动者》,《文汇报》,2000 年 12 月 29 日。
2　王安忆、张新颖:《谈话录——我的文学人生》,北京:人民文学出版社,2011年,第 24 页。
3　同上注。
4　同上书:第 27 页。

万树千树"。[1]

　　同时,王安忆一代作家又是幸运的,他们甫一送别"凛冬"便迎来了盎然和煦的"暖春"。1978 年岁末,在广州召开了意义非凡的全国外国文学研究工作规划会议,与会的 70 多家单位和百余名代表在反思特殊时期外国文学译介遭受重创的同时,制定出一份未来 8 年的翻译和研究计划。在"解放思想"和西方思潮的双重启蒙下,文学艺术界进入了相对宽松自由的创作时期——至今仍令人感怀的 80 年代。挣脱桎梏的文化界开始着手进行"体制的修复和重建"和"文学规范制度的调整",很快就迎来了"本世纪不多见的大规模译介西方文化思想、现代文学作品的持久热潮"。[2]文学著译的创作出版随即呈现出"遍地开花"的蓬勃景象,涌现出众多专事外国文学译介的学术和大众读物。在 50 年代创办的《世界文学》(最初名为《译文》)之外,又先后增设了《外国文艺》(上海译文出版社 1978 年创刊)、《译林》(江苏译林出版社 1979 年创刊)、《当代外国文学》(1980 年南京大学创刊)、《国外文学》(北京大学 1981 年创刊)等一批颇具影响力的刊物。更有一众规模可观的外国文学译丛出版发行,像"外国文学名著丛书"(上海译文出版社)、"20 世纪外国文学丛书"(外国文学出版社)、"诗苑译林"(湖南人民出版社),再如"西方学术文库"、"现代外国文艺理论译丛"(北京三联书店),等等。

　　一时间,王安忆钟爱的 19 世纪文学作品迅速得到重译,一部经典往往同时拥有不止一个中文译本。巴尔扎克百年诞辰之际一系列纪念活动,均得见学者、公众、媒体的大力参与和宣传,规模之盛足以证明这一

1　王安忆:《华丽家族——阿加莎·克里斯蒂的世界》,合肥:安徽文艺出版社,2006 年,第 126 页。
2　洪子诚:《中国当代文学史》,北京:北京大学出版社,2010 年,第 236—247 页。

代经典作家在中国读者心中（迄今依然）无可撼动的地位。回溯经典之时，甚或出现过社会各个层面共同探讨翻译问题的罕见现象，如《红与黑》引发的翻译争鸣。此时，西方 20 世纪人文学科、社会学科的重要成果同样借助翻译受到中国文学界的热切关注。如俄国形式主义、欧美新批评、阐释学、符号学、结构主义、意识流、新小说、女性主义批评等观念，均及时引发文坛反响，直接激发了中国作家在新时期里求变求新的创作活动。事后，研究界称，发轫自 70 年代末延续十多年的大举译事，可谓五四运动以来在中国发生的"第二次西学东渐"风潮。

　　"如果没有外国文学井喷式地出现在我们面前，中国文学就不可能迅速告别'伤痕文学'，衍生出'寻根文学'和'先锋文学'。"[1]可以说，这一时期每位中国作家的背后几乎都有一位外国作家的身影。他们会在各种随笔性质的文章里，结合自身经历谈论法国文学，品评翻译，与读者分享文学和文化的精神之旅。可以说，他们是在以中国传统的"书话"（les propos sur les livres）文字致敬法国文学，同异国先贤对话。[2]王安忆 1994 年在复旦大学的系列讲座，就曾为雨果和罗曼·罗兰专设两场，集中分析《巴黎圣母院》《约翰·克里斯朵夫》恒久强大的感染力，同时也特别谈到了傅雷再创造式翻译带给中国读者的强烈影响。她的讲义设计又清楚可见来自纳博科夫《文学讲稿》的影响。

　　王安忆颇能代表 50 后一代作家看待外国文学的思路，他们与法国等外国作家建立联系的根本方式实则是译者，孙甘露、王小波言谈中对王道乾译作《驳圣伯夫》《情人》的推崇就是显著证明。"小说被认为是一

1　陈众议：《从"斗争武器"到"以人为本"——外国文学研究六十年速写》，《外国文学动态》，2009 年第 4 期，第 36 页。

2　Yinde Zhang, *Le Monde romanesque chinois au XXe siècle: modernités et identités*, Paris：Honoré Champion，2003，p.105.

个民族的秘史"，巴尔扎克的论断被陈忠实引为长河小说《白鹿原》的献词……翻译文学对王安忆一代写作人种种显而易见、秘而不宣的影响不胜枚举。翻译家们的文字对他们的影响甚至远大于任何同期的中国作家，是他们的译笔间接塑造了新时期特定阶段里中国文学的风貌，足见好译者对本土文学的影响不容轻视。因而，我们在王安忆的小说里常常读到绵密铺排、蔚然成观的陈述长句，被动语态、倒装结构也俯拾皆是，选词炼字更是带有一目了然的欧化印记。然而这样的语言风格之于现实的翻译行为，却不见得提供多大便宜，有时甚或会把译者牵进意形难两全的为难境地。

2. 沪上一域的世界主义气韵

王安忆称，上海"是一个有着开放与民主传统的城市"，如她一般"将写作当作个人生活与感情方式的人"能在上海得到"宽容的应许和鼓励"。[1] 很长一段时期内，上海是这片国土上唯一一座真正意义上的现代城市。近代中国的风云际会造就了其海纳百川的世界主义气韵，畸形发展也罢，侵占褫夺也罢，客观上却成就了上海繁荣的商业景观和西学东渐的"第一口岸"地位。地方史志有载，早在 19 世纪后半叶，在上海出版的翻译读物就占全国总数的 85％以上，[2] 足见上海是中国近现代翻译文学的丰饶沃土。同时，商业文明的洗礼更催生出城市里日益壮大的市民群体。上海这份兼容并蓄的底蕴，哪怕几经社会运动磋磨都不曾折损殆尽，其遗韵风范仍顽强地留存于城市的角角落落，栖身建筑的屋檐下，落在梧桐的树梢上，挂在女人的唇边嘴角，搭在男人的袖口领间。王安忆

1　王安忆：《我是一个文学劳动者》，《文汇报》，2000 年 12 月 29 日。
2　唐振常：《上海史》，上海：上海人民出版社，1989 年，第 11 页。

的童年和少年时代恰在上海最为繁华的地段度过,时时刻刻都会感到遥远西方遗存在这里的"一种脸型,一种口音,一种气味"[1]。"我觉得上海是个奇特的地方,带有都市化倾向,它的地域性、本土性不强,比别的城市更符合国际潮流。"[2] 及至后来返城归乡,上海生活几乎就是她全部的经验来源,这里庞大稳定的市民阶层更为她的写作提供了取之不尽、用之不竭的虚构源泉。所以,我们在王安忆身上丝毫看不到同时代作家面对都市表现出的尴尬处境——李欧梵所言的物质层面的"留恋"和精神层面的"逃离"。与多数下乡归来的作家不同,她的人生视域和审美感知从来不会刻意越过都市,一味眺望早年的"广袤乡土"。事实上,她是50后一代中最早走出"寻根潮"的作家,也是率先弃用方言写作、挖掘书面语极致表现力的探索者。

于是,读者总能在王安忆看似极具地域性的描写中品出外国文学的西洋味儿。《长恨歌》开篇纵览全城的环境描写,极易令人想起雨果笔下站在圣母院之顶鸟瞰巴黎的场景;平安里掩藏的华美私宅,也是别有一番巴尔扎克式的"内景空镜特写"的视效。再至作家笔下形形色色的女性人物,不论是本乡本土的弄堂女儿,还是进沪闯天下的外来妹,抑或是无可奈何出走他乡的天涯孤客,骨子里都显出上海女人的特有品质:身处命运的当口,"她们坚决,果断,严思密行,自己是自己的主人"[3]。脚踏实地,也不时望向星空;爱慕物质,终撇不下情义;乐于享受,更耐得住委屈;柔美亲和,但绝不失硬劲;忠于自我,却躲不过唏嘘。如此矛盾的人物设计着实不太像传统印象中自我牺牲、忍辱负重的"为奴隶的母亲",更不像左翼理念中奔赴真理、激扬青春的知识女性。她们外在的精致做

1 王安忆:《寻找上海》,上海:学林出版社,2001年,第5页。
2 王安忆:《王安忆说》,长沙:湖南文艺出版社,2003年,第29页。
3 王安忆:《寻找上海》,第86页。

派,仿佛更似从永嘉路 383 号[1]走出来的译制片女主角,内里充满了中西文化交织的矛盾性。

上海的人,上海的事,上海的景,上海的生活,上海的文字,在 90 年代重又勾起了人们对昔日"海派"一说的怀恋。倘若说当真存在"海派文化"或"海派文学"一说,其魅力之源也绝非地域本身,地方主义"伪装"下的世界主义才是上海恒久不变的风范气度。浸润其间,王安忆的创作带有自觉或不自觉的外国文学印迹,也是再自然不过的情理中事。

3. 世界文坛的多栖作家

除去早年一段插队经历,王安忆的人生大多时刻是波澜不惊的,她也分外珍惜这种平静的生活。即使在荣膺国内最高文学奖项之时,她仍恳切地讲道:"现在,这场面(获奖)应当结束了,让我再回到安静的生活中去吧!"[2]虽说如此,王安忆却绝非书斋里的作家。面对日益丰富频繁的中外文化交流,她一向都持主动亲和的态度;王安忆从不是对创作始末讳莫如深、顾左右而言他的写作者,她喜欢与自己的读者面对面地真诚交流,在国际书展、读者见面会上都常见她的身影。

1983 年爱荷华大学的"国际写作计划",是她首次深入外语环境,与众多外国创作者直接对话。多年后回忆这段域外经历,王安忆认为它之于自己最重要的意义就是"把你的背景给拓宽了"[3]。事实证明,此后作家的语言风格和创作思路发生了明显转变。由作家、翻译家聂华苓女士

1　20 世纪 70—80 年代上海电影译制厂所在地。

2　王安忆:《我是一个文学劳动者》,《文汇报》,2000 年 12 月 29 日。

3　王安忆、张新颖:《谈话录——我的文学人生》,北京:人民文学出版社,2011 年,第 84 页。

和美国诗人保罗·安格尔(Paul Engle)筹办创建的"国际写作计划"对八九十年代中国文坛产生的影响分外深远。仅 1990 年前后,就有萧乾、艾青、陈白尘、茹志鹃、王安忆、吴祖光、张贤亮、冯骥才、白桦、汪曾祺、北岛、阿城、刘索拉等知名作家参与其中。可以说,这一平台是开放后很长一段时期内大陆作家与国际文学、文化界建立联系的首要渠道。"中国作家现在并不缺乏看世界的窗口,但艾奥瓦的这扇文学之窗,依然大而明亮。这扇窗,也是中国作家开始走向世界舞台的一扇窗。"[1]迟子建的评价或许也是王安忆等很多参与"计划"的中国作家的心声。

80 年代中后期,中国作家受邀出访的文化活动繁多,其中有外事公务,也有民间组织的文学交流。在中国当代文学的外译进程中,德国实为早年欧洲的"最前站",正是借助德国汉学界对"寻根"文学的翻译,王安忆的作品进入了德语世界。1989 年,作家出席了在德国举办的"中国文化月"活动,同年携德译作品出席"法兰克福书展"(Frankfurt Book Fair)。90 年代随着美、英两国对王安忆小说的翻译出版,作家在英语世界取得了极高知名度,她对女性命运的书写则格外引人注目,因而在 1994 年获邀出席在澳大利亚举办的女性主义会议。以法兰克福为起点,此后作家的身影频频出现在各大国际图书展会上。特别是在 2001 年当选为上海市作家协会主席以后,王安忆经常带领众多上海作家赶赴各大国际会场,介绍新作、推荐新人、商洽版权、与外国媒体和读者对谈等。例如,2008 年与陈丹燕等人组成上海女作家代表团出访澳洲;2014 年又与孙甘露、金宇澄、袁筱一等众多沪上作家、译家组成上海代表团,作为主宾方出席巴黎图书沙龙,其间还发表了"写作在上海"的主题演讲。王安忆的文学交流不限于"走出去",也有"引进来"。自 2008 年起,

1 朱东阳:《跳动在美国腹地的"中国文心"》(2018 年 10 月 26 日),引自欧美同学会网,2022 年 1 月 5 日查询。

作为上海作协的主席,王安忆与孙甘露一起推动面对外国同行的"上海写作计划"驻市作家项目。

在面对面的直接对话之外,影视艺术同样是改革开放之后中国作家与国际文化、文学界重要的间接交流方式。虽然在王安忆身上没有发生像莫言、苏童那般写入影史的改编现象,但她的小说向来深得海内外华人导演的青睐。《小院琐记》早年就曾被田壮壮拍成黑白短片《小院》,作为这位第五代导演核心人物的毕业作品。及至华人世界耳熟能详的《长恨歌》,更是历经多次改编,大银幕上有关锦鹏荣获香港电影金像奖、入围威尼斯金狮奖的同名影片,小荧屏上也有两岸合拍的同名电视剧,话剧版《长恨歌》更是舞台上常演不衰的经典剧目。与此同时,王安忆偶尔也会"客串"影视编剧,自幼耳濡目染的家庭氛围使之对戏文创作自然再熟悉不过。涉足以编织人物关系为要义的剧作,对作家自身而言,最大的意义莫过于启发了她对小说里理想人物关系的思考——具体和抽象的矛盾统一体[1]。从译介传播的角度而论,客观上也提高了她的国际声望,不论是陈凯歌的《风月》,还是许鞍华的《第一炉香》,影片在海外市场的上映未尝不是王安忆与潜在外语读者的交流对话。

正是基于王安忆在文学创作和文化交流领域的成就,她不但是众多国际文学奖的热门候选人(2011 年英国布克文学奖)和获奖者(2016 年美国纽曼华语文学奖),还于中法建交五十周年前夕(2013 年 9 月)荣获由时任驻华大使白林女士颁发的法国文学艺术骑士勋章。"王安忆一直帮助在中国进行法国文学作品的推广,每年王安忆都会邀请一些法国作

1　王安忆:《王安忆说》,长沙:湖南文艺出版社,2003 年,第 301—311 页。
　王安忆:《漂泊的语言(王安忆自选集·第四卷)》,北京:作家出版社,1996年,第 69—70 页。

家来中国居住、创作。"[1]这无疑是对其为中法两国文学交流所作贡献的嘉许，更是对其作品作为翻译文学进入法语世界的肯定。[2]

王安忆一代 50 后作家，不仅与翻译文学有着不解之缘，许多人还兼有译者身份，最典型的莫过于韩少功翻译昆德拉的《生命中不能承受之轻》。王安忆虽未译过如此名作，却对译事之艰有着切身之感。早在1983 年赴美参加"国际写作计划"之时，王安忆就曾试译过美国著名作家约翰·斯坦贝克(John Steinbeck)的短篇小说《蛇》(*The Snake*)。首次"触电"翻译带给作家的最大感触便是诚惶诚恐，总是"怀疑自己能否传达得完全"，只能"逐字逐句地搬移"。[3]出于创作者对话语的高度敏感，她还曾试图依照不同人物的性格赋予其特定的语言，或"冷静、快捷、果断"，或"短促"，期待"这些苦心能够传达出哪怕百分之一"。[4]一番苦心孤诣的工作之后，这位当时业已蜚声文坛的作家不禁由衷感叹：

> 比我自己写一篇小说还吃力，那是出于万分的小心谨慎，生怕把一个好东西给弄糟了。我一直努力地接近它，接近它，让自己能够走进去，站到作者的位置上，跟着他所见所想，然后将这故事变作自己的，自然而然地讲述出来。[5]

纵然如此，王安忆还是在二十多年后再次执笔翻译了美国剧作家、

---

1 2011 年，法国作家阿尔玛·布拉米(Alma Brami)曾应上海作协和王安忆之邀来华暂居进行文学创作。参见：《王安忆获"法国文学艺术骑士勋章"忆法国情结》(2013 年 9 月 30 日)，引自中国作家网，2022 年 1 月 5 日查询。

2 截至颁奖前夕，王安忆已有 11 部作品被法国的毕基耶出版社(Philippe Picquier)翻译出版。

3 王安忆：《遥想手工业时代——王安忆谈外国文学》，上海：东方出版中心，2021 年，第 174 页。

4 同上注。

5 王安忆：《遥想手工业时代——王安忆谈外国文学》，第 174—175 页。

作曲家伊丽莎白·斯瓦多(Elizabeth Swados)的作品《我的抑郁症》(*My Depression*),足见翻译本身的魅力所在。许是亲尝过"摆渡"之苦,王安忆格外重视自己作品的翻译工作,每每会在紧张的出访行程中特为译者预留时间,解答他们对文本的疑惑和不解,商讨翻译的具体问题。这份对翻译的体谅甚至被译者伊冯娜·安德烈写进了法文版《长恨歌》的译序中。

　　王安忆昔日的慨叹又何尝不是她的法语译者们面临的共同处境?接近原著,究竟是接近作者的语言,还是接近作品呈现的世界?走进作品,感作者所感,言作者所言,其间又当如何在原语意味和译语承受力之间权衡应变?"背叛"和"忠实"的尺度如何拿捏?翻译行为的最终结果——译本,又揭示了怎样的语言真谛和不同语言的关系真相?在文学移植复杂多变的过程中,作家或译者亲力亲为的交流能左右的因素又有几何?以上皆是后文亟待解答的疑问。

附录：王安忆作品法语译本概览（1981—2020）

原　作	译　作	体　裁	译　者	时间	出版社/刊物
小院琐记	Histoire de la petite cour	nouvelle 短篇	不详	1981	期刊 *Littérature chinoise*，1981/7
本次列车终点	Terminus	nouvelle 短篇	唐志安	1984	期刊 *Littérature chinoise*，1984/3
				1984	文集 *Huit femmes écrivains*（《中国女作家近作选》，"熊猫丛书"，《中国文学》杂志社。
	Cette fois, je reviens définitivement		Jacqueline Desperrois Qian Linsen Zhang Shangci Li Lin	1989	文集 *Les Meilleures Œuvres*（《中国优秀短篇小说选 1949—1989》），"熊猫丛书"，《中国文学》杂志社
				1994	文集 *Nous sommes nées femmes: anthologie de romancières chinoises actuelles*（《天生是个女人》）, coll. «Prémices», Indigo, Paris, 1994
人人之间	Parmi les hommes	nouvelle 短篇	Catherine Vignal	1987	期刊 *Littérature chinoise*，1987/1

续表

原　作	译　作	体　裁	译　者	时间	出版社/刊物
生活片段	Fragments de vie	extrait 节选	Françoise Naour	1987	特刊 *Autrement*，Paris, hors-série («Shanghai, rires et fantômes»), n°26, septembre 1987
记一次服装表演	Un défilé de mode	sanwen 散文	Zhao Ping	1989	期刊 *Littérature chinoise*，1989/1
妙妙	Miaomiao ou la chimère de la ville	nouvelle 中篇	刘方	1992	期刊 *Littérature chinoise*，1992/2
				1995	文集 *Œuvres chinoises des femmes écrivains*（《女作家作品选》，"熊猫丛书"，中国文学出版社
花园的小红	Petite Hong du village du Jardin	nouvelle 短篇	Zhang Yunshu	2000	期刊 *Littérature chinoise*，2000/3
小东西	La Petite Chose	nouvelle 短篇	Marie Laureillard	2001	专栏 «Écritures chinoise»，载于 *La Nouvelle Revue française*，Paris, n°559, octobre 2001
香港的情与爱	Les Lumières de Hong-Kong	roman 中篇	Denis Bénéjam	2001	Philippe Picquier, Arles
忧伤的年代	Amère jeunesse	récit 中篇	Éric Jacquemin	2003	Bleu de Chine, coll. «Chine en poche», Paris

续　表

原　作	译　作	体　裁	译　者	时间	出版社/刊物
轮渡上	Sur le bateau	nouvelle 短篇	Marie Laureillard	2004	*MEET*, *revue de la Maison des écrivains étrangers et des traducteurs*, Saint-Nazaire, n°8, 2004 (Pékin-Istanbul)
聚沙成塔	Les petits ruisseaux qui font les grandes rivières	nouvelle 短篇	Camille Loivier Marie Laureillard	2004	« Encre de Chine », *Le Nouveau Recueil*, Seyssel, n°72, septembre-novembre 2004
弄堂	Ruelles	extrait 节选	Yvonne André	2004	文集 *Shanghai, fantômes sans concession* (《上海，后租界时代的魅影》)，Autrement, coll. «Littérature/Romans d'une ville», Paris, 2004
长恨歌	*Le Chant des regrets éternels*	roman 长篇	Yvonne André Stéphane Lévêque	2006	Philippe Picquier, Arles
				2008	coll. «Picquier poche», Philippe Picquier, Arles
小城之恋	*Amour dans une petite ville*	roman 中篇	Yvonne André	2007	Philippe Picquier, Arles
				2010	coll. «Picquier poche», Philippe Picquier, Arles
荒山之恋	*Amour sur une colline dénudée*	roman 中篇	Stéphane Lévêque	2008	Philippe Picquier, Arles
				2010	coll. «Picquier poche», Philippe Picquier, Arles

续　表

原　作	译　作	体　裁	译　者	时间	出版社/刊物
锦绣谷之恋	Amour sur une vallée enchantée	roman 中篇	Yvonne André	2008	Philippe Picquier, Arles
				2010	coll. «Picquier poche», Philippe Picquier, Arles
民工刘建华	Liu Jianhua, le travailleur migrant	nouvelle 短篇	Nicolas Idier	2010	文集 Shanghai: histoire, promenade, anthologie et dictionnaire (《上海：历史、漫步、文选、词汇》), coll. «Bouquins», Robert Laffont, Paris, 2010
	L'ouvrier migrant Liu Jianhua		Eva Fischer Wang Tian	2012	文集 Sous les toits de Shanghai: Recueil de nouvelles d'auteurs contemporains shanghaiens (《上海屋檐下：当代上海作家短篇小说选》), compilation: l'Association des Écrivains de Shanghai, Better Link Press, New York, 2012
寻找上海	À la recherche de Shanghai	sanwen 散文	Yvonne André	2010	coll. «Écrits dans la paume de la main», Philippe Picquier, Arles, 2011: 1. À la recherche de Shanghai《寻找上海》 2. Shanghaiennes《上海的女性》 3. Shanghai et Pékin《上海与北京》 4. Ces villes ont un goût《"上海味"和"北京味"》

续　表

原　作	译　作	体　裁	译　者	时间	出版社/刊物
寻找上海	*À la recherche de Shanghai*	sanwen 散文	Yvonne André	2010	5. Rêve de prospérité à Shanghai《附录-海上繁华梦》Le Vagabond des mers《漂洋船》Le Vol de René Vallon《环龙之飞》Les Bas en fibres de verre《玻璃丝袜》Le Pont de la famille Lu《陆家石桥》Une bouche célèbre《名旦之口》
城隍庙的玩与吃	En-cas et distractions de Chenghuangmiao	sanwen 散文	Justine Rochot Wang Tian	2012	文集 *Gens de Shanghai: Essais d'écrivains shanghaiens*《上海人：上海作家散文选》, compilation; l'Association des Ecrivains de Shanghai, Better Link Press, New York, 2012
月色撩人	*Le Plus Clair de la lune*	roman 中篇	Yvonne André	2013	Philippe Picquier, Arles
桃之夭夭	*La Coquette de Shanghai*	roman 长篇	Brigitte Guilbaud（金芏）	2017	Philippe Picquier, Arles
叔叔的故事	*L'Histoire de mon oncle*	roman 中篇	Yvonne André	2020	Philippe Picquier, Arles

第二章 中国译界对王安忆作品的翻译:《中国文学》 (1981—2000)

一、《中国文学》译事: 使命使然的主动译介

中国文学主动走向世界的翻译行为早在晚清便已见诸端倪,传统士大夫阶层中如陈季同、辜鸿铭等率先"开眼看世界"的有识之士,都曾凭一己之力将中国古代经典译成英、法等欧洲语言。五四运动之后,即使面对外国文学译入体量远超中国文学译出体量的文化格局,也不乏像王际真、敬隐渔、萧乾等有志向世界展现中华文学精粹的孤独斗士。然而,这些今日看来"虽千万人吾往矣"的个人翻译行为,相较彼时西方强势文化输入的社会语境,反响实则微乎其微。直至 1949 年新中国成立,中国文学外译才彻底改变了以零星个体行为为主的局面,开始了国家机构主导的译介方式。

新中国成立之初,中央人民政府新闻总署国际新闻局[1]即明确外宣使命,将对外翻译中国文学作为工作重点,力图借助文学翻译打破政治封锁,塑造新中国的良好国际形象。正是出于这一本土需求,经过洪深、

---

1 即 1963 年更名的"中国外文出版发行事业局"。

周扬、杨宪益等老一辈文坛宿将的努力，英法双语杂志《中国文学》于1951年10月正式创刊发行。即使在动荡的年代里，该刊也从未停发，一度成为当时域外世界了解中国文化的唯一窗口。1981年开放伊始，外文局主持策划的"熊猫丛书"实则是《中国文学》译介活动的延伸，当中许多译作就取自该刊先前登载的译稿。及至新世纪关口，刊行半个世纪之久的《中国文学》骤然停发，"熊猫丛书"也随之偃旗息鼓。令译界不胜唏嘘之余，这一憾事客观上也证实了由单一机构主导的文学译介模式无法适应庞大多变的国际市场，终究难以为继。

截至2000年岁尾停刊，《中国文学》总计出版590期，翻译介绍中国古今文人、艺术家达2000多人次。"熊猫丛书"二十余年间粗计出版过英文图书130种，法文图书66种。[1]

王安忆最初也是借助这一平台走入法语世界的。《中国文学》的译材甄选标准和翻译策略，无疑在一定时期内影响着法语读者——包括专事中国文学研究的法国学者在内——对王安忆作品的理解，与他们日后解读作品的视角和立足点自然也不无关联。

1. 翻译始末与译本详情

进入新时期后，法文版《中国文学》（*Littérature Chinoise*）陆续翻译过6种王安忆的作品，包括《小院琐记》《本次列车终点》《人人之间》《花园的小红》等4部短篇小说，1部中篇小说《妙妙》和1篇散文《记一次服装表演》。

1　徐慎贵：《中国文学出版社熊猫丛书简况》，《青山在》，2005年第4期，第19页。

　　1981 年 7 月登载的《小院琐记》(*Histoire de la petite cour*)系该刊首次译介王安忆作品,与李斌奎[1]的《天山深处的大兵》共同收录在"短篇小说"专栏(Nouvelles),是该期杂志仅有的两篇虚构作品。这部取材歌舞团成员家庭生活的故事最初发表在 1980 年第 3 期的《小说季刊》上,于"文学讲习所"构思完成,全篇借助对比描写的手法探讨作者心中物质与家庭幸福的关系,可谓创作起步时期最好的短篇作品。《中国文学》还为初次刊载的作者附上简介,告知读者王安忆与作家茹志鹃的母女关系以及她当时供职《儿童时代》等基本情况。[2]需要特别指出的是,杂志提供的背景信息混淆了祖籍和出生地,从中丝毫看不到青年作家和上海由来已久的渊源,好似迁居沪上的异乡人。难以想象,此后惯被视为"海派传人"的王安忆,此时在《中国文学》的编辑笔下俨然是"故乡的陌生人"。首次译介即存在事实性纰漏,不能不说是王安忆在法语世界传播过程中的遗憾,毕竟它左右着译语读者对作家形象的最初认知。

　　时隔三年,《中国文学》又翻译了王安忆的短篇小说《本次列车终点》(*Terminus*),一部带有强烈时代色彩,探讨返城知青生存际遇、人生困惑的作品。小说 1981 年一经《上海文学》发表,同年便荣获两项创作大奖——第二届全国优秀短篇小说奖和中国作协年度优秀短篇小说奖。《中国文学》显然十分欣赏作家这部数易其稿的佳作,日后两度将其编入"熊猫丛书"。译稿问世当年即被收入《中国女作家近作选》[3](*Huit*

1　李斌奎:1946 年生人,20 世纪 60 年代开始文学写作,先后在新疆军区话剧团和兰州军区政治部专职从事创作工作。代表作有长篇小说《啊,昆仑山!》《欲壑》,话剧剧本《草原珍珠》《塔里木人》《天神》《昆仑雪》等,《天山深处的大兵》荣获第三届全国优秀短篇小说奖。

2　«Présentation»,*Littérature Chinoise*,1981,(7):p.121.

3　这部小说集分别收录了以下作品。丁玲:《"牛棚"小品》(*Dans l'«étable»*);冰心:《空巢》(*Le nid vide*);张洁:《条件尚未成熟》(*Les conditions* (转下页)

femmes écrivains，1984），令彼时尚属新秀的王安忆得到了与丁玲、冰心、谌容、宗璞、茹志鹃等文坛前辈齐名示人的机会。事实上，《中国女作家近作选》早在 1981 年便发行过初版，1984 年再版时才增补了王安忆和航鹰的作品，与之前六位老作家的小说一起呈现"今日中国的突出特点"，展示"中国女性文学的显著特征"。[1]

此番辑录，出版方在每篇小说前为作者配发了小传与照片。介绍文字较早前的只言片语丰富了许多，补充了作家执笔前下乡、从艺的生活经历和部分中短篇杰作信息。[2]不仅如此，当中就王安忆写作特点的归纳应是最早见诸法语刊物的评价："她的作品讲述了中国青年一代的现实生活。王安忆笔调细腻、冲淡，人物心理刻画十分精彩。对日常小事的描写细致入微，真实感极高。"[3]中国文学资深译者苏珊·贝尔纳（Suzanne Bernard）还为此书作长序一篇。她在文章中赞赏了 8 位女作家的创作活力，认为她们的创作虽不能涵盖中国女性文学的全貌，却可从中得见女性写作的部分趋势，同时对其娴熟驾驭短篇体裁的卓越才能深为感佩。

1989 年出版的"熊猫丛书"之《中国优秀短篇小说选（1949—1989）》（*Les Meilleures Œuvres*）再度遴选了这篇法语译作。沪上知名文艺评论家李子云女士为文集作序《风雨四十年》，原版中文文章后刊于《当代作

（接上页）*ne sont pas mûres*）；谌容：《人到中年》（*Au milieu de l'âge*）；宗璞：《弦上的梦》（*Le rêve de l'archet*）；茹志鹃：《草原上的小路》（*Le chemin de la steppe*）；王安忆：《本次列车终点》（*Terminus*）；航鹰：《明姑娘》（*Clarté*）。

1　«La quatrième de couverture»，*Huit femmes écrivains*，Beijing：Littérature Chinoise，1984.

2　«Présentation»，*Huit femmes écrivains*，Beijing：Littérature Chinoise，1984，p.282.

3　*Ibid.*

家评论》(1989 年第 3 期)。这篇文字依然以介绍文学作品诞生的社会语境为主,是对新中国成立 40 年来中国文学创作形势的梳理,强调不同阶段里——"十七年"时期、"文革"时期、新时期——外部气候对写作的影响,如政治话语强势介入、拉美文学风靡、西方批评理论引进等。相比之前"熊猫丛书"选集的说明性前言,该文对时空语境的剖析和文学断代的描述无疑更加鞭辟入里。应当指出,在李子云专注宏观概括的评述中无一字言及王安忆和她的作品,我们认为这与作家当时的创作成就和文坛地位不无关联。

　　作家第三部面世的法译作品是《人人之间》(*Parmi les hommes*),见于 1987 年首期《中国文学》,由资深译者卡特琳·维尼亚尔(Catherine Vignal)执笔。现有资料证明,维尼亚尔实际在中文原作发表的同年(1984 年)4 月便于上海完成了翻译工作。这一次,《中国文学》在前置说明中校正了最初关于王安忆生平信息的显著错漏,明确了作家"生于南京,长于上海"的成长背景,选择性地列举了以往作品的获奖情况[1],最后还特别补充了作家全国作协成员的身份。

　　1989 年,该刊将目光转向王安忆的散文写作,翻译了取材于当代上海老年人文化生活的《记一次服装表演》(*Un défilé de mode*)。与王安忆一同列入本期杂志散文专栏的还有嵇伟的《隐秘》和端木蕻良的《缩脖子老等》两篇文章,前者叙说的是海峡两岸骨肉分离的思亲之情,后者是 1988 年发表在《人民日报》副刊上描绘故乡变化的短文。三篇选文从内容来看都有着共同主题,即中国社会生活的今昔改观。

　　整个 90 年代,《中国文学》仅翻译过一部王安忆的作品,即 1992 年

1　如:《谁是未来的中队长》获得第二届全国优秀儿童文艺作品二等奖,《流逝》获得全国优秀中篇小说奖。

第 2 期刊载的中篇小说《妙妙》(*Miaomiao ou la chimère de la ville*)。此时作家已褪去执笔之初的青涩,渐入佳境,知名度更非初次登选时可比。《妙妙》这篇译文实为题名本期封面的头版小说,编辑们还特别在小说前安排了一篇独家评论文章《宁静的流水——王安忆作品印象》(*Un cours d'eau tranquille‐Impression sur Wang Anyi et ses œuvres*),全面介绍作家的写作风格、创作理念和既往代表作。评论者认为《妙妙》的风格克制而不失分寸,将人物内心世界描摹得极其细致,"俨然一湾随作者思路流淌的活水"[1]。为道明喻体"活水"之意,还特别引述《妙妙》的开篇"水下潜流"(un courant se cache sous l'eau qui dort)式的段落[2]予以佐证。"王安忆的写法好似密友间的絮语,这席长谈尽显她讲故事的天赋;叙事技巧无比娴熟,文字平实,却丝毫不失动人心魄之处。"[3]此系第一篇系统介绍王安忆的法语文章,足以构成中国主动译介过程中的标志性事件。总体来看,这篇文章运用的依然是以作家生活经历为线索介绍代表作的通常思路,并无出奇之处。可取之处在于它精准简明地择取了王安忆写作生涯里的关键事件,就事件与核心作品之间关系的描述也可谓精当。虽然这在当时和现今中国读者的眼中新意寥寥,无非评论界滥觞式共识的重复,可在译语读者看来,却是了解作家不可多得的翔实来源。

1　Xiao Zhong, « Un cours d'eau tranquille‐Impression sur Wang Anyi et ses œuvres», *Littérature Chinoise*, 1992(2):p.8.

2　"宝妹没有想到:日后,她的一篇小说,会给头铺街上带来这样的热闹。宝妹更不会想到:她的这一篇小说,竟彻底改变了头铺街上的姑娘,妙妙的命运。"王安忆:《妙妙》,见《香港的情与爱(王安忆自选集·第三卷)》,北京:作家出版社,1996 年,第 384 页。

3　Xiao Zhong, « Un cours d'eau tranquille-Impression sur Wang Anyi et ses œuvres», pp.8‐9.

《妙妙》的这个法文译本随后被收入"熊猫丛书"之《女作家作品选》[1]
(*Œuvres chinoises des femmes écrivains*, 1995)。选集收录的作家皆是
同代人,几乎同期走上职业写作之路。当时任职于武汉大学中文系的学
者陈美兰,专门为此作序力荐。陈女士以批评家的视角向法语读者解释
了女作家之于当今中国文坛的地位和创作脉络,也着重指出她们的写作
立场与西方文学领域女权主义表达的显著区别。

新世纪初,该刊在 2000 年第 3 期以双语对照版式发表了法译本《花
园的小红》(*Petite Hong du village du Jardin*)。次年《中国文学》杂志
便结束了历史使命,彻底退出时代舞台。

1981 年至 2000 年,二十载的时间里,通过当时主要的法文外宣刊物
《中国文学》,王安忆共有 6 部作品走进法语读者视线。除 1 篇散文、1 部
中篇小说,其余皆为短篇作品。遗憾的是,除《本次列车终点》和《妙妙》
以外,其余译本均不见于日后的法文"熊猫丛书";而且,此书系并未如英
文版一般,为王安忆单独发行个人文集。

此番由国内译界主导的译事缺乏持久性和集中性,关注程度与翻译
规模实难匹配作家的文坛地位和文学成就。这些入选《中国文学》的文
本此后在法国译界也未能引发复译行为。相反,以上所涉 6 部作品的英
译本在英文版"熊猫丛书"中被辑录为文集《流逝》,旋即在 1988 年的伦
敦便出现了复译单行本,之后英美两国相继在 90 年代翻译了"三恋"系

1　这部小说集分别收录了以下作品。叶梅:《撒忧的龙船河》(*Les funérailles de
la rivière du Dragon*);程乃珊:《供春变色壶》(*La théière-caméléon*);铁凝:
《孕妇和牛》(*Rêverie d'une paysanne enceinte*);王安忆:《妙妙》(*Miaomiao ou
la chimère de la ville*);陆星儿:《在同一只屋顶下》(*Sous le même toit*);池
莉:《城市包装》(*Déviation au paradis*);残雪:《天堂里的对话》(*Dialogue au
paradis*);范小青:《瑞云》(*Nuage propice*)。

列作品，先于法国译界十年有余。改革开放初期，中国当代文学最重要的对外输出渠道便是"熊猫丛书"，而该书系的法文版对王安忆零星、分散的译介，或可在一定程度上解释作家在法国译界内的迟至现象。

2. 本土译事的主要特征

对外宣传性质的文学译介活动，其初衷和目的都是借助文学作品的塑造展示崭新的国家形象。这就意味着翻译过程的各个环节都要服从于这个终极目标，有时不得不让渡部分文学价值和审美价值。这一既定策略使得《中国文学》在翻译、介绍包括王安忆在内的众多作家时必不可免地表现出以下显著特征。

第一，便是文学作品主题风格趋向均质化。现实主义的创作路径呈现出压倒性态势，成为《中国文学》翻译当代文学唯一且明确的导向。之所以确立这样一种贯穿始终的甄选标准，乃是译介主体的使命使然，国家机构主导的对外译介项目必然要求所译作品须适合对外。如此一来，却也限制了选材自由，令外语读者与相当数量的中文佳作失之交臂。

《中国文学》对王安忆作品的选择自然也不会脱离社会主义现实主义这条基线。杂志所登选的 5 篇小说，从主题到叙述方式再到塑造人物的具体手法，与"十七年文学"的创作理念一脉相承；统一的审美理念使得这些小说与 50 年代前辈作家的文字并置成集时，显得异乎寻常地和谐。若无文内说明，单凭直观的阅读感受，一般的中文读者想要分清上述文集作者的老中青代际也实非易事，何况是对中国不甚了解，甚至全然无知的外语读者。事实上，王安忆早在 80 年代中期就出现了创作转向，可以说她是同期写作者中率先放弃"寻根"另寻他路的作家。80 年代中后期至 90 年代初，王安忆真正有分量的虚构作品当属"三恋"系列小说、《岗上的世纪》及《叔叔的故事》等，从中明显可见作家进入了语言和审美维度的全新探索阶段，这才是当时王安忆文学创作的主要方向。即便碍于篇幅限制，《逐鹿中街》《悲恸之地》等都是一经发表便收获好评的短篇佳作，然而《中国文学》和"熊猫丛书"显然是有意规避了以上意义不凡的写作，转而选择了一篇相对轻而又轻的散文《记一次时装表演》。之后入选的《妙妙》确为佳作不假，却无法代表这一时期王安忆的创作趋势和文学水准。这种让渡文学本质的选择标准，诚然无法呈现作家的全部创作风貌，直接造成了法国译事介入之前，王安忆在法语世界里扁平偏颇的文学形象。

第二，则是译者的被动处境，创造力和主体性时时处处受限。现存相关文件显示，《中国文学》杂志社（即后来负责"熊猫丛书"工作的中国文学出版社）的机构主要有中文编辑部、英文翻译部和法文翻译部。一部作品从备选到翻译成稿，再到最终登载，先后要经过中文编辑部挑选、交与部主任初审、送呈总编二审决定待译稿件，再移交外文部组织翻译，译稿完成后须经外国专家修改，最后由外文定稿人进行终审，核定完毕方可着手刊印发行。重重审核，层层把关，《中国文学》的工作方式不可谓不严谨。然而，如此这般逐级审阅、层层干预的模式显然无法充分调动译者的创造力。

《中国文学》的翻译人员主要有三类：一是该机构长期聘任的翻译专家，如杨宪益、戴乃迭、沙博理等；二是专门供职于出版社的中国译者，数量不过十几人；由于任务多、时间紧，前两类译者常常难胜繁巨，于是便有第三类外聘人士参与翻译工作。及至具体翻译王安忆作品的译者，多数为具有外文局专职背景的从业人员，如《本次列车终点》的译者唐志安[1]

---

1   唐志安：1953 年生人，擅长法语，原中央编译局文献部资深翻译。

和《妙妙》的译者刘方[1]。唯有《人人之间》的译者维尼亚尔（Catherine Vignal）具有文学研究背景，素以翻译艾青和茅盾的作品闻名。至于王安忆的首篇法译作品《小院琐记》，则根本没有译者署名，不得不说这是对翻译工作的极大不尊重。考虑到此类译事的一般流程，《中国文学》登选的王安忆短篇作品多数应属于"集体创作"的产物。

　　客观而言，以《中国文学》杂志为中心的译事固然存在上述缺憾，但也具有值得后来译界人士借鉴的可取之处，也即此番译事的第三个明显特征——细致翔实的创作背景说明。外文局的编辑们对于解析、建构作品出现的文化和社会语境可谓用心良苦，每有译文合集出版必会邀请外国汉学家、文学研究者、资深评论家撰文著序，以此引导译语读者的阅读和理解。前文提及的法国资深译者苏珊·贝尔纳、知名学者陈美兰以及著名文艺评论家李子云，均为王安忆法译作品及其所属文集撰写过序言性质的文章。她们或专注于王安忆自身的写作活动，或着眼于她代表的创作群体，大到社会形势、文坛风尚，小到写作手法、文学常识，都一一作出了精准扼要的交代；甚或还顾及了中法两国之间文学审美评判的差异，在解释的基础上提出对潜在读者的阅读期望。

　　这当中苏珊·贝尔纳为《本次列车终点》等短篇小说所作的长序是几篇文章中最具前瞻性的导引，因其本身即是译语读者，加上有长期从事中国现代文学翻译的实践心得，贝尔纳可以敏锐地捕捉到这些作品进入法语语境后可能面临的理解障碍和误读。她先从文学常识入手，率先强调短篇小说在中国文学体系中的重要地位，指出这一体裁历来在中国

1　刘方：1932 年生人，早年修习俄语，后进入南京大学法语专业。1964 年起在中央电视台新闻部负责新闻翻译，后入职《中国文学》杂志社专门从事文学翻译工作。代表法文译作有《少年天子》《老子》《穆斯林的葬礼》《张子扬诗选》等。2013 年凭借译著《布罗岱克的报告》获得傅雷翻译出版奖文学类翻译奖。

的文学传统中被誉为"考验作者天赋的试金石"(la pierre de touche du
talent d'un auteur),审美规范自成一体。"短篇小说自有其规范,有些类
似室内乐:要素精简,力求精确,形式紧凑,表达纯粹、简练。"[1]

　　为助益法语读者的理解,不至于产生谬之千里的"误读",贝尔纳不
惜以相当篇幅分析两国在文学价值判断维度的重要区别。"当代中国文
学最显著的特征——也是与我国文学的根本区别——便是与社会现实
的紧密联系。"[2]文学作品在中国,不论品质高下,都是社会的见证
(témoignage de société)。无论是直接描写,还是作为背景,抑或暗含于
字里行间,社会现实都是作品不可分割的一部分,因而也就不难解释这
些小说共有的"文革"影子。

　　即便如此,王安忆等人的写作在贝尔纳看来仍不乏现代意味,甚至
具有相当的"先锋"性质。她明确告诉读者,中国当前的文学创作进入了
"实验"(expérimentale)阶段,作家对生活的描绘日渐细微复杂,他们"拒
绝简单化、程式化的表达,愈发重视文体、文辞的打磨"。[3]这种表达层面
的深刻变革,在所选作品中可见一斑。结构层面,几位女作家多数都采
用了非线性的叙述方法(la discontinuité temporelle),现在与过去相重
叠,"现代感十足,时间变幻不定,形式也就非常灵活,贴近电影剪接的蒙
太奇手法"[4]。

　　此外,学者陈美兰教授推介《妙妙》等中篇小说的文字也值得一观。
文章以女性文学为切入点,认为女性创作群体为1979年后中国文坛复

1　Suzanne Bernard, « Avant-propos », *Huit femmes écrivains*, Beijing:
　　Littérature Chinoise, «Collection Panda», 1984, p.10.

2　*Ibid.*, p.6.

3　*Ibid.*

4　*Ibid.*, p.9.

兴贡献良多，甚至在此后一波波的文学思潮中都能引领潮头，寻根文学、新写实主义、现代主义，女作家们都走在前沿。这一评价与贝尔纳的判断不谋而合。她尤其推崇王安忆的《小鲍庄》，认为这是可与《棋王》和《爸爸爸》相比肩的"寻根"代表作。[1]陈美兰的评介虽着眼于宏观的女作家群体，但对强化王安忆作品的女性主义特质还是多有助益的。

　　相较以上两位评论者，李子云女士为《中国优秀短篇小说选（1949—1989）》精心撰写的长篇前言《风雨四十年》在译介历程中的效力实则非常有限。评论家李子云在上世纪八九十年代的中国文化界无疑占据了不可替代的地位，在文学和艺术界的话语影响力有目共睹。然而，这种深植本土的影响力在 1989 年前后的国际语境里实在难以跨越语言的藩篱，辐射到全然陌生的译语世界。平心而论，《风雨四十年》不失为美文一篇，它对"十七年"和"前三十年"中国当代文学的脉络把握和时期切分，对作品背后意识形态语境的剖析，其精当程度、视野宽度和立论的说服力绝不在前两位之下，这也是后来该文被收入以学术权威性著称的《当代作家评论》的原因。但是，以上优势在中法文学交流渠道尚欠通畅的 90 年代初，非但无法助力译介接受，反而极有可能变为遏制法语读者阅读兴趣的负面因素。李子云的评介文字牵涉太多纷繁复杂的社会历史背景，足以将非汉学领域的普通读者拒之门外；其次，她的行文语言尚未走出理念先行的话语体系，势必会加剧与潜在译语读者的距离感；再者，李子云当时的审美取向明显偏重于 50 年代一辈文坛宿将，对青年一代作家的关注十分有限，对王安忆的写作更是只字未提。

　　如果说苏珊·贝尔纳、陈美兰对文学创作背景选择性的补充说明是

1　Chen Meilan，«Préface»，*Œuvres chinoises des femmes écrivains*，Beijing：Littérature Chinoise，1995，p.II.

中国主动译介王安忆作品的可取举措,那么外文局采用李子云面面俱到的全览式分析无疑带有"用力过猛"之嫌。本土语境中可读性、学术性俱佳的评介文章,挪移到译语环境中却转变为阻碍接受的屏障。如此事与愿违的现象值得国内外翻译同仁深思,事实证明后来居上的法国译事明显有意规避了类似情况的发生,这自当后论。

二、 扁平化的作家形象及其成因

> 所有见过王安忆本人或者看过她照片的人都会有这么一种印象:她总如艺术家一样躲在一隅,洞若观火般静静地观察着人群和周遭世界;常带着浅笑,姿态庄重,恬静又不失礼貌的抗拒,这笑容仿佛就是她遮掩灵魂的帷幕。时间久了,当你对她的印象开始模糊时,那双流水般澄明的敏锐眼眸便会重现,唤起你的全部记忆。[1]

这段类似小说笔法的文字出自 1992 年第 2 期《中国文学》专门介绍王安忆的头版评论文章《宁静的流水——王安忆作品印象》。作者以此入手为读者勾画了一幅王安忆青年时代的画像,言辞感性,如今读来也很难不为之动容。其中提炼出的"流水"(une nappe d'eau limpide)意象既应和着所评作品,也寓指作家看待世界的态度和行文基调。

进入 90 年代后,随着作家创作成就的积累和文坛地位的提升,《中国文学》便适时在译介中对王安忆以往的写作情况作出了一番系统评述和总结。依时序看,这是整体译事中第一篇关于王安忆的法语评论。此前杂志边栏的扼要简介和文选合集的宏观评价,大多只是将"现实主义

1　Xiao Zhong, «Un cours d'eau tranquille-Impression sur Wang Anyi et ses œuvres», *Littérature Chinoise*, 1992(2): pp.5 - 6.

作家"的界定直接交给读者,鲜少细说。《宁静的流水》一文则是在为作家创作分期的基础上,强调现实生活给予写作者的丰富给养,从而突出王安忆自始至终的现实主义创作路径。具体而言,文章将王安忆 1981 年至 1992 年的文学创作划分为三个阶段:一、寻找自我(se chercher elle-même);二、折回社会(demi-retour vers la société);三、在新高度重识自我(se retrouver à un niveau supérieur)。[1]以上时期可对标的平生经历有"知青下乡""作协文学讲习所""国际写作计划"等,其间提及的作品或已由《中国文学》翻译发表(《雨,沙沙沙》《小院琐记》),或尚未见诸法文翻译(《广阔天地的一角》《当长笛 solo 的时候》《小鲍庄》《岗上的世纪》),或有待来日译为法文("三恋"系列小说),不一而足。众多篇目里,评论者唯独强调了《小鲍庄》的重要性,认为这部反思中国乡土社会现实生活的中篇小说,标志作家风格已臻成熟。此后的作品均给人以"瓜熟蒂落""水到渠成"之感。

　　评论的另一重点在于分析王安忆谋篇布局的卓越功力。我们看到作家走出短暂的摸索阶段后,便告别了"狭隘的个人经验"(l'étroitesse de l'univers personnel),转而面向平常生活和更加广阔的世界。"她的小说不以情节制胜,更接近新闻写作,讲述的几乎都是日常琐事。"[2]"然而当你随着作者的思路,读过一章章主题平常的文字,读毕合上书方觉出这平常所承载的沉重意味。"[3]文章的排版位置,行文中反复出现的"现实""平常""日常"等字眼,从中不难得见《中国文学》的编者们为塑造王安忆现实主义文学形象付出的良苦用心。

1　Xiao Zhong, «Un cours d'eau tranquille-Impression sur Wang Anyi et ses œuvres», *Littérature Chinoise*, 1992(2): p.8.

2　*Ibid.*, p.7.

3　*Ibid.*

与此同时,外文局主导的译事显然十分注重突出王安忆的女性创作者身份及其主流作家的文坛地位。只要稍加翻阅前文所述的一系列文集和译文所处的专栏即可看到,与王安忆同时出现的既有丁玲、冰心等三四十年代从"左翼"阵营一路走来的文坛名宿,也有茹志鹃、宗璞等50年代前后崭露锋芒的"共和国一代"作家,她作为中国文学界主流作家的定位于是不言而喻。

法文版"熊猫丛书"在编选王安忆等女作家合集时对其女性创作者身份"差异化"的界定方式非常耐人寻味。所谓"差异化"是相对同一时期西方女性作家而言,主要体现在微观的情感表达方式和宏观的文学立场两个层面。

对于中国女作家刻画人物情感时呈现出的共性,苏珊·贝尔纳在《中国女作家近作选》的前言中不但给出了精准概括,还深究其里。她以《本次列车终点》里城市喧嚣和主人公心潮相激荡的场面为例,认为王安忆等人笔下的景物描写常常是"很壮观的"(spectaculaire),与人物情感密切关联,推动情节发展。然而,同样情感充沛、感染力强的文字出现在对话场景里,审美成色就变得差强人意。贝尔纳写道,感觉它们(人物对话场面)近乎是台上演的戏,动作、神态、表达都十分精确,但戏剧化效果强烈。[1]诚然,王安忆早期作品里对人物语言的打磨确有符合如上判断之处,但类似格调的存续实则相当短暂。事实上,其中涉及中法两种文学传统的审美标准差异。贝尔纳不无忧虑地指出,她们诉说情感、看待感情的方式和角度在一定程度上会给法语读者造成潜在的领悟障碍。这是因为在法国文学语境里,人们对纪德关于"良好的情感并不能造就高

---

1   Suzanne Bernard,«Avant-propos»,*Huit femmes écrivains*,Beijing：Littérature Chinoise,«Collection Panda»,1984,p.10.

品质文学"的说法耳熟能详。"可在中国,尤其是女性作家,文学相信情感,相信良好的情感。"[1]难能可贵的是,这位中国文学的资深译者在发现差异并给予评价后,依然保持着尊重文学异质存在的宽容态度。"外国读者需要尽量去适应中国式的情感表达,唤醒我们——至少是法国的艺术和文学——多已丢失的澄澈灵魂和纯洁心灵。"[2]

毋庸置疑,进入新时期的中国译界必然注意到了西方世界 60 年代兴起、70—80 年代高涨的女性解放运动和随之而来的女性主义文学理念,否则也不会在短短十年间(1984 年至 1995 年)几次三番为王安忆等人编选出版女作家合集。

看似主动贴合接受语境的译介策略,实则却在反复强调王安忆代表的中国当代女性创作群体秉承的文学理念与西方女权话语相去甚远。故而,陈美兰教授在合集"前言"里开宗明义地指出:中国女作家并非作为"男性世界的对立面"而存在,她们从来都是独立的创作者;其思想从来不囿于狭隘的性别领域,乃是源于自身对生活和世界的观察,故而可以引领读者走出观看的初级阶段。[3]换言之,她们无需标榜性别立场,这些"推动中国文学事业进步"的作品足以撑起女作家在当今中国文坛的地位。与此同时,该文着重强调中国女性作品的现实意义,认为小说寓意远超女性世界,直指社会生活的普遍问题。"中国女作家不会自我陶醉于女权主义,反而着眼整个社会。"[4]末尾还不忘将中国当代女性写作与文学史里的经典形象相关联,指出中国

---

1 Suzanne Bernard,«Avant-propos»,*Huit femmes écrivains*,Beijing:Littérature Chinoise,«Collection Panda»,1984,p.9.

2 *Ibid*.

3 Chen Meilan,«Préface»,*Œuvres chinoises des femmes*,Beijing:Littérature Chinoise,1995,p.II.

4 *Ibid*.,p.IV.

女性若想摆脱鲁迅笔下子君的悲剧命运,就必须依靠民族解放和文化发展。就此而言,文集所选篇目刚好反映了这种社会历史观念的变迁。

可见,无论何种文学身份、何种创作立场,此番译事的主导者最终都试图将女作家的创作行为导引回"家国关怀"的现实主义维度。行文至此,我们深感当年编者和译者对社会主义现实主义创作路线的坚持。然而,姑且不论文集篇目是否能反映中国当代女性文学的整体风貌,单就王安忆一人而言,以上译介对其女性主义身份的建构恐难以成立。从入选作品《本次列车终点》《妙妙》来看,前者本就与女性主题相去千里,后者虽切题但绝不是最能体现作家关注女性生存状态和心理世界的作品。当年和日后评论界讨论王安忆笔下的女性世界时,言必谈及的几部作品都被法文版"熊猫丛书"完美回避了。诚然,不论是触及社会禁忌话题的"三恋",还是牵涉男女"性别战争"的《逐鹿中街》和《岗上的世纪》,即便具备可观的文学价值和思想深度,终究难以达到此番译事追求的衡量标准。如此一来,作家此时在法语世界的译介不得不压缩自身的文学价值,以致译语读者最初看到的王安忆仅是一个扁平化的文学形象。

如今回看,《中国文学》译事对王安忆重点作品的有意回避,客观上造成了她早期在法国遭遇的翻译迟滞的困局(相对英语世界对作家的译介情况而言)。作为当年为数不多可供西方世界观察中国社会文化情态的窗口,《中国文学》期望以"现实主义"定位打通王安忆进入法语世界的途径实非最佳策略,毕竟法国从来不缺所谓的"现实主义作家"。

究其原因,法国社会学家皮埃尔·布尔迪厄(Pierre Bourdieu)的"文学场"(champ littéraire)理论刚好可以解释。

三、 话语权力失衡的目的语文化场域

"盛行的文学经典,无可避免地反映出权威的立场。当这样的情况涉及翻译文学,权威的问题便成了两方的对决:翻译文学来源地固有价值观的权力变弱,未完全消失,而新权威介入其中并建立他们自己的经典华文文学,或者其他经典外语文学。"[1]法国汉学家何碧玉(Isabelle Rabut)敏锐地揭示出西方世界接受现代华语文学时遵循的逻辑——话语权力的角逐。这一思考角度为我们分析中国译界主动输出的王安忆作品缘何收效甚微提供了科学的分析路径。

倘若深究其里,何碧玉的思路实则源于法国社会学家皮埃尔·布尔迪厄的"文学场域"相关理论。后者在《艺术的法则》(*Les Règles de l'Art*)等著作中运用社会学的研究方法阐释了文学艺术作品生成、传播、流变过程中无处不在的权力机制。这一思考体系之于翻译接受的研究往往有事半功倍之效,这是因为翻译作品作为跨越语言场域的文学产品注定要承受来自出发语和目的语双重话语权力的牵制,当中不同形式、不同领域的权力角逐也就更加复杂激烈,而布尔迪厄对文学生产场内部资本分布、运行原则和行动者的界定划分无疑可以帮助我们看清左右此番译事接受效果的种种因素及其背后隐藏的深层逻辑。

具体分析之前,有必要将"文学场域"(或"文学生产场")一说的相关概念厘定清晰。"场域"和"资本"是分析文学作品时最为关键的两个概念。必须指出,出于自身的学术倾向,布尔迪厄一向不喜经院式、学究气的专业定义,更青睐"开放式概念"(open concepts),认同在概念所属的

1　何碧玉、周丹颖:《现代华文文学经典在法国》,《南方文坛》,2015 年第 2 期,第 44 页。

系统中而不是孤立地加以界定。[1]这就使得他在不同著述中对于有关概念的表述也往往不尽相同，我们尽量采用相比之下更详细、更贴合研究对象（即翻译接受）的说法。

所谓"场域"（champ），布尔迪厄在与美国学者华康德（Loïc Wacquant）对谈时将它形容为"在各种位置之间存在的客观关系的一个网络（network），或一个构型（configuration）。正是由于这些位置的存在和它们强加于占据特定位置的行动者或机构之上的决定性因素，这些位置得到了客观的界定，其根据是这些位置在不同类型的权力（或资本）——占有这些权力就意味着把持了在这一场域中利害攸关的专门利润（specific profit）的得益权——的分配结构中实际的和潜在的处境，以及它们与其他位置之间的客观关系"。[2]据此，布尔迪厄将我们的社会分为政治、经济、文化等若干个不同的场域，且每个场域都受到权力和资本的渗透。文学场域（champ littéraire）作为文化场域的次场（sous-champ），同样是权力交织的空间。"文学场域是力量聚合的场所，所有进场的力量都会施加影响，方式因其站位不同而有所区别……同时文学场域还是斗争博弈的场所，各方都试图保持或改变这个力量场。"[3]

如果说场域的实质是权力斗争的场所，那么场域运行的本质逻辑则取决于资本的逻辑。掌握更多资本，意味着获得更大权力，便可在场域里推行自己的行事标准和游戏规则。虽然布尔迪厄的学说明显带有马克思政治经济学的色彩，但他对资本的理解并不局限于后者提出的经济

1　[法]皮埃尔·布尔迪厄、[美]华康德：《实践与反思——反思社会学导引》，李猛、李康译，北京：中央编译出版社，1998年，第132页。

2　同上书，第133—134页。

3　Pierre Bourdieu, «Le champ littéraire», *Actes de la recherche en sciences sociales*, 1991, 9 (89): pp.5‐6.

资本范畴。布尔迪厄将"资本"（capital）分为一定条件下可以相互转化的三种物质和非物质的表现形态：经济资本（capital économique）、文化资本（capital culturel）和社会资本（capital social）。同时分别以财产、教育资历和社会关系网（如"头衔"等）作为以上三种资本的标识。[1] 在《资本的形式》一文中，他总结了文化资本三种存在形式："1. 具体的状态，以精神和身体的持久'性情'的形式；2. 客观的状态，以文化商品的形式（图片、书籍、词典、工具、机器等），这些商品是理论留下的痕迹或理论的具体显现，或是对这些理论、问题的批判，等等；3. 体制的状态，以一种客观化的形式，这一形式必须被区别对待……，因为这种形式赋予文化资本一种完全是原始性的财产，而文化资本正是收到了这笔财产的庇护。"[2] 简而言之，第一种所谓具体的状态，主要指代人们投入大量时间、精力求学问道所获得的文化修养，无法像有形资产一样代际传承。第二种文化产品则可以通过多种渠道直接或间接转化为经济资本。第三种确指在体制化的干预下，授予文化个体某种认证或标签，最常见的便是文学奖项和文学协会的存在。文学奖无疑具有权威属性，诸如布克国际文学奖、曼氏亚洲文学奖、卡夫卡小说奖或诺贝尔文学奖等极可能影响一个中国作家的创作事业，甚至可以促进其作品在国外的译事发展。近年这种情况屡有发生，相形之下，中国的文学奖项在"体制"维度的影响仍十分有限。这或可部分解释几乎拿遍国内官方和民间文学大奖的王安忆，在法国汉学界介入之前一直为法语世界忽视的接受困境。

显而易见，我们探讨的翻译接受问题主要集中在文化资本中的文化产品范畴。那么，文学场域通常是由哪些力量构成的？鉴于布尔迪厄对

1　［法］皮埃尔·布尔迪厄：《文化资本与社会炼金术——布尔迪厄访谈录》，包亚明译，上海：上海人民出版社，1997 年，第 189—211 页。

2　同上书，第 192—193 页。

场域的解析多针对特定对象而言[1],不妨借鉴其学说传人凯斯·凡·里斯(Kees van Rees)[2]的相关研究成果。[3]文学场域的行动者(或机构)由两类构成:一是负责物质生产和分配的行动者或机构,如作者、印刷机构和销售商;二是负责象征生产的行动者,如文学评论家、教育家和学者。据此而言,《中国文学》译介的王安忆作品在法国所处的文学场域包括以下两部分:一是传播法译本的机构,如图书馆、书店;二是对这些法译本进行文学价值再生产的机构和传媒,如主流报刊、学术刊物、专业研究文集等。

逐一而论,文学场域内的分配机构。八九十年代的《中国文学》及后来的"熊猫丛书"在欧美的销售渠道非常有限。自新世纪初停刊后,国内译界不时就可看到有关于此的回顾式研究。依据耿强博士在《文学译介与中国文学"走向世界"》一文中的考据,这两类图书仅能通过中国国际书店[4]对外出售,或经由该机构设在海外的办事处联络当地图书经销商代行出售,或依托机构直辖的当地分公司销售,英美两国总计仅四家而已,且都对具体销售额讳莫如深,实际情况可想而知。[5]该刊物在法国的

1　如布尔迪厄在《艺术的法则——文学场的生成和结构(新修订本)》一书中绘制的图解:《情感教育中的权力场》《十九世纪末的文学场(细节)》。参见[法]皮埃尔·布尔迪厄:《艺术的法则——文学场的生成和结构(新修订本)》,刘晖译,北京:中央编译出版社,2011年,第40、88页。

2　Kees van Rees(1942—2018):1991年至2009年任 *Poetic* 刊物主编。20世纪60年代先后求学于阿姆斯特丹自由大学(Free University of Amsterdam)、法国巴黎高等研究实践学院(Ecole Pratique des Hautes Etudes)和格罗宁根大学(University of Groningen),学习法语语言文学、哲学和语言学。

3　Cited in Michel Hockx (dir.), *The Literary field of twentieth-century China* , Honolulu:University of Hawai'i Press, 1999, p.8.

4　即现今的"中国国际图书贸易总公司"。

5　耿强:《文学译介与中国文学"走向世界"》,上海:上海外国语大学博士学位论文,2010年,第54—55页。

销售模式全然一样,每一期法文版的订阅扉页都醒目地注明:"《中国文学》由我方当地经销商出售或直接联系中国北京国际书店订阅。"[1]法国知名的华语文学编辑陈丰女士也曾站在专业出版人的角度指出该书系的局限所在,直言"这套丛书在法国只能在专门经营中国图书的书店找到,基本没有进入法国文学图书市场"[2]。结合当时两国文学对话的情势,这类专门书店在巴黎不过"友丰书店"(You Feng)、"凤凰书店"(Phénix)和"世纪书店"(Centenaire)三家。除此以外,在设有中文专业或东亚文学系的高校图书馆、大型国立图书馆也有部分馆藏。《中国文学》的受众显然基本不逾狭窄的法国汉学圈和极少数对中国怀有强烈兴趣的个别读者。

至于文学场域内负责象征生产的评论声音,现实情况更是不忍一观:几乎为零。经过多次实地查找,我们发现无论是法国的主流报刊,还是大众文学杂志,哪怕是专业性极强的汉学和比较文学刊物,无一例外均从未对《中国文学》翻译的王安忆作品有过只言片语的评价。不幸的是,这些法译本能否实现文学价值、加持文化资本,关键就取决于负责象征生产的参与者,也即来自法语文学体系内部的评价和阐释。

无独有偶,美国学者夏志清也曾近乎苛责地指出中国文学英译本在欧美文学场域的困境:不少译作虽得到汉学家的积极评价,却终究难以吸引欧陆本土的知名学者和批评大家。[3]尽管同为文学研究者,专耕一隅

1　"LITTERATURE CHINOISE est en vente chez nos dépositaires locaux ou par commande directe à Guoji Shudian, B. P. 399, Beijing, Chine."

2　陈丰:《中国文学正在融入世界文学体系》,《文汇报》,2017 年 9 月 19 日。

3　"虽然中国文学英译本能得到汉学家的积极批评,却吸引不了那些研究欧洲文学的著名学者和批评家,假如乔治·斯坦纳(George Steiner)、约翰·厄普戴克(John Updike)和格尔·维戴尔(Gore Vidal)对英译中国文学感兴趣并给予评论,中国文学对此可谓感激不尽了。"谢天振、郑晔、耿强等:《翻译与中国当代文学海外传播》,南昌:江西教育出版社,2020 年,第 132 页。

的汉学家和广义上欧美文学界的评论家在文学场域里所占据的文化资本差别很大,后者比前者更有能力充盈提升具体作品的文学价值。老舍在法国的译介过程便深刻印证了这一规律,在经过常年的冷遇无闻之后,直到程抱一院士(François Cheng)的译介[1]和诺奖得主勒·克莱齐奥(Jean-Marie Gustave Le Clézio)的长篇评论文章[2]的出现才大大提高了老舍在法语世界的知名度和认可度,并继而确立了法国文学场域内中国现代经典作家的地位。

中国译事阶段,王安忆及其作品在法国的路途明显不似前辈般幸运。即便我们勉强将具有译语文化背景的苏珊·贝尔纳对作家的赞誉纳入象征生产者的范畴,奈何碍于传播渠道的客观限制,她的评价之声恐也无法播散到汉学界以外的读者群体。何况严格而论,由于翻译文学的跨文化生产属性,它的生产过程与传播过程是截然剥离的,那么贝尔纳译序式的评论也就并非发端于接受语境的文化场域,她的阐释行为实则是在中文的文化语境中完成的。尽管贝尔纳在法国汉学界和中国译界声名斐然,可在法国大众读者眼中,汉学家的赞赏常常远不及媒体或新闻界人士"腰封式"推介的影响力大。加之 80 年代末中西意识形态的巨变,给英法双语版《中国文学》本就狭窄的传播渠道更添阻塞。[3]然而杂志译介的唯一一部作家的中篇佳作《妙妙》恰恰出现在这种变化之后,不乏"生不逢时"之意。

1　程抱一翻译的《骆驼祥子》是中国现代文学在法国少有的、引发多次复译的经典之作。

2　勒·克莱齐奥曾为法译本《四世同堂》作序。

3　参见何明星:《中国当代文学海外出版传播 60 年》,《出版广角》,2013 年第 7 期,第 19 页。徐慎贵:《〈中国文学〉对外传播的历史贡献》,《对外大传播》,2007 年第 8 期,第 49 页。

　　考虑到以上《中国文学》刊发的国际环境,当我们向法国乃至欧美文学体系主动输出文化产品之时,双方在话语权力的关系网中实则处于极端不平等的位置。这就导致刊物在译语环境中要承受更多冲击。面对不一而足的读者趣味和市场利益,以外文局为主体的出口机构想要预判并把控未来的接受过程,本就是不可能完成的使命。

　　此番译事贸然将自己的审美标准给予接受方,并未顾及对方文学场域内积淀已久的美学理念。翻译策略的失当和自我设限的销售模式,决定了即便享受有再多的"体制"优势,集结再多的人力、财力,《中国文学》或"熊猫丛书"推出的多数译本在彼时的法国只会遭受冷遇,光鲜的订阅量[1]也无力改变王安忆等杰出作家在译语场域的尴尬处境,更何况文学层面的传播与影响本就有着根本区别。退而论之,来自刊物内部的统计数据,当中具有本土背景的非营利机构和部门的订阅量又占多少比重呢? 这无疑是需要译界同仁谨慎思量的议题。

　　《中国文学》杂志社 20 年里围绕王安忆断断续续的主动译介,始终在话语权力失衡的接受场域中备受冷落。种种因素,终致王安忆这位当代华语文坛的翘楚在法语文学世界一度泯然众人。尽管如此,国内译界对王安忆的主动译介客观上还是将其引入了法语读者的视野(即便是极其小众的读者),也就为后来法国汉学界的介入提供了契机。如果我们认同现代阐释学将文学作品视作生命个体的观点,那么前文所言的诸多不足自然就构成了对未来理想译介的潜在呼唤。事实正是如此,后来居

1　"据 1986 年统计,英文版《中国文学》在美国的订户为 1 731 户,在芬兰为 1 195 户,法文版光在巴黎的订户就有 1 026 户。"徐慎贵:《〈中国文学〉对外传播的历史贡献》,《对外大传播》,2007 年第 8 期,第 46 页。

上的法国译界在翻译和推介王安忆的过程中逐渐弥补了《中国文学》译
事曾经的缺憾。[1]

---

1   继《中国文学》之后,王安忆的作品并非不见于国内法语译坛。时隔十余年,
     上海市作家协会依托纽约出版社 Better Link Press,于 2012 年出版了《上海
     屋檐下:当代上海作家短篇小说选》(*Sous les toits de Shanghai: Recueil de
     nouvelles d'auteurs contemporains shanghaiens*)和《上海人:上海作家散文
     选》(*Gens de Shanghai: Essais d'écrivains shanghaiens*)2 部法译文集。分别
     收入了作家的短篇小说《民工刘建华》(L'ouvrier migrant Liu Jianhua)与散文
     《城隍庙的玩与吃》(En-cas et distractions de Chenghuangmiao)。鉴于这是上
     海作协主导的尚在形成中的译事,故暂未将其纳入研究范围。

第三章 法国学界对王安忆作品的翻译(1987—2020)

粗略统计,改革开放以来,有数百位中国当代作家、千余部作品被翻译为多种文字介绍到国外。[1]如若将考量范围划定为全部有本可依的外文译作,时限前推至 20 世纪 50 年代,截至 2010 年,中国当代文学有 1 000 余部外语译本被推介到海外,当中涵盖了 230 位以上的当代作家。[2]研究者李朝全对所能搜集到的 870 余种当代文学外译文本作了详细的语种分布统计,结果显示:日文译本最多,有 262 种;法语译本次之,有 244 种;英文译本居第三位,有 166 种。[3]自 20 世纪 50 年代至 21 世纪初,十年为一限,刨除再版和重印的情况,各阶段译介数量大致如下:50 年代 49 部,60 年代 32 部,70 年代 28 部,80 年代 147 部,90 年代 230 部,新世纪最初 10 年约有 387 部。[4]

显然,中国当代文学走出国门的步调与我国改革开放的进程紧密相连。渐增的数据表面看来无疑很乐观,然而若将其置于文学作品的译入和译出数量的范畴考量,当中差距之悬殊一览无余。仅就法、中两国文

1 王杨、王觅:《图博会"中国作家馆"开馆——作家畅谈中国文学走向世界》,《文艺报》,2010 年 9 月 1 日。
2 李朝全:《中国当代文学对外译介情况》,见中国作家协会外联部编:《翻译家的对话》,北京:作家出版社,2010 年,第 144 页。
3 同上书,第 144—145 页。
4 同上书,第 145 页。

学翻译情况而言,中国近 30 年来翻译引入的法国当代文学作品达千种之多,体量几近中国当代文学在法译介数量的 4 倍,文学交流的往复显著失衡。[1]这还是译介总数位居第二的语种,其他外文语境的情形可想而知,恐怕更加不容乐观。

一、 中国当代文学在法国译介的历史语境

文学翻译从来不是平白无故发生的行为,它不是简单的文字转换,而是跨文化交流的形式之一。翻译家、文学家许钧先生依据多年的译介研究心得,曾多次撰文强调:"要考察文学译介活动,就应该将之放于一个文学交流的空间和历史发展的进程中进行。"[2]正因翻译是具有历史性的行为,有必要将法国学界围绕王安忆作品的翻译行为置于新时期以来中、法两国的文学,乃至文化交流的历时进程中加以考察,同时兼顾同期其他当代作家的译介情况,以便厘清译介活动发生的文化场域和文学空间。唯有这般"瞻前顾后""左顾右盼"的论述方法才能清楚得见王安忆在法国译事呈现出的译介特点,继而为后文针对具体翻译策略的分析提供时空语境。

改革开放之前,就已经出现了相当数量的现代文学经典作品的法语译本。据翻译学者高方统计,截至 2006 年,共有 84 位现代作家和 146 部法译现代作品见诸于世。[3]中国人很长时期内耳熟能详的"鲁、郭、茅、

---

1 高方、许钧:《现状、问题与建议——关于中国文学走出去的思考》,《中国翻译》,2010 年第 6 期,第 7 页。

2 许钧:《试论中国文学外译研究的理论思考与探索路径》,《中国比较文学》,2018 年第 1 期,第 113 页。

3 Gao Fang, *La Traduction et la réception de la littérature chinoise moderne en France*, Paris: Classique Garnier, 2016, p.121.

巴、老、曹"等一众官方认可的文坛巨擘自是必不可少,沈从文、钱锺书等"边缘作家"也位列其中。饶是如此,当时一般法国读者除了鲁迅和巴金之外,对中国现当代文学几乎一无所知。

目前国内翻译界系统性研究成果显示,1980 年至 2009 年,法国出版的中国当代文学译本总计 300 部左右,当中包括多种复译本,体裁以小说为主,也涉及诗歌、散文、戏剧;写作群体以大陆作家为主,亦有港台作家和海外华人作家。[1]

总体来看,当代中国文学在法国的翻译出版大致经历了三个时期:稀缺猎奇的"熊猫丛书"时期、庞杂拼凑的影视助力时期和以作家为中心的系统译介时期。

1. 20 世纪 70 年代末至 80 年代末:稀缺猎奇的"熊猫丛书"时期

单就发行世界 150 多个国家和地区的体量来看,"熊猫"系文集和刊物的确称得上规模可观、品类丰富,比较全面地展示了中国文学的面貌,但事实上该套丛书仅能在专门经营中国图书的书店找到,基本没有进入法国文学图书市场。仅有少数汉学家和对中国抱有极大兴趣的小众读者知晓,把它当成了解中国的参考资料,实难作为文学作品被普通文学爱好者接受。

抛开当时中国与世界话语体系的位差,堪忧的翻译质量也是造成该套丛书难以作为文学作品被公众赏读的主要原因之一。毕竟,其绝大多数译者的母语既非英语,也非法语。试问:我们在阅读欧美一流汉学家以中文写就的文章时,难道不会时常对文辞间"似是而非""相见不相识"

1　高方、许钧:《现状、问题与建议——关于中国文学走出去的思考》,《中国翻译》,2010 年第 6 期,第 6 页。

的用法感到困惑吗？更遑论以非母语语言"二度创作"一部文学作品。这种翻译机制会导致原作在转化为译作的过程中文学审美价值大大缩水。"熊猫丛书"在特定历史条件下对推动中国文学走向世界确实功不可没，可一旦面对商业规则主导的国际图书市场，翻译质量和销售渠道就成了致其难以为继的巨大瓶颈。

据汉学家安必诺（Angel Pino）、何碧玉考证，法国学界最初对中国当代文学的翻译见于 1982 年《道克斯》文学杂志（Docks）发行的中国专刊，介绍了包括阿城、北岛等人的作品。[1]1985 年，著名的《欧罗巴》杂志（Europe）推出专号《中国：一种新文学》，评述中国新小说、朦胧诗、戏剧和报告文学等新时期的各种文体，当中翻译了王蒙、宗璞、谌容的小说和北岛、顾城、舒婷的诗作。两次前导式的翻译介绍实为不久后规模化译介的先声。

中国政府 1988 年应法国文化部之邀组织中国作家代表团赴法访问。陆文夫、刘心武、刘再复、张贤亮、张抗抗、张辛欣、韩少功等均是代表团成员。这是国门开放后，中国的文化精英们第一次以如此规模出现在西方公众视野中，因而每场活动也都引发了不小的轰动。然而法国观者此时的兴趣尚停留在通过作家看中国的层面，远非关注文学本身。此番出访带来的积极效应，便是令法国获悉：中国的新文学已经诞生，而且势头强劲。

这之后，法国部分出版机构一度跳出了"鲁迅—巴金"的藩篱，转而翻译出售一些当代作家的作品，率先引起法国汉学界注意的是以批判精神和创新风格著称的"寻根文学"。自此，切中时代脉搏、引领文坛动向

---

1   Angel Pino et Isabelle Rabut，*Bibliographie générale des œuvres littéraires modernes d'expression chinoise traduites en français*，Paris：Éditions You Feng，2014，p.35.

的新时期文学遂成为译介的重点对象,它所具有的认知价值和社会政治价值往往为译介者所强调。这种倾向如魅影一般在法国译介中国当代作品的历程中始终如影随形、时隐时现,即使间或隐遁,却也从未消失。

2. 20 世纪 80 年代末至新世纪前夕:庞杂拼凑的影视助力时期

1988 年前后,法国译界出现了一次译介中国当代文学的高潮。这源于中国作家代表团访法当年法国文化部启动的"中国新文学计划"(Belles-étrangères Chine),计划内的译作后辑录为文集出版,即《中国短篇小说集(1978—1988)》(*La remontée vers le jour: Nouvelles de Chine*, 1978—1988)[1],共计翻译了 1976 年之后开始写作的 13 位中国作家的短篇作品。之后声望显赫的伽利玛出版社(Éditions Gallimard)推出了《中国作家短篇小说集》(*Anthologie de nouvelles chinoises contemporaines*, 1994),收录了 17 篇当代佳作。此后,陆续有出版机构翻译推出陆文夫、韩少功、汪曾祺、张辛欣、张洁、张贤亮、张抗抗、苏童、余华、王朔等人的中长篇法译本。

90 年代,根据《红高粱》《妻妾成群》《深谷回声》《霸王别姬》等小说改编的中国电影屡屡斩获国际大奖,在欧美热映,极大推动了中国文学的"出海"势头。这一时期,通俗文化再次显示出它在历史时空里的强大穿透力。西方终于可以借助电影和文学稍稍掀开神秘国度的面纱之一角,他们在阅读中国文学作品时依旧怀揣着寻找文化特质的异域情调和猎奇的渴望。

1　该文集所选作家有:阿城、白桦、北岛、韩少功、刘心武、刘再复、陆文夫、芒克、张抗抗、张贤亮、张辛欣等。

如果选择一二文词来形容中国文学这一阶段在法国的译介情形,非"庞杂"和"拼凑"莫属。虽然译事丰富,涵盖众多作家,但这一时期诞生的法译本几乎没有再版,多数出版商采取的是"游击式"策略,试探性地出版一两部作品后也就再无下文。极少有出版社表现出持续关注一位中国作家的意愿,翻译同一作家两部以上作品的情况更是罕见。再者,许多译文集的编选明显仓促草率,篇目乍看之下蔚为可观,但终究依照何种标准将一众风格迥异、主题纷乱、写作时差巨大的作家"纠集"在一起? 这部分内容,在相关出版说明里不是语焉不详,就是无从谈起。待这波借势通俗文化的译介浪潮退去后,如果还有零星读者记得莫言、苏童的名字,也多半是因为小说改编的电影。

3. 2000 年至今: 以作家为中心的系统译介时期

前两个阶段中,中国当代作品的非文学价值对译介多有助力,但这并不意味着文本的文学价值被完全遮蔽。事实上,这一过程中逐渐集聚了一批专门从事中国当代文学翻译、研究乃至教学的汉学家梯队;凭借学术积淀,他们不但能够深度领悟文本意涵,也会在翻译中尽量尊重原语文本的文学文化特质,最大限度予以传译。于是在 2000 年之后,中国当代作品在法国逐渐呈现出以文学出版社为主导、以作家为中心的译事新模式,甚至在新世纪的最初十年法国从事中国文学出版的机构数量不仅赶超了美国,而且比英、美、德三国的数量总和还多(见下图:"2000—2010 年海外出版中国文学作品出版机构数量"[1])。如果说越南的可观数字主要源于地缘和文化的相近因素,那么法国数据"异军突起"则多有

1　何明星:《中国当代文学海外出版传播 60 年》,《出版广角》,2013 年第 7 期,第 20 页。

赖于一批成熟的中国文学编辑精心制定的出版策略。

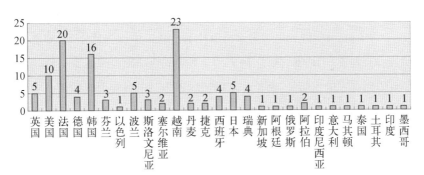

2000—2010 年海外出版中国文学作品出版机构数量

　　向来专注亚洲文学的毕基耶出版社是率先打开局面的"前锋"。以陈丰为核心的编辑团队,适时调整了出版策略,决定按照文学出版的惯常做法,以作家为中心,追踪写作者,系统翻译中国当代文学。于是,编辑们甄选译材的标准不再是"写什么",而是"如何写"。换言之,作品风格、行文想象力、情节结构、文辞特色等文学因素成为衡量判断的首要标准。2010 年之前,毕基耶出版过余华、苏童、汪曾祺、王朔、孙甘露、叶兆言、韩少功等作家的中长篇作品,随后又陆续推介了毕飞宇、王安忆、梁鸿、迟子建、小白等作家。其中尤以毕飞宇、王安忆二人的译本最多,七八部不等,且基本均为中长篇代表作。这些法译作品全部进入法国主流发行渠道,目前已形成相对稳定的市场。

　　事实证明,毕基耶团队挑选作家的眼光卓越精准,莫言、毕飞宇、王安忆、苏童、阎连科,日后都是入围和斩获国际文学奖项的热门华语作家。不断经由毕基耶翻译、推介的王安忆,已成为法国读者心目中最能代表上海区域文化、文学的不二人选。这些以作家为中心的系列译作,实则也为英文和其他语种版本的问世作了铺垫,毕竟各国正规的出版机构中从来不乏通晓法语的专业人士。

除毕基耶以外，还有南方文献（Actes Sud）、瑟伊（Le Seuil）、中国蓝（Bleu de Chine）和伽利玛等多家出版社都译介过中国当代作家，如贾平凹、池莉、刘震云、格非、张炜、阿乙等。特别应当指出，前两家是专注翻译余华和莫言的出版社，两位作家的国际声望与出版社大量的译介工作密不可分。以上出版机构凭借甄选作品的独到眼力、水准过硬的法语译本，成为欧美出版界了解中国文学动态的重要风向标。

经过法国、中国几代出版人的不懈努力，中国文学作品此时不再屈居专营亚洲图书的书店，已经进入独立书店、大型连锁书店，也走进了法国普通文学爱好者的视野。不可否认，在已经被译为法语的文学作品中，绝大多数都是虚构类作品，非虚构作品凤毛麟角，这不能不说是我国文学译事亟待弥补的缺憾。

中国文学借助翻译走出国门，若想赢得更多读者、提升文化影响力，就必然要融入世界文学共同体，接受世界文学体系的评判。西方出版机构、批评家、大众媒体和读者评价中国作品的标准、方式和其他区域文学别无二致，一视同仁。尤其随着中国开放程度不断深化，媒体形式日趋多元，各类资讯迅猛如井喷般不间断推送，从前西方人观看中国时自带的滤镜效果已几乎褪尽，中国文学作品显然不会受到任何特殊眷顾。无论作家在国内享有如何重要的文坛地位，如何得到体制的认可推崇，一旦被翻译，就必须接受译语读者和批评者严肃挑剔的审视。当然，我们不排除作为个体的读者有倾向某一国家或地区文学、文化的偏好，但最终吸引读者、留住读者的还是文学文本自身的品质和审美价值。现实要求编辑们在甄选中国作品时，眼光不可再停留于中国文学内部，而应将世界文学作为参照谱系。

二、 法国学界对王安忆作品的译介始末

王安忆作品的法国译事历程基本符合以上中国当代文学在法译介的整体趋势，但每一阶段又部分地呈现出有别或出离总体倾向的特殊性。法国译界对王安忆的翻译过程实则波折诸多，起初也经历了长达十余年的沉寂蛰伏，也曾以节译和转译的妥协策略刊发译文，直至遇到理想的译者和编辑方才开始持续出版全译单行本，甚至一度出现了译介领域难得一见的复译行为。根据译作的发表形式、出版数量和译介特点，本文将在法国进行的王安忆译事依次分为四个阶段：节译试水阶段、探索蛰伏阶段、关键转折阶段和拓展丰富阶段。

1. 20 世纪 80 年代后期：节译试水阶段

法国译界触及王安忆作品始于 1987 年"别样书屋"（*Autrement*）推出的号外特刊《上海：欢笑与魅影》（*Shanghai，rires et fantômes*），其中登载了由汉学家傅玉霜（Françoise Naour）翻译节选的短文《生活片段》（*Fragments de vie*）。如此一来，法语译者主动译介的试水之作便赋予作家"上海"的身份标签，这是王安忆首次以"上海代言人"的形象现身法国，也为此后作家一系列明显带有上海背景的虚构和非虚构作品的翻译奠定了基调。

别样书屋，是法国一家涉足文学、少儿文学和人文科学的综合性出版机构，1975 年在斯托克（Stock）出版社和私人资助下成立，首刊即以"别样"为题。每期更换不同主题，涵盖了教育、家庭、宗教等社会生活的方方面面，受邀撰文的作者皆是不同领域的专家学者，专栏文章署名经

常可见哲学家、社会学家、历史学家,80—90 年代一度与《世界报》(*Le Monde*)合作出版,2010 年加入弗拉马利翁出版社(Flammarion)。

书屋推出"上海"专号之时正值中国当代文学走进法国的最初阶段,法译作品多见于各类文学、社科杂志推出的以中国为主题的特刊。上海,始终是最能激发西方读者好奇心的异域主题之一,书屋的选题恰好迎合了彼时法国社会探知"东方巴黎"的期望。刊物封底的介绍内容十分生动地体现了这一时期法国公众面对中国"观看""猎奇"的阅读心理。自然,破题也是出奇制胜的笔法:"上海是最具世界主义气质、也是最奇特的口岸,好似安特卫普、利物浦、马赛、旧金山、鹿特丹、塞得港和横滨的混合体。"[1]导言中夹杂着"冒险家乐园"(paradis des aventuriers)、金钱至上、"万花筒"(kaléidoscope)等夺人眼球、刻板陈旧的意象,也不乏负面说辞。总之,特刊的定位尚逡巡在固化僵硬的东方印象中。

《上海:欢笑与魅影》所载文章基本涵盖了城市生活的各个层面,兼涉历史轶闻。同为程乃珊代表作《蓝屋》的法语译者,傅玉霜却选择了王安忆对沪上生活的描写,这体现了刊物和译者敏锐的前瞻眼光。如果说"上海女儿"笔下多是旧时魔都的风韵,那么王安忆的文字则立足当下时空的平常岁月,讲述的是新上海的今天和未来。

王安忆在法语世界的"亮相"方式相较于同期和同代中国作家十分独特,甚至"出挑"。她没有借势整个 80 年代法国译界翻译"寻根文学"的热潮,而是以"上海"这一略显陈旧甚至带有"殖民主义"色彩的文化符号不疾不徐地步入法语读者的阅读视野。事实上,作家此后的一系列译事或多或少都表现出与主流译介倾向保持适当距离的"矜持"特性。究

---

1   «La quatrième de couverture», *Shanghai*, *rires et fantômes*, Paris:Autrement, coll. «Série Monde», 1987(26).

其缘由，译者、编者的理解和选择自是显而易见的成因，但王安忆本身抗拒潮流的创作属性才是影响译事的深层因素。

2. 20 世纪 90 年代中期至新世纪：探索蛰伏阶段

在首篇法文译作出现六年后，巴黎 Indigo 出版社于 1994 年发行了由资深中国文学译者雅克利娜·德佩鲁瓦（Jacqueline Desperrois）和钱林森等中国学者翻译、编选的中国当代女性小说家文选《天生是个女人》[1]（*Nous sommes nées femmes*）。这部以作家陆星儿同名小说命名的文集，其立足点明显有别于此前"熊猫丛书"力图回溯至"左翼"甚至"五四"时期的宏大视角，反而聚焦于当时声名鹊起的青年女作家和广受好评的女性文学新作。文集选取了王安忆最具知青文学或伤痕文学色彩的短篇小说《本次列车终点》，此篇译作实为《中国文学》1984 年版本的译稿，辑录时却未因循原稿文题，而是改译为"这次，我终于回来了"（Cette fois, je reviens définitivement）。事实上，改译文题正是该文集普遍采用的翻译策略。相较于对王安忆的翻译，此次编选就"母子之间"（茹志鹃：《儿女情》）、"终成眷属"（铁凝：《错落有致》）、"哑女的祭坛"（叶文玲：《心香》）、"为了对孩子的爱"（问彬：《心祭》）等题目的处理，"暴力"色彩明显更加浓厚。在这篇描绘时代悲剧和一代人多舛命运的短篇之后，王安忆在

1　文选作品如下：航鹰：《金鹿儿》（*Biche d'or*）、陆星儿：《天生是个女人》（*Nous Sommes nées femmes*）第三章"今天没有太阳"、茹志鹃：《儿女情》（*Entre mère et fils*）、铁凝：《错落有致》（*La beauté d'un ordre produit par le désordre ou Tout est bien qui finit bien*）、王安忆：《本次列车终点》（*Cette fois, je reviens définitivement*）、问彬（张文彬）：《心祭》（*Pour l'amour des enfants*）、叶文玲：《心香》（*Un autel pour Yanu*）、张洁：《爱，是不能忘记的》（*L'amour n'est pas chose qui s'oublie*）、张抗抗：《夏》（*L'Été*）。

法国的译介又进入了短暂沉寂期。值得注意的是，此次翻译是法国译界第一次以女性身份标识向译语读者展示王安忆现实主义一脉的创造风格。

3. 新世纪初：关键转折阶段

2001 年 10 月，惯以"先锋""前卫"驰名法国、广受欢迎的老牌文学刊物《新法兰西杂志》(*Nouvelle Revue Française*)刊登了汉学家罗蕾雅 (Marie Laureillard)翻译的王安忆短篇小说《小东西》(*La Petite Chose*)。百余年的刊行史令杂志在文学研究者和大众读者中间颇具声望，是高水准文学佳作的展示平台。面对法国汉学界自 80 年代以来对中国当代作品的持续翻译，一向引领文坛新风尚的刊物自然不会视而不见，因而早早增设了"中国文字"专栏(Écritures Chinoises)，由著名汉学家安妮·居里安(Annie Curien)和华裔学者金丝燕担任栏目主编，不时翻译、登载最新的中国作品。细考译史可知，《新法兰西杂志》早年即对译介中国现代文学多有助益，鲁迅、茅盾、丁玲等经典作家最初的法译作品均借此进入法语世界。王安忆此番入选显然意义非常，这是她首次登上法国权威的严肃文学刊物，意味着她在法国的翻译情况即将发生改观，进入新阶段。

应当指出，杂志 10 月号总共刊登了 10 种新作，其中 7 篇是北岛、韩少功、李锐、张炜、苏童就中国文学现状和作家身份等议题撰写的文论，2 篇是也斯、杨炼的新近诗作，《小东西》是本期"中国文字"专栏翻译的唯一一部虚构类小说作品。从选文内容看，两位主编显然在强调中国当代作家语言层面的独特性和多样性，希望展示出有别于特殊年代里整齐划一式写作风格的文学新风貌。一如二人在导言《曲途幽声》(*Chemins sinueux，voix profondes*)中所言："中国文学——至少是大陆地区的文学——进入了 20 世纪以来最为充沛、最为持久的创作时期。近 20 年持续涌现出大量文学佳作，不仅内容新颖、前所未有，叙事方式和审美层次均十分出色。"[1] 依此思路，王安忆的这部短篇无疑是所谓"新颖"的具体展现。

法译《小东西》发表当年，法国的亚洲文学翻译重镇毕基耶出版推出了中篇小说《香港的情与爱》(*Les Lumières de Hong-Kong*)。毕基耶的选择初看多少令人不解，因为这部描写末代港英时期华人男女情感纠葛的作品从来不是国内批评界的关注重点，相较其他小说得到的皇皇品评，关于这部中篇的严肃分析寥寥无几。然而，倘若结合别样书屋的译事，便不难窥见个中因由。"香港"在西方语汇里是魅力丝毫不亚于"上海"的文化符号，因而以此试水图书市场、宣告作家登场，也可谓是退而求其次的合理之举。毕基耶的介入是王安忆法国译事的转折点，此后在陈丰编辑的主持下该社启动了持续追踪、以作家为中心的翻译计划，逐步开展有规划、有节奏的出版工作。自此，王安忆在法国的翻译走出了零散刊发、依托合集的困局，转而进入单行本为主的译介阶段。

4. 新世纪初至 2020 年：拓展丰富阶段

新世纪之后，王安忆作品的法译本问世速度明显增快，大致每两年就会有至少一部译作与读者见面。体裁也不再限于短篇，中长篇小说成为翻译重点，不时也可见散文作品。为清晰呈现这一阶段的译事变化，以下将不再因循时间顺序，而是根据出版形式将译本分为"作家单行本""文学刊物"和"多作者合集"三种类型进行分析。

（1）作家单行本

2001 年至 2020 年，毕基耶总计翻译出版了 9 部王安忆的小说和散

1　A Curien，S Jin，«Chemins sinueux，voix profondes»，*La Nouvelle revue française*，2001(559)，p.183.

文作品,且均为单行本。2006 年至 2013 年更是大体保持着每年一种或隔年一种的问世节奏。除《寻找上海》(À la recherche de Shanghai,2011)为散文集外,其余 8 部皆系中长篇小说代表作:《香港的情与爱》、《长恨歌》(Le Chant des regrets éternels,2006、2008)、《小城之恋》(Amour dans une petite ville,2007、2010)《荒山之恋》(Amour sur une colline dénudée,2008、2010)、《锦绣谷之恋》(Amour sur une vallée enchantée,2008、2010)《月色撩人》(Le Plus Clair de la lune,2013)、《桃之夭夭》(La Coquette de Shanghai,2017)、《叔叔的故事》(L'Histoire de mon oncle,2020)。该社还为"三恋"系列小说和《长恨歌》增发了"口袋书"版本,这在法国图书市场意味着不俗的销售量。结合毕基耶历年翻译出版华语文学的情况,女性主题的虚构作品近十年明显增多。上述毕基耶推出的王安忆作品,除《香港的情与爱》与《桃之夭夭》,余者都出自伊冯娜·安德烈(Yvonne André)和斯特凡尼·莱韦克(Stéphane Lévêque)的手笔。《长恨歌》即为二人合译之作,莱韦克独立译成《荒山之恋》,余下 4 部则系安德烈的译著。

《寻找上海》并非原同名中文散文集的全译本,编者仅取其中 5 篇:《寻找上海》《上海的女性》《上海与北京》《"上海味"和"北京味"》和《附录:海上繁华梦》。不论古典还是现当代范畴,相较其他体裁,散文素来都是法国学界文学翻译和研究的薄弱领域。王安忆这部法译散文集的问世在当代华语作家中可谓罕见,显而易见的上海主题自然是其中最无法忽视的吸引要素。篇目甄选基本接续了法国汉学界 90 年代以来译介上海背景小说和文论时采取的编排方式,即作为与北京相对的文化概念出现,在对比中塑造上海的文学形象。最典型的莫过如《上海的狐步舞》(Le Fox-trot de Shanghai,et autres Nouvelles chinoises,1996)、《京派与海派》(Pékin-Shanghai: tradition et modernité dans la littérature chinoise *des années trente*，2000)两部法译文选,两书均把 30 年代的中国作家及其作品划分为"北京"和"上海"两个群体,分别予以翻译和评论。严格而论,所谓"海派"在法国的汉学研究中实为一个范围有限的时间概念,所指大致不逾 30 年代这一时限。然而,毕基耶出版社显然不愿轻易舍弃"上海"这一在西方语境里极具吸引力的经典文化符号。《寻找上海》的出版刚好回应了法国译界首次翻译王安忆时打造的文化定位。

事实上,除阿尔勒的毕基耶出版社以外,巴黎的中国蓝出版社曾于 2003 年以"口袋书"形式出版了一部作家的中篇小说,即《忧伤的年代》(*Amère jeunesse*)。

(2)文学刊物

在王安忆的中长篇代表作陆续问世之际,她的短篇小说也间或出现在法国的文学读物上。另有《渡轮上》(Sur le bateau)、《聚沙成塔》(Les petits ruisseaux qui font les grandes rivières)2 部短篇出现在法文刊物上,译者均是罗蕾雅。《聚沙成塔》与《小东西》的发表情况非常类似,也是见于文学杂志专栏的译作。2004 年,知名文学季刊《新文集》(*Le Nouveau Recueil*)将这部短篇与穆旦、廖咸浩、舒婷、于坚等 9 位诗人的 20 篇 80 年代诗作一起放入了主题为"中国笔墨"(Encres de Chine)的秋季刊。《轮渡上》的翻译则得益于在法国圣纳泽尔市(Saint-Nazaire)运行三十余载的"外国作家与译者工作坊"。自 1997 年起,该工作坊每年确定两种语言的外国文学,各选出十余种代表作,部分作家还会应邀来法与法国译者商讨各自作品的具体翻译问题;译作最终合辑为双语(法语与原作语言)杂志《相遇》(*MEET*)每年出版一次。王安忆的作品就见于 2004 年的《相遇·北京—伊斯坦布尔》,同时作为虚构类作品登选的还有贾平凹和余秋雨的小说,此外便是北岛、刘武雄等 6 位诗人的诗作。

（3）多作者合集

这一时期,但凡法国学界翻译的选集中出现王安忆的小说,无一例外均是典型的"海派"作品。《长恨歌》最早的法语译文就见于陈丰主编的小说集《上海,后租界时代的魅影》(*Shanghai, fantômes sans concession*, 2004),其中《弄堂》一文便是小说的开篇部分,此次节译可视为两年后毕基耶版全译本的序曲,而选集的出版方恰是最先赋予作家"上海"标签的别样书屋。距首次译介近二十年后,王安忆身上的"海派"魅影非但未曾褪去,反而愈发夺目。这次,她与陈丹燕、唐颖、程乃珊等共同组成了上海故事的讲述者。[1]文集定位也与早先的《上海,欢笑与魅影》如出一辙,租界虽不再,但选篇和推介文字依然透着呼之欲出的"殖民时代"气息。借"洋房""留声机""舞池""老式酒吧""幽灵"等旧日意象,指代"五个女人,五种命运,五篇当代故事"的怀旧思绪和"徒劳落空的希望"。[2]

《民工刘建华》的法译本见于罗贝尔·拉封(Robert Laffont)2010 年出版的文集《上海:历史、漫步、文选、词汇》(*Shanghai: histoire, promenade, anthologie et dictionnaire*)。该书集结了当今法国汉学界的中坚力量,皇皇四十余篇长文全景式地描述了城市自开埠至今的方方面面;另有朱瘦菊、丁玲、穆时英、周而复、王安忆、叶辛等 12 位不同时期作家有关上海主题的作品。[3]不同于此前别样书屋策划的同类题材读物,该文集的选

1　《上海,后租界时代的魅影》共有五篇小说:陈丹燕:《吧女琳达》(*Linda, fille de bar*)、唐颖:《冬天我们跳舞》(*Valse d'un hiver*)、程乃珊:《你的姓氏,我的名字》(*Ton nom, mon prénom*)、王安忆:《弄堂》(*Ruelles*)等。

2　原文详见本书"第四章　三、译序与封底"。

3　《上海:历史、漫步、文选、词汇》收入的小说(或节选)作品有:朱瘦菊:《歇浦潮》、丁玲:《一九三〇年春上海》、穆时英:《夜总会里的五个人》、苏青:《结婚十年》、茅盾:《子夜》、郁达夫:《春风沉醉的晚上》、周而复:《上海的早晨》、程小青:《别墅之怪》、王安忆:《民工刘建华》等。

文虽兼顾今昔,立足点却是当下,以主编尼古拉·易杰(Nicolas Idier)为代表的译者们认为读懂上海,"不仅意味着理解当今中国,更是理解我们生活的世界",因为这座城市"集聚了当今中国的全部明显特征,一切都经过这里转手"。[1]故而,此番选择王安忆无关怀旧情绪,而是展现今日上海的寻常生活,展现民工——这一城市新生群体的形象。现有资料表明,文集中,《民工刘健华》等 4 篇描写当代上海生活的作品应是易杰根据上海作协推出的系列英语文集《上海屋檐下》和《上海人》转译而成。

三、 法国译事的主要特征

当中国文学在法国的整体译事进入"系统译介时期"后,不论译介主体(出版机构和译者)还是法语读者,人们对作品文学价值的重视程度明显提高,逐渐形成了围绕重点出版社展开的文学翻译版图。在中国当代文学领域,法国最具影响力的出版机构首推菲利普·毕基耶出版社、中国蓝出版社和南方文献出版社。前两家均是中国文学的专业出版社,每年会推出六七部不等的中国作品。中国蓝早年翻译了王蒙、刘心武、刘震云等人的大量作品,而后的市场布局更倾向年轻作家,出版过不少文学价值留待商议的青年写作者的作品。南方文献出版的情况要更复杂一些,它是规模更大的独立出版机构,主推外国文学,除中国文学外,还涉及三十多种不同语言的作品。广受欢迎、销量最高的中国作家余华,他的小说多数都由南方文献制作发行[2]。除以上三家文学出版社之外,

---

1 «La quatrième de couverture»，*Shanghai: histoire，promenade，anthologie et dictionnaire*，Paris：Robert Laffont，2010.

2 《许三观卖血记》(1997)、《古典爱情》(2002)、《在细雨中呼喊》(2002)、《一九八六年》(2006)、《兄弟》(2008)、《十八岁出门远行》(2009)、《十个词 （转下页)

综合出版社也会涉足中国当代作家的翻译。诸如发行过小说《活着》的袖珍书局(Le Livre de poche)和译介莫言作品的瑟伊出版社。

就译本数量而言,对王安忆法语译事最有助益的无疑是毕基耶出版社。正是在该社的规划和组织下,作家在法国才得以走出早年的沉寂期,真正融入图书商业市场。结合前文对译本基本情况的介绍,我们发现法国方面对王安忆作品的译介明显具有以下四大特征,整体贴合当代文学法译大势的同时,又不时呈现出离"主流"的特性。

1. 文学编辑主导的规范译事

毕基耶和中国蓝之所以成为包括王安忆在内的众多知名作家的翻译重镇,与两家出版社创始人的中国情结密不可分。安博兰(Geneviève Imbot-Bichet)与菲利普·毕基耶(Philippe Picquier),二人皆是"自幼便痴迷于成吉思汗、谢阁兰的冒险征程,怀着强烈的好奇心,期待有朝一日成为伟大的神游者"[1]。

安博兰是真正意义上的汉学家和翻译家,拥有完整规范的学术背景[2]和在中国长期生活的经历,作家贾平凹正是得益于她翻译的《废都》而摘得法国费米娜文学奖。"向法国展示未经发掘的文学宝藏"[3],怀揣如此期待,安博兰在1994年创立了中国蓝出版社。相形之下,菲利普·毕基耶则并非学院派的汉学家,与中国的真正交集仅止于数月的停留,

---

（接上页）汇里的中国》(2010)。

1   Christine Ferniot,«Deux éditeurs passionnés»,*L'Express*,2004 - 04 - 01.

2   安博兰,1973年起在巴黎东方语言大学学习中文,随后赴台湾大学攻读博士学位。2005年因其在翻译出版中国文学领域作出的杰出贡献而荣获第一届"中华图书特殊贡献奖"。

3   Christine Ferniot,«Deux éditeurs passionnés»,*op. cit.*

但他却能敏锐洞悉到 80 年代法国社会对外国文学,尤其是对国门甫开的中国的探知渴望,早早筹建了专事东方文化的出版机构。观其逐年递增、数目庞大的待译书籍目录,毕基耶的志向显然不止于做书,"更希望将体裁各异、篇幅不一的文学作品集中整合,从而讲述一个国家的故事"[1]。该社故而不似中国蓝仅限严肃文学作品,推出的译作体裁十分丰富,从小说到惊险故事、侦探小说,从情色文学到儿童文学,从漫画到袖珍书,凡此种种,不一而足。

实际上,两家机构围绕中国文学的翻译共识远多于差异:题材上,都十分重视 50 年代"下放作家"的经典代表作及其描绘的时代创伤;创作主体方面,追踪中国当代女作家的写作动向,关注女性文学;文学潮流方面,"海派写作"和"新海派写作"始终是其重点译介对象。这些标准在王安忆的译事中均有所体现,后两点自不必多言,王安忆虽不属于王蒙一代"下放改造的对象",却实实在在承受着这场运动的波及。因而安博兰选择了她以自己为蓝本描写特殊时期少年敏感心绪的中篇小说《忧伤的年代》,这也是中国蓝出版的唯一一部王安忆作品。

毕基耶出版社 2000 年后围绕王安忆的集中译事主要应归功于文学编辑陈丰女士。陈丰具备可与安博兰相媲美的学术履历[2],而且拥有其他法国同行无法企及的优势——与中国知识界、文学界的深厚渊源。知己知彼的专业视野使其在制定具体翻译计划时,不仅能够兼顾法国读者的阅读趣味,更可以最大限度地呈现中国作家完整的创作风貌和文学魅

1　Christine Ferniot, «Deux éditeurs passionnés», *L'Express*, 2004 - 04 - 01.

2　陈丰,毕业于北京大学,法国巴黎高等社会科学院历史学博士。多年来从事文学代理和出版工作,引进、策划上千种法国社科人文书籍和文学作品。2002 年开始担任法国菲利普·毕基耶出版社中国文学丛书主编,策划了陆文夫、毕飞宇、王安忆、张宇、阎连科、苏童、范稳、李敬泽、迟子建、李娟、老树、黄永玉、梁鸿以及黄蓓佳、曹文轩等中国当代著名作家作品的法文版。

力。她的加入可谓极大拓展了毕基耶的中国文学版图，而王安忆正是这方版图中不可或缺的一块。正是在陈丰、安博兰等中西学养深厚、深谙出版运营机制的专业编辑的操盘下，再繁巨的译本翻译都没有出现过类似《中国文学》译事里关于作者基本信息的错漏。

2. 相对纯粹的文学标准

本书开篇即对王安忆的创作生涯作出了基本评价：她是罕见的、能够涵盖新时期中国文学全部历程的大作家，文坛每次创作思潮她都躬与其役，以作品相回应。在前文所述的宣传型译事中，很难得见作家这一最核心的写作特质。就在《中国翻译》译事落幕之际，王安忆和她的作品在法国遇到了理想的出版人。此处的"理想"一词包含以下两个层面的含义。

其一，陈丰等法国编辑采用了更契合文学创作规律的译介方式，即以作家为中心，追踪创作活动，以单行本刊发为主。如此便可避免此前王安忆面对的零散译介处境，无需再屈居于期刊专栏和选集之内，而是作为独立的创作个体出现。同时，此类追踪式的持续翻译与80年代法国围绕中国当代作品的译介活动有着本质区别，前者的初衷是发掘"文学宝藏"，后者或多或少有乘势而为之嫌。

其二，左右译事成败的核心要素，便是编者们始终秉持的、相对纯粹的文学标准。以文学价值为准绳，是毕基耶出版社译材选择的首要标准，较少受到来自意识形态话语的强势干预。以此为基准，方可准确甄别出王安忆不同时期的最佳作品，用译作呼应作家各个阶段的写作特性。因而，法国的编辑和译者不会一味迁就理解性，绕开对翻译构成巨大挑战的佳作，反而肯耗时数年打磨译本，力图勾勒出王安忆完整的写作图景，全译本

《长恨歌》便是勇气可嘉之举。与此同时，他们还及时补充了当年被中文语境刻意回避，却具有关键转向意义的作品。诸如：触及传统社会禁忌话题的"三恋"系列小说，解构崇高、直言知识精英精神危机的《叔叔的故事》。翻译上述风格化强烈的作品，无疑是在译语体系内延续了王安忆在小说语言层面的探索，它的意义已超出对作家文学形象的塑造，更关乎两种语言潜质的挖掘和拓展。事实正是如此，文本选择之外，"文学性先行"的标准更突出体现在翻译策略上，对此本书将在第五章予以深入分析。

3. 步调稳健的商业规划

关于毕基耶针对具体作家的翻译规划，阎连科先生曾有过详细描述。他也是少数国内外学界公认的、在法国译介颇为成功的个例。他在谈及文学与翻译的关系时，毫不避讳地将其归功于编辑的工作。"可以这样说，没有陈丰的努力，就没有我小说在法国和欧美其他地方的今天。"[1]关于陈丰主导的译事，阎连科认为她身上存在三种显著异于同行的特点："一是她认为好的作品，翻译多难也要介绍。比如王安忆的《长恨歌》和（阎连科本人的）《受活》。这两本书在语言层面上，很多人认为不可译，但她坚持要翻译，最后都在法国有了很好的译本和销售。二是她一直主张介绍作家，而非某本书，主张持续地推介作家一生的写作，而非打一枪换一个地方，哪本小说热闹就哪本。比如毕飞宇、王安忆，还有我，都属于她的'持续'对象吧。第三点，她做一个作家而非某一本小说时，她有她的安排和节奏。比如小说的长短、接受的难度和容易度。"[2]阎连科的评价源于作家特有的主观视角。严格

1　高方、阎连科：《精神共鸣与译者的"自由"——阎连科谈文学与翻译》，《外国语》，2014 年第 3 期，第 21 页。
2　同上注。

而论,翻译领域不存在绝对不可译的文本,"不可译"都是相对而言的。作家眼中的"不可译"因素——篇幅过长、文法艰涩、结构复杂——恰恰是最"呼唤"(有待)翻译介入的地方,于是也对潜在的译者发起了"挑战"。

以上描述基本能够反映出陈丰对王安忆的译介安排。她的计划足以称得上谨慎有序。在《长恨歌》之前,毕基耶最初选取的作品是《香港的情与爱》——一部风格明快、文字浅近、故事性较强的中篇作品,之后才着手翻译出版最重要的大部头代表作。事实证明,这种次序收效比较理想,《长恨歌》法译初版问世后两年随即再版。之后,毕基耶又趁热打铁推出了与小说背景密切相关的散文集《寻找上海》。《桃之夭夭》《叔叔的故事》则是该社新近翻译的两部小说,可见编辑和译者的选择又回到了中长篇作品。阎连科十分欣赏主编这种既有条不紊,又错落有致、急缓得当的工作步调。"这种长短、口味的调整和搭配,如同厨师请客时要做哪些菜,先上哪些菜和后上哪些菜的调整和安排。"[1]陈丰自己关于译介节奏的解释更为感性生动:"我觉得推出一个作家有时候就像音乐会一样,上半场演奏肖邦第一钢琴曲,到了下半场不能演奏肖邦第二协奏曲,这样会引起听众的审美疲劳。阅读文学作品也是这样,再好的作家,也不能连续两年推出长篇。"[2]

于是,王安忆作品在法国的出版次序呈现出难易交织(就理解性而言)、长短交替的情形,足见毕基耶团队对读者期待视域的准确把握。

4. 严谨稳定的译者梯队

译者的选择及其翻译质量直接事关作家在国外的文学形象和作品

---

1   高方、阎连科:《精神共鸣与译者的"自由"——阎连科谈文学与翻译》,《外国语》,2014 年第 3 期,第 21 页。

2   陈丰:《阎连科作品在法国的推介》,《东吴学术》,2014 年第 5 期,第 73 页。

的传播效果。译者问题,可以说是文学译介、文学移植过程中最值得关注的议题。法国的汉学家们在中国文学的域外传播上一向扮演着主要角色。鲁阿(Michelle Loi)和儒连(François Julien)、保尔·巴迪(Paul Bady)、安必诺对鲁迅、老舍、巴金的翻译和研究成果直接推动了作家们在法国的"经典化"进程,三位现代文学巨匠最终成为得到法国学术界和大众读者双重认可的、屈指可数的大作家。

在翻译中国文学作品的领域内从不乏赶热度、求销量的出版机构,一旦嗅到某部作品的商机便催促译者"仓促上马",根本无暇顾及译者以往的职业经历和翻译立场。毕基耶之所以能成为法国乃至欧洲译介华语文学的重镇,很大程度上得益于拥有一支经验丰富、学养深厚、梯队完备的译者队伍。法国译界当前从事中国当代文学翻译的译者大致分为两类:一是译研兼备的汉学家,二是资深职业译者。

从法国汉学界的传承来看,目前既从事中国现当代文学翻译又致力于研究工作的学者不过十余人[1]。最初翻译王安忆短篇小说的傅玉霜和罗蕾雅便是这一类型的汉学家译者。

在王安忆作品的法国译者中,傅玉霜(Françoise Naour)应是学术资历最深厚、著述最丰富的学者型译者。正是她的翻译将王安忆带到了法语世界,也是她的选择令作家甫一进入法国便被赋予了"上海"的身份标识。傅玉霜 20 世纪 80 年代中期即与中国结缘,准确而言是与上海结

---

1 参见何碧玉、安必诺、季进、周春霞:《中国当代文学在法国——何碧玉、安必诺教授访谈录》,《南方文坛》,2015 年第 6 期,第 38 页。依据苏州大学研究者 2015 年对何碧玉、安必诺两位法国汉学家的访谈,这一类型的中国文学译者有:诺埃尔·杜特莱(Noël Dutrait)、马向(Sandrine Marchand)、安妮·居里安(Annie Curien)、尚德兰(Chantal Chen)、罗蕾雅(Marie Laureillard)、张寅德、徐爽、傅玉霜(Françoise Naour)、保尔·巴迪(Paul Bady)、邵宝庆、魏简(Sebastian Veg)等。

缘,她在此度过了 1984 年至 1987 年的三年时光。上海当时远未启动全面发展计划,区域经济尚未发轫,动荡岁月的政治气候也未完全消散,傅玉霜因而对改革开放前夕中国的社会生活有着深刻体悟。正是在居沪期间,她发现了北岛和王安忆的作品,并于 1986 年开始尝试文学翻译。

1987 年,傅玉霜回国继续汉学学业,之后的学术履历备受瞩目。在老一辈汉学家保尔·巴迪的指导下攻读博士学位,先后撰写了《1978—1989 中国小说:文论批评分析与短篇小说批评考》(L'État de la nouvelle chinoise 1978 – 1989: analyse critique des textes théoriques, examen critique de quelques nouvelles)、《中国当代小说中的意识流——以王蒙为例》(Courant de conscience dans la littérature romanesque chinoise contemporaine: le cas de Wang Meng)。1992 年起,任教里尔三大(Université Charles de Gaulle – Lille 3)。治学之余,傅玉霜译笔不辍,翻译了许多残雪、王蒙的短篇作品,还曾于 1991 年前往长沙与前者会面。译者接触残雪时,她尚是文坛名不见经传的青年作者,可以说傅玉霜是残雪走向世界的发现者和推荐人。

在法国学界,傅玉霜无疑是最权威的王蒙研究专家和译者,同时也是包括王安忆在内,多位当代作家、诗人——北岛、残雪、刘醒龙、石舒清——进入法兰西的引荐人。她的早期译作多见于《中华文摘》[1],90 年代与安博兰一起筹办中国蓝出版社,打造了如"Contes et libelles"等中国当代小说丛书。

傅玉霜所译所研,均显示出她在选择文本时的现实主义倾向。将"文字高手"王蒙作为主要翻译对象,着实需要勇气。傅玉霜能够精准诠释王蒙的幽默讽刺作品,足见她对中文微妙机巧的表达十分熟稔,可以准确捕捉到字里行间潜藏的双关语义和影射意涵。功力如此,自然也能

1　1992 年由月刊改为季刊,并更名为《神州展望》(Perspectives Chinoises)。

够驾驭以细微见长的王安忆。多年的译介工作,使得傅玉霜对译者的任务自有一番理解。在她看来,翻译另一种语言的文学作品旨在打破文化障碍。[1]其中难点是找出并利用语言间的相通之处,从而缩小文化差异。傅玉霜理解的翻译本质,更贴近"再创造"的概念。对此,她以 traduire 和 adapter 叠加为 tradapter 一词,用以强调译者不可一味被原文本牵制,译文要力求"看不出翻译的痕迹"。[2]

相较专注于文学领域的傅玉霜,译者罗蕾雅(Marie Laureillard)的学术背景更宽泛,文学之外,兼涉中国现当代美术研究。罗蕾雅任教于里昂二大(Université Lumière-Lyon 2)中文系,先后在东方语言学院(Inalco)取得中文硕士和艺术史博士学位,研究主题包括台湾诗歌、当代女性写作、当代艺术史、文本符号与图像符号。她翻译了多种关于丰子恺画作的书籍,也是莫言《欢乐》和沈从文《湘西游记》的译者。近年来,她的研究方向和译介重点转向了台湾文学。

与此同时,在法国译界还活跃着一批资深的中国文学译者,[3]《长恨歌》的两位译者伊冯娜·安德烈、斯特凡尼·莱韦克和《桃之夭夭》的译者金卉(Brigitte Guilbaud)便在其列。他们常年从事中文翻译工作,专职

1　Brigitte Duzan，«Françoise Naour：traduire pour faire tomber les barrières entre les cultures»（2010 - 05）.引自当代华文中短篇小说网,2022 年 1 月 4 日查询。

2　*Ibid.*

3　何碧玉、安必诺、季进、周春霞:《中国当代文学在法国——何碧玉、安必诺教授访谈录》,《南方文坛》,2015 年第 6 期,第 39 页。
　　从事中国文学翻译的译者主要有:林雅翎(Sylvie Gentil)、贝施娜(Emmanuelle Péchenart)、雅格琳·圭瓦莱(Jacqueline Guyvallet)、普吕尼·高赫乃(Prune Cornet)、克洛德·巴彦(Claude Payen)、伊冯娜·安德烈(Yvonne André)、斯特凡尼·莱韦克(Stéphane Lévêque)、帕斯卡尔·吉诺(Pascale Guinot)、奥利维耶·比亚勒(Olivier Bialais)、维罗妮卡·瓦伊蕾(Véronique Woillez)、金卉(Brigitte Guilbaud)、埃尔德·奈斯(Hervé Denès)。

则各不相同。

王安忆的首要法文翻译伊冯娜·安德烈本身就是中国文学的资深研读者,加之常年旅居中国的生活经历赋予她足够敏锐的文化感知能力。译者斯特凡尼·莱韦克 90 年代末结束在波尔多三大(Université Michel de Montaigne-Bordeaux 3)硕士阶段的学习后,即与毕基耶出版社合作翻译了多部中文作品。当中就有与老师安德烈合译的《长恨歌》以及独立完成的译作《荒山之恋》。王安忆之外,他还译过郁达夫的短篇小说《秋河》,近期在法国反响甚好的迟子建的长篇小说《额尔古纳河右岸》、范稳的《水乳大地》均出自其手。《桃之夭夭》的译者金卉,属于职业译者中比较特殊的类型——作家型译者。教学、翻译之余,金卉也从事文学创作。金卉自幼显示出敏锐的文学感知力,80 年代法国社会普遍盛行学习俄语之时,她却在东方语言学院注册了中文课程。当时在校任教的老师皆是后来法国汉学界的传奇学者,班巴诺(Jacques Pimpaneau)、程抱一都曾指导过金卉。这阶段的学习积累,加上本身出众的写作天赋,使得金卉的文笔在法国译界是公认的言辞细腻、精准考究、富有诗意。她与毕基耶的合作始于翻译阎连科的小说《年月日》(*Les jours*, *les mois*, *les années*),这部应邀于三个月内完成的译著在 2009 年为她赢得了阿梅代·潘绍(Amédée Pichot)翻译大奖[1]。身为作家,金卉对语言转换的实质有着十分深刻的理解:"语言障碍无疑会加剧差异,但语言同时也是我们克服差异的工具。虽然操作很难,或流于片面,或不够完美,但终究可以克服。文字拉近了彼此不相识的两个世界。翻译是摆渡者,不是从词到词,而是从一个世界到另一个世界,从一种声音到另一种声音。"[2]

1　该奖项创设于 1996 年,旨在嘉奖当代外国虚构作品的杰出法语译者。
2　Brigitte Duzan,«Brigitte Guilbaud»(2018 -10 - 19).引自当代华文中短篇小说网,2022 年 1 月 4 日查询。

　　杰出作家与优秀译者的相遇,可以延续、拓展原著的生命,甚或令其重获新生,但这往往是语言转换场域中可遇不可求的理想境况。王安忆及其作品无疑是幸运的,以上阅历丰富、质素优异的"摆渡者"帮助作家在法国收获了一定读者群体的欣赏,提升了她在法语阅读世界里的声望。

　　法国学界在译介王安忆之初,便确定了十分明确的目标:借助先声夺人的——哪怕流于刻板——文化符号引发受众关注。除早年个别译作受到了来自中国译事的直接影响——沿用《中国文学》法译稿《本次列车终点》——法国译介主体从来都是在自己的文化传统中发掘作家的闪光点,因而能够精准击中译语读者的兴趣点——上海,这一西方视域中富有永恒魅力的创作主题。同时,他们也赋予王安忆其他同代作家可遇不可求的"上海代言人"身份,并在此后的一系列译事中不断描画着这一文学形象,甚至构成了译介活动重要的内在逻辑。显然,贯穿法国译事始终的线索无疑就是上海。加之专业文学出版机构作出的译介计划,不仅符合图书市场的商业规律,更重视、尊重创作活动的本体属性,将作品文学价值或审美品质视为首要选材标准。因而,法国方面推出的译作明显有别于本土译本单一均质的特点,而是在有步骤地勾画王安忆完整的文学形象,所以能够尽揽作家不同创作期的佳作名篇,从主题到体裁弥补了前番译事留下的缺憾。得益于此,王安忆目前已在法国树立起了与众不同的文学形象;更难能可贵的是,不同于多数中国当代作家在西方的片面接受,王安忆的域外形象具备多元化、多层次的复杂属性。

　　就文学移植的译介阶段而言,法国出版界对王安忆作品的翻译可称是成功的,非但没有像"熊猫"系译本一般湮没无闻,反而引发了诸多接受层面的探讨,学界、媒体和大众读者均作出过不同程度的回应,其至还曾出现针对具体译作的翻译批评。这些内容也将构成本书第二部分的核心内容。

乙部

法语世界对王安忆及其作品的阐释与接受

第四章　副文本塑造的作家形象

　　前章集中探讨了法国译界翻译了王安忆的哪些作品，及其译材选择倾向、译者构成等诸多影响翻译的要素。后文则将着手考察王安忆的译者们"译出了什么"，又是"如何翻译"的问题。

　　王安忆的法文版小说作为出版物，所呈现的不仅仅是单纯的文学文本，随之而来的还有法国文论家热拉尔·热奈特（Gérard Genette）称为"副文本"（paratexte）的一系列周边因素，诸如封面、标题、题词、序言、后记、附录、注释等。"它们延展、环绕着主体文本，确切而言是在呈现文本……使其成形，确保它能够以书的形式问世，被接受，被销售。"[1] 热奈特认为，所谓"副文本"并非封闭的界限或边界，他借用博尔赫斯的观点将其比作"门槛"（seuil）或"门厅"（vestibule），可供任何人由此"进入"（entrer）或由此"折返"（rebrousser chemin）。[2] 它作为"未定区域"（zone indécise），处在内外之间，不偏不倚，既不倾向文学文本，也不倒向有关的外界话语。但是，此类"印刷品的边饰"（frange du texte imprimé）却是实际阅读的指挥者，往往承载着或多或少为作者认可的评价，不单是过渡地带，更是面对受众的"交易地带"（zone de transaction）。[3] 在此基础上，热奈特

1　Gérard Genette, *Seuil*, Paris: Seuil, 1987, p.7.

2　*Ibid.*, pp.7 - 8.

3　*Ibid.*, p.8.

将副文本归纳为两大类：一是"内文本"（péritexte），二是"外文本"（épitexte）。前者所涉及的具体内容十分丰富，涵盖了开本、封面、作者署名、文题、题词、序言等；后者包含以作家访谈、对话为代表的公开外文本（épitexte public），以及以通信、日记为主的私人外文本（épitexte privé）。本章所论内容主要集中在内文本范畴，暂不涉及外文本。

一部作品只有被阅读才完成了交流使命，热奈特的思考已经揭示出阅读行为与副文本的密切关系。从封面到封底，包括题目翻译在内，每本译著的副文本都影响着作品最终的销量和接受情况；甚至可以说有多少种版本，就有多少种阅读预设。文学作品从一种语言到另一种语言，其跨文化交流的内在需求，客观上要求副文本的设置应尽可能做到契合译语世界的文化语境和公众期待，即使这种期待很多时刻表现为"刻板印象"或"固有成见"，但也唯有如此方可助益译作收获更广泛的读者关注。副文本的设置之于原作，则具有换新和改观的作用，是跨越地理和文化界限的凭仗。

王安忆法译本小说的副文本，处处体现出对法语读者阅读旨趣的关切，它们与文学文本一道，共同参与构建了作家的文学形象和创作风貌。王安忆作品在法国的翻译体量，在中国当代作家之中，不可谓不多，而且得到了出版界和知识界的持续关注，译本也呈逐年递增的稳定态势。就单行本而言，可谓部部装帧用心、格调精致，对于作家的介绍、定位也是由浅入深、步步递进，且不乏长篇译序和一众耐人寻味的封底导言，当中流露的信息和潜藏的意味，无时无刻不在参与着阅读过程。以下仅从封面（couverture）、标题（titre）、封底（quatrième de couverture）和译序（préface）四个方面进行分析，探看译作副文本如何解读作家、阐释作品，最终又勾画了怎样的作家形象。

一、封面设计

副文本并非总是以文字的形式示人：它可以是图像的（manifestations iconiques），比如插图；甚至也可以是材料层面的（manifestations matérielles），像印刷环节的选择。"副文本本身就是文本，即便不成文，却已属于文本"[1]，它的存在是对文本的评价，同时也影响着读物的接受。据此而言，现代印刷品最先与读者产生互动的（或者依热奈特所言，发生"交易"），无疑是触发视觉观感的封面设计。[2]作为普通读者，想必我们都曾有过被书籍封面触动的经验，或者据此猜想书中内容，或者为其吸引而开卷浏览……种种情景，不一而足。它承载的信息对于作品转化成商品的过程至关重要、不可或缺，编者也会借此吸引读者翻阅、选购。

鉴于中国当代文学在法国的图书市场中整体尚显小众的客观境况，法译本封面的设计、构思对激发读者关注而言就显得尤为重要，足以位列译介传播中最具现实意义的探讨话题之一。目前业已出版的法文版王安忆作品，其封面的图像话语主要呈现出两种主题：女性肖像、景观影像。

1. 女性肖像

在王安忆的 10 部单行本法译小说中，除《叔叔的故事》和散文集《寻

1　Gérard Genette，*Seuil*，Paris：Seuil，1987，p.12.

2　严格来讲，热奈特所说的封面（couverture）不单指狭义的封皮画面，还涵盖了作者署名、译者署名、作者像、所属丛书、出版机构、腰封等许多细节化的事实信息，在此仅取其狭义范畴以供讨论。

找上海》以外,其余 8 部虚构作品都无一例外地选择了女性形象作为封面,其中 5 部属于中国当代写实派油画作品。这不难理解,毕竟王安忆小说的主人公多为女人,甚至不乏直接以女主人公作为叙述者的故事。然而看似一致的女性意象封面,内在意涵、潜在影射实则大相径庭,她们不仅与小说的人物情节相映照,也部分诠释出了近代以来国人审美观念的变迁,恰如王安忆印证新时期文学史的创作行为。这些女性肖像可纳为三种类型:怀旧审美、红色审美和多元化审美。

(1) 怀旧审美

这一类型确指 20 世纪三四十年代兼具中式风情和西洋格调的迷人女士。虽然时间划定与 20 世纪风靡一时的海派小说重合,但其形象与刘呐鸥、穆时英等海派作家笔下妖冶魅惑的摩登女郎截然不同。后者经过小说家的描摹,眼耳口鼻都平添了一缕情欲主义的气息,"似乎脸比身体带着更多的色情"[1]。法文版《长恨歌》,无论是最初的大开本,还是后来增发的口袋书,都选用了沪上著名画家陈逸鸣 1998 年的旧作《午茶》。

陈逸鸣与其兄陈逸飞均是中国当代杰出的写实派画家。二人尤善将东方传统的丰富表现力与西方古典主义的精湛技法相结合,以东西方观者相通的艺术语言施展写实魅力,创作了一系列气韵传神的唯美作品,大众媒体惯常冠之以"怀旧"之称。陈氏怀旧风格最典型的表达莫过于"仕女画",《午茶》恰是该系列的其中一幅。陈逸鸣的旗袍仕女,容色恬静,风韵温婉,眼波流转,若有所思,略显忧愁,精致小巧的花面折扇配上古韵十足的压手杯——不正是王安忆讲述的"闺阁女儿"吗?画中情景极易令人联想到王琦瑶在平安里的下午茶时光。相信法语读者阅毕

1　李欧梵:《上海摩登——一种新都市文化在中国(1930—1945)》,毛尖译,杭州:浙江大学出版社,2017 年,第 241 页。

合书之际自会感到，纵然时移运迁，共和国时代的女主人公依然顽强地坚持着从前的生活方式，她精心备置下午茶的时候，心中怀念的大约就是封面描绘的旧时光景吧。相对旧海派声色犬马的欢场氛围，《午茶》流露出显而易见的家常气息，的确更贴合《长恨歌》叙说"私家历史"的新海派基调。以新海派写实主义绘画诠释新海派现实主义小说，毕基耶的编辑们想必是煞费一番苦心，这一选择也当真为小说增色不少。

从现实的接受层面考量，陈逸鸣的仕女乃是西方世界十分熟悉的形象——旗袍女郎。这一文化符号曾在小说法译本问世前后，借着电影艺术的感染力在欧美刮起了一股中式怀旧风潮。前有王家卫的《花样年华》，后有李安的《色·戒》，两部电影在法国的热映和强大的宣传攻势，不断强化着民国美人的情影。与之酷肖的《午茶》，自然极易引发法国读者的联想和怀旧情绪，促使他们从书架上取下样书，翻阅浏览，甚至购买。事实证明，这一构思收效甚佳，否则出版社也不会在增版之际沿用陈逸鸣的画作。

（2）红色审美

红色审美，具体表现在《荒山之恋》《月色撩人》和《桃之夭夭》三部法译小说的封面上。三幅作品皆出自写实派画家王沂东之手，依次为：《天上人间》（2004 年）、《白玉兰》（2000 年）和《清晨》（1999 年）。毕基耶出版社显然十分欣赏王沂东一路植根乡土、写实与古典兼备的画风，否则也不会在王安忆的 9 部单行本中三次选择同一画家的作品，这在业界并非常态。

这位年长王安忆一岁的画家，是现今写实主义绘画的杰出代表，在业界素以借古典主义风格诠释民族特色而闻名。王沂东的作品多以乡土题材为主，特别是对故乡山东农村的刻画尤为出众，惯常使用的红、白、黑正是齐鲁乡间传统木板年画的常见配色。画家在个人网页上将画

作划分为"红色系列""黑白系列"和"风景历史"三个组列。[1]《桃之夭夭》
选用的《清晨》正是红色系列的作品,《荒山之恋》《月色撩人》对应的《天
上人间》和《白玉兰》则出自黑白系列。从视觉的直观感受而言,红色无
疑是画家最为钟爱的色彩,即便在黑白系列中依然可见大面积的艳红色
块。就本章涉及的三幅作品,女性人物无一不身着红装:有山东乡间最
常见的红底背心,有中式斜襟红罩衫,还有大红袄。更值得注意的是:
她们无一例外都系着红色头绳。王安忆的这三部小说均涉及爱情,既有
主题层面的情爱纠葛,也有作为线索出现的男女情感,红色实为表现激
情的绝佳象征。再者,红色同样是鲜明的革命语汇。王沂东和王安忆都
曾是奔赴广阔天地的知青,都对赤红的革命时代有着无法磨灭的记忆。
笔端夺目鲜亮的艳红,悄然应和着《荒山之恋》《桃之夭夭》中对特殊岁月
的描述。

　　以《天上人间》配《荒山之恋》,着实令人膺服。画中年轻恋人在山间
雪地上情定终身,仿佛一片安静祥和、远遁俗世的心灵净土:二人相对
趴卧,男子为爱人戴上手镯,女子回以深情凝望,似在憧憬未来。"金谷
巷女孩"与恋人的感情又何尝不是如此?镇上寸草不生的荒山却滋养出
他们的爱情,他们曾在此幽会,又在此斩断了生命,也终结了为世俗不容
的禁忌之恋。不毛之地却在绝恋的润泽之下,变成"郁郁葱葱的一片
了"[2]。法译本的版权页特别使用了《天上人间》的英译题名"Happy
Together",与小说惨然的结局形成巨大的戏剧性反差,俨然"悲喜两重
天"。如此设计无疑会给读者的阅读体验带来强烈的心理冲击。

　　《桃之夭夭》的封面《清晨》,时代气息呼之欲出。嵌着伟大领袖像的

1　参见王沂东个人网站。
2　王安忆:《荒山之恋》,见《小城之恋(王安忆自选集·第二卷)》,北京:作家出
　　版社,1996 年,第 168 页。

梳妆镜,镜框上别着的戏装照,都是时空的无声注脚。少女脸颊红润,朱唇丰盈,专心致志对镜理容,焕发着扑面而来的青春光彩和蓬勃的生命力。郁晓秋不正是这般富有早熟之美的可人儿吗?"她的美丽却又超出了少女的好看的范畴,也不完全是成熟女人的美。是有一种光,从她眉眼皮肤底下,透出亮来。"[1]"她既是鲜明,又是清新。"[2]纵然身世难以启齿,纵然遭受时代与生活的百般蹂躏,种种堪伤遭际都不曾熄灭她的生命火焰;骨子里的韧劲和心底的良善,不仅助她走出泥淖,最终也重燃了他人的生活希望。王沂东的细腻描摹,足以令人相信这就是小说里那个在弄堂中跑进跑出、在戏院里登台下场的少女,那个被人暗唤"猫眼"的天生尤物,那个上山下乡前的郁晓秋。

　　初看之时,《白玉兰》的淳朴格调似与描绘当代艺术圈众生相的《月色撩人》并不相称。王安忆的小说是如此光色旖旎、闪烁斑斓,各色来路不明的人士粉墨登场,一派众声喧哗,王沂东的画作却不染丝毫都市习气。然而,背景中的朵朵玉兰实为道破天机的关键。白玉兰——魔都之花,于无声间透露着连小说都极少直言的故事发生地——上海,一切遂顺理成章。面孔娇嫩剔透的乡下少女,何尝不是尚以原名"王艳"示人的女主人公? 即使她后来成为在艺术界跳来跳去的"瓷娃娃"提提,依然还会梳起画中"两根乡俗的小辫,搭在窄细的肩头"[3]。以《白玉兰》作为阅读和观看的起点,毕基耶实则为读者提供了故事的"序幕"和"尾声",小说则负责讲述女主人公是如何一步步从画中的乡下女孩变为苏提,并最终成为提提的。她一路的奔波辗转,又是多少沪上外乡女子的共同际遇? 提提这般在都市边缘求生存的女孩,只能迅速适应社会巨变,以青

1　王安忆:《桃之夭夭》,北京:人民文学出版社,2019 年,第 62 页。
2　同上注。
3　王安忆:《月色撩人》,北京:北京联合出版公司,2014 年,第 21 页。

春迎合时代;融入都市之时,也就化身成画作中那一朵朵或绽放、或含苞的玉兰,她们才是上海最别致的风情。如此而论,《白玉兰》与小说反思过去、现今两个时代的主题正相吻合,它不但具有引人入胜的中国意象,更为读者留下了阅后回味的余地。

（3）多元化审美

另外四部以女性作为封面的法译小说是《忧伤的年代》《香港的情与爱》《锦绣谷之恋》和《小城之恋》,这些形象既不怀旧,也非乡土,完全是当代人的模样。当中《小城之恋》的取材来自全球照片资源最丰富的免费网站 Getty Images,图像语汇也最为直观:女人夸张的肢体语言,符合男女主人公的舞者身份;坦然裸露的肩颈臂膀,呼应小说对性的直面描写。《香港的情与爱》是毕基耶打造的首部王安忆作品,出版社为它选择了一款与小说基调同样明快的封面——一个留着齐耳短发、面容白净的年轻女子。

《忧伤的年代》应是以上所有法译本中视觉冲击力最强的,中国蓝为其唯一的王安忆小说设计了一幅波普风格的封面。中国蓝早期出版的中国作品,封面大多会选用书法作品,以汉字来标识作品的文化归属。然而,据主编安博兰所言,这种方法对法国读者吸引力不足,这批译本销量堪忧,遂转变了设计理念,改用与文学关系更为密切的中国当代绘画作品。[1]与其说单纯以艳俗的东方意象博人眼球,不妨试从波普艺术的本质去理解它与小说的关系。波普在改革开放后的中国,一贯被视为批判的武器和解构的工具,结合画家魏光庆挪用传统道德说教的创作理念和主编安博兰的观念立场,有理由认为如此设计实则是在消解故事里隐含

---

[1] 周蕾:《中国当代女作家在法国的翻译和接受》,上海:上海外国语大学博士学位论文,2018 年,第 299—300 页。

的宏大语境和革命语汇。[1]

《锦绣谷之恋》选取的依然是中国当代写实派力作，画家李贵君"榕树"系列中的一幅。[2]李贵君尤以描画室内空间的都市少女闻名，风格古典唯美，这一格调在《榕树》中一览无余。画中黑衣女人眼色倦怠疲惫，一如走进庐山前为婚姻生活窒息的女主人公。她手托剥开一半的柑橘，似是浅尝辄止，一面又与观者出神相望，一派"渺渺兮予怀"的怅惘基调。画作踟蹰克制、思绪浮动的氛围一如王安忆描绘的柏拉图式露水相逢。同为写实派，甚至同为《写实画派宣言》的起草者，李贵君的创作主题与前文提及的王沂东截然不同。他"没有'文革'和知青的生活经历"，对于此前"一直占据艺术主题的工农兵、伤痕与乡土题材"并无切身感受，"画这个时代的人"便成为他的自然选择。[3]无独有偶，《锦绣谷之恋》是"三恋"中唯一不牵涉、不影射"十年"的故事，完完全全就是都市里进行中的当代故事，"写同时代的人"更是王安忆最重要的创作主题之一。

1　笔者对此曾进行过细致考据：依照法译本版权页的信息，作为封面的《色情误·第二十九回》版权当时归巴黎的 Galerie Loft 画廊所有，今天依然如此。画廊的公开收藏信息显示，这幅作品名为"Das Mädchen in Pink"。其中的"Das Mädchen"刚好是英国著名心理惊悚小说《爱上汤姆的女孩》(*The Girl Who Loved Tom Gordon*)的德文译名。作家斯蒂芬·金(Stephen King)同样讲述了少年被成人世界遗忘，被迫孤独求生的故事，同样以大篇幅的心理描写组建故事情节。中国蓝出版社的编辑们是否一时不慎被画廊提供的信息所误导呢？笔者更倾向于这并非无心之举，而是基于刺激销量和暗表心曲双重考虑而作出的选择。

2　毕基耶 2011 年增发口袋书之时，版权页错署了画家信息。经过查询画作版权所属画廊和出版社此前选用的同系列画作，最终确认这幅画出自李贵君之手。

3　李贵君：《源于对绘画的极度迷恋》，见《中国艺术研究院艺术家系列·李贵君》，北京：文化艺术出版社，2018 年，第 3 页。

2. 景观影像

《寻找上海》《叔叔的故事》两部法译本封面呈现的是景观影像。素来倾向以女性形象诠释王安忆作品的毕基耶出版社，此番没有沿用中文原著"殖民建筑与优雅女士"的构思[1]，而是为《寻找上海》选取了一幅描绘今日南京路步行街风光的黑白插画。至于《叔叔的故事》，出版社再次借助 Getty Images 的免费资源，以一张形单影只的劳作者照片作为译本封面：俯拍的照片中，人物面目全然隐去，仅可见安全头盔和遍地捆扎整齐的"劳动成果"。其创意不难领会，小说的主人公叔叔与其象征的被错划为"右派"的一代知识分子，对漫长艰辛的劳动改造都深有体会。

整体看来，不论是女性肖像，还是景观影像，王安忆作品的法译本封面设计均表现出两种构思倾向：其一，突出文化差异，强调中国文学与西方文学截然不同的风采，利用公众对东方异域的好奇引发关注；其二，竭力唤醒法国社会文化中业已形成，甚至根深蒂固的印象，激发读者想象，拉近认知距离，尽量消解文化和文学层面的隔膜。这种忽远忽近、欲拒还迎的符号语汇，无疑呼应着西方受众对东方神秘莫测、难窥究竟的预设想象，加之其中夹杂的一丝出离刻板成见的现代意味，又恰好撩拨起潜在读者的探知欲望。

一幅幅风格迥异的封面画作，同时也构成了一部描绘王安忆创作历程和文学形象的组画。频频出现的女人形象，凸显女性人物和女性心理在作家笔下的核心地位；特定时空符号的集中出现，则是着意强调"十

---

1   参见学林出版社 2001 年版《寻找上海》的封面照片。

年"题材之于作家的重要性；交织的时代印记，印证着作家驾驭巨大时间
跨度的虚构功力；写实画派的真实之美，映射出作家如出一辙的现实主
义创作路径；时时张扬、偶尔隐晦的海派意象，更是在不断强化、深化王
安忆的文化归属——上海。凡此种种图像语言带来的直观视觉印象，与
众多文字语言形式的副文本，共同构成了塑造王安忆文学形象的话语
体系。

　　此外，前文中 Getty Images 的反复出现实则关涉颇为严峻的现实议
题：包括王安忆在内，中国当代作家在法国的译介始终面临不同程度的
资金问题。不单单是前文提及的《小城之恋》和《叔叔的故事》，尼古拉·
易杰主编的文集《上海》和哥伦比亚大学出版的英译本《长恨歌》，封面都
取自这一免费的图像网站。就其与作品内容的关联性而言，不可谓不贴
合，也不失为合理之举。奈何有陈逸鸣、王沂东、李贵君的画作珠玉在
前，这些得来全不费功夫的图片明显欠缺艺术感染力，并非不可替换、不
可取代，更无法在主题和细节层面与王安忆的故事形成互文效应。无论
就引发读者的关注而言，还是阐释作品、构建作家形象，都显得味同嚼
蜡、食之无味。

　　这是因为在中国新时期特定的社会文化语境中，写实主义绘画与现
实主义文学从来都是相辅相成、一脉相连的，内部滋生和外部来袭的种
种观念冲击，更勒紧了两种创作行为之间的纽带。具体而言，陈、王两位
写实派画家与王安忆有着相似的人生经历，甚至相似的成长环境，这些
阅历即便经过艺术和文学手法的加工，反映到作品中多少仍会呈现出创
作灵魂的相契之处。创作行为间的审美对话，又岂是凭空翻拣的图片所
能企及的？

　　可是，面对国内艺术市场的迅猛发展和中国当代艺术家在国际市场
"一骑绝尘"、迅速攀升的身价，类似《长恨歌》《荒山之类》的版面设计显

得太过奢侈。后者选用的《天上人间》，2019 年 9 月在香港佳士得公司拍出了 432 万元人民币的成交价。"仕女"系列的市场价值更不必言，沪上陈氏兄弟的画作从来就不缺豪客求购。虽然艺术作品的估价不等于实际的版权转让费用，但仍可从中窥见日渐飞涨的商业风向。若无外界强大财力的支持，如此代价自然远不是资金动辄捉襟见肘的文学出版社所能负担的。

二、 题目翻译

"题目即是评论的钥匙。"[1]文题就如同开启虚构世界的一扇窗，精彩的题目可将文义和作者初衷凝练其中，甚或如影随形与读者相伴始终。同理，它亦可成为招徕潜在读者的密钥。

许多欧美文论家都曾探讨过题目之于文学作品的意义，如霍克（Leo H. Hoek）的相关分析就直接启发了热奈特的深入思考。前者称，题目就是"语言符号的集合体"，"置于开头，用以指明文本、显示总体内容、吸引目标受众"。[2]热奈特将其归纳为"指称"（désignation）、"言明内容"（indication du contenu）和"吸引受众"（séduction du public）三种作用。同时也指出，题目的三种作用并不一定同时生效：除指称作用是必需的，后两种都是非强制性的、补充说明的。"因为题目的语义可以空缺，不涉任何内容（也欠缺吸引力），甚至压缩成简单的数字。"[3]现实中也往往出

---

1 Umberto Eco, *Lector in fabula: le rôle du traducteur*, *ou*, *La coopération interprétative dans les textes narratifs*, Myriem Bouzaher（trad. fr.），Paris：Grasset，1989，p.369.

2 Leo Hoek, cited in Gérard Genette, *Seuil*, Paris：Seuil，1987，p.73.

3 Gérard Genette, *Seuil*, Paris：Seuil，1987，p.73.

现"指称"与"吸引受众"绕过"言明内容"发挥效力的情况，可见三者并不存在从属关系。极端情况下，题目的首要作用也会大打折扣，比如多个作品共用一个题目，中国古今文学里就不乏此类文章，王安忆的《长恨歌》和《菜根谭》就是再典型不过的例子。"言明内容"实则也是充满变化的概念。题目和作品总体内容的关系既可以是事实层面的，像王安忆以女主人公为题的《妙妙》《富萍》；也可以是象征式的，如《上种红菱下种藕》《黑黑白白》。显然，后一种情形全赖读者喜好来解读。再者，题目也完全可以言说内容以外的事物，比如西方文学中就存在大量以文体为题名的作品。热奈特将复杂的第二种作用归纳成指代内容的主题型题目（titre thématique）和意指体裁的形式型题目（titre formel/rhématique）。本书研究的王安忆作品，尚不涉及所谓的形式型题目。

此处值得思考的是，王安忆的法译本小说作为翻译文学，译作的题目存在一个语义和形式的转化过程。这当中原著题目的本初作用是否发生了变化？倘若有所改变，译者和编者的初衷又为何？翻译产生的变更，又给读者对作品内容和作家印象的直观感受带来了怎样的影响？

题目翻译是译者工作的重中之重，其特殊性要求译者在遵循文法规则的同时，也要顾及接受层面文题之间的互文性。"译题"，一向都是文学翻译研究里常论常新的对象。经过对现有25种王安忆法译作品题目进行分析，不难发现译者的处理技巧灵活复杂，时而对原题亦步亦趋，时而别出心裁，有增有减，有换有替。倘若逐一论去，未免"只见树木，不见森林"，终难得见总体特征。对此，结合让·德利勒（Jean Delisle）对具体翻译方法的界定[1]，分门别类地整合分析，最终可将25个译题分为四类：

---

1 关于具体翻译方法的分类和界定，国内外译界从来都是见仁见智，（转下页）

直译、归化、明述和隐含。四类翻译方法的
使用概率如图所示：明述和隐含皆是孤
例，直译和归化的比重最大，数量基本
持平。

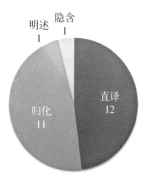

1. 直译（traduction littérale）

中文到法文的转换十分复杂微妙，两
种语言的词法、句法相去甚远。直译，此处

25 个法译本题目的翻译方法

是针对具体的翻译方法而言，确指目的语文本保持了原语文本的形式特
征，且一般又符合目的语的文法要求。littéral（e）既指意义，也涵盖形
式；应用到文学翻译中，译者多会注重异化，尽可能接近原文形式，极少
在译文中引入目的语的文化内容以求文化顺应。题目翻译首选直译，用
词、句式尽量与原文保持一致，是大多数文学译者的翻译策略。这一趋
势同样符合王安忆小说法译本的情况，直译而成的题目数量最多，足有
12 种，而且是最"标准"、最"典型"的直译——逐字或逐词的翻译（详见
表 4.1）。

（接上页）莫衷一是，鲜有定论。理论家们提出的定义都有其特定的适用范
围，故而本章对每个出现的概念都会注明来源与含义。此处之所以援用让·
德利勒的理论观念，乃是因为他的研究是针对翻译实践而言，操作性强，内容
全面，体系完整。这也是他的著作二十多年后依然畅销世界，被译为多种语
言的原因。须得承认，关于翻译手法辨析、归类的工作难免带有研究者强烈
的主观性，最易产生意见分歧，往往相争不下，各执一词，实则却无关非此即
彼的对错之分。本章在尝试为译题归类时，也发觉译者有时会借助不止一种
技巧，对此，本章仅选其中最显著的方法作为辨析依据。

表 4.1　直译式题目 12 种

原 作 题 目	译 作 题 目
小院琐记	Histoire de la petite cour
人人之间	Parmi les hommes
生活片段	Fragments de vie
花园的小红	Petite Hong du village du Jardin
小东西	La Petite Chose
轮渡上	Sur le bateau
长恨歌	Le Chant des regrets éternels
小城之恋	Amour dans une petite ville
荒山之恋	Amour sur une colline dénudée
民工刘建华	Liu Jianhua, le travailleur migrant
民工刘建华	L'ouvrier migrant Liu Jianhua
叔叔的故事	L'Histoire de mon oncle

当中最突出莫过于"花园的小红"，近乎机械地将主人公译为 Petit Hong。汉语中以"小""老"相称，实则鲜少有确切意义，充其量是语气的表达；再者，法语中的 petit 与 vieux 二词，内涵和外延与中文有着显著区别。故而，在法译中国作品中，遇此情况就不乏索性不译的案例，也有相当数量的译者选择音译。例如汉学家巴彦(Claude Payen)在翻译《老张的哲学》时对类似称呼就作了"原封不动"的处理：La philosophie de Lao Zhang。

"三恋"系列小说的译题相对毕基耶出版的其他王安忆作品，明显具有特殊性：三部作品一致采用了无冠词的名词结构。在法国自身的文学传统中，作为题目出现的名词绝少出现冠词缺省的情况。然而伴随着欧洲近代东方学的兴起,许多法国汉学家在撰写著作或翻译东方作品时,常以无冠词结构拟题。像雷威安(André Lévy)译《聊斋志异》(*Chroniques de l'étrange*)、《金瓶梅》(*Jin Ping Mei，Fleur en Fiole d'or*),班巴诺(Jacques Pimpaneau)译《史记》(*Mémoires historiques，Vies de chinois illustres*)以及新近再版的汉学专著《陶醉颂》(*Célébration de l'ivresse*)……诸如此类,不胜枚举。同样的情况,在法译日本文学中更加常见。这种拟题方式约定俗成地与亚洲主题密切相关,经过多代东方学者的影响,已然具备了特定意义——东方气韵。另外,无冠词修饰的名词倾向泛泛而言,无从确指,具有未知的神秘感,为读者初见之时提供了宽阔的想象空间。

　　连续三次"孤零零"出现的 Amour,具有十足的象征意味。爱情、婚姻、性爱,一直都是王安忆的重要创作主题,"三恋"小说就是她对三者关系的一次集中探讨。三段"禁忌之恋",展示的是作家对于两性关系本质的探究思考:"很长的一段时间,我一直在想那么一个问题:究竟,男人怎么回事,女人又是怎么回事?"[1]故事情节固然完整,作家却在众多细节上作出了淡化和模糊的处理:无名姓的男女主人公,似是而非的时代背景,等等。"三部曲"可以说拼出了中国当代女性充满矛盾冲突的心理世界,讲述的是不足为外人道的心灵秘史。如此来看,译题的特殊处理是贴切的,在彰显东方异质的同时,也契合小说主题和作家的创作初衷,同时完成了热奈特所说的"言明"和"吸引"的双重任务。

　　《长恨歌》的情况最为特殊,题目原本毋庸置疑的"指称"功能发生了动摇。王安忆借用白居易的同名诗篇,使得它在中国文学传统里不再具有唯一性,而出版方最终为小说拟定的译题,唯一性也无从谈起。此处

1　王安忆:《男人和女人 女人和城市》,昆明:云南人民出版社,2000 年,第85 页。

暂且不谈译者、编者采取直译策略背后的文化立场和复杂经过,仅探讨作为结果出现的题目及其产生的客观作用,伦理层面的讨论留待后文详析。事实上,regrets éternels 本身就是法语表达怀念或遗憾的常见用法,也是通俗小说青睐的文题[1],就连著名学者班巴诺都曾为自己的中国古代史专著取名"长恨传"(*Biographie des regrets éternels*)[2]。再者,白居易的长诗在法国早有译介,许多汉学大家都对诗人有所著述。译者安德烈的处理基本沿用了 20 世纪 40 年代出现的最早译本 *Chant de l'éternel regret* [3]。该篇译作随后由先辈学者戴密微(Paul Demiéville)收入《中国古典诗歌》(*Anthologie de la poésie chinoise classique*),于 1962 年出版发行。这种"挪用"最重要的作用就是强调王安忆与中国古典文学的深厚渊源,也是法国译者和出版人对作家本心的忠实与尊重。毕竟,王安忆的写作不止一次出现过"古为今用"之举,除《长恨歌》以外,至少还有《归去来兮》《天仙配》《海上繁华梦》和《菜根谭》。看似并无新意的保守做法,实则赋予作品一种经典气韵,至少会赢得特定读者群体——汉学人士和中国文学研究者——的关注。

1　这一表达似乎尤其受到侦探和悬疑小说作者的青睐,法国的口袋书出版社(Le Livre de Poche)、反叛者出版社(Les Editions Mutine)和 10/18 出版社都曾发行过题为"Regrets éternels"的通俗小说:
　　Pieter Aspe:*Regrets éternels*,Le Livre de Poche,Novembre 2019;
　　Marc Victor:*Regrets éternels*,Les Editions Mutine,Septembre 2004;
　　Fredric Brown:*Regrets éternels*,Michèle Frédric(traducteur),10/18,Septembre 1995.

2　Jacques Pimpaneau,*Biographie des regrets éternels*,Arles:Philippe Picquier,1989.

3　Paul Demiéville,*Anthologie de la poésie chinoise classique*,Paris:Gallimard,1962,p.321.

2. 归化（adaptation）

前文提到的法国资深译者苏珊·贝尔纳,凭借多年翻译中国文学的心得,对翻译中消解掉的原作成分有着深刻认识,曾直言不讳地指出,任何翻译都存在统一风格的倾向,中译法的过程尤其如此。[1]这里实际说的是语言转换中的归化问题。对于归化翻译的特点,让·德利勒曾解释道:"(它)优先考虑原文本主题,置形式于不顾。"[2]另外,也有翻译研究者称其为"改写"或"重写"(rewrite)。各种具体归化方法如表 4.2 所示。

表 4.2　归化式题目 11 种

归化方法	数量	原作题目	译　作　题　目
替代	4	本次列车终点	Cette fois，je reviens définitivement
		聚沙成塔	Les petits ruisseaux qui font les grandes rivières
		弄堂	Ruelles
		桃之夭夭	La Coquette de Shanghai
换词	4	香港的情与爱	Les Lumières de Hong-Kong
		忧伤的年代	Amère jeunesse
		锦绣谷之恋	Amour sur une vallée enchantée
		城隍庙的吃与玩	En-cas et distractions de Chenghuangmiao

1　Suzanne Bernard，«Avant-propos»，*Huit femmes écrivains*，Beijing：Littérature Chinoise，«Collection Panda»，1984，p.10.

2　Jean（dir.）Delisle，*Terminologie de la traduction*，Amsterdam：John Benjamins Publishing Company，1999，p.8.

续　表

归化方法	数量	原作题目	译　作　题　目
换类	3	记一次服装表演	Un défilé de mode
		月色撩人	Le Plus Clair de la lune
		寻找上海	À la recherche de Shanghai

（1）替代

在最极端的改译情况中，译者常会造出一个全新题目，仅保留最核心的意义成分，其本质是替代。替代（substitution）的方法会"弃旧从新"，严格而论已超出翻译的范畴，属于译者的再创造（récréation），系完全主观的个人化解读，出离原作者意图。虽然，翻译本来就是主观色彩强烈的再创造行为，译作都是个人阐释。然而，替代的改译做法需具备严苛的前提条件：译者对原著和作家有着知之甚详的深刻理解。一旦决定使用此法，实际操作过程中则须万分小心，不可任由创造力无限驰骋，尤忌过度美化、不惜流俗来谄媚读者的做法。"暴力"阐释行为应出于降低理解难度的目的，规避由语言和文化差异造成的潜在不解或潜在误读。

前文讲到，钱林森等学者在将《本次列车终点》编入《天生是个女人》时，沿用了此前《中国文学》的旧译稿。唯一也最显著的不同，是此次由法国出版的小说有了新题目"这次，我终于回来了"——以返城知青的心声作为译题。这在文集的整体编排上并非孤例，《儿女情》《错落有致》《心祭》《心香》等小说的题目都遭遇了"改头换面"的替代翻译。[1] 小说选

1　茹志鹃：《儿女情》（*Entre mère et fils*）、铁凝：《错落有致》（*La beauté d'un ordre produit par le désordre ou Tout est bien qui finit bien*）、问彬（张文彬）：《心祭》（*Pour l'amour des enfants*）、叶文玲：《心香》（*Un autel pour Yanu*）。

问世之际,中国当代文学在法国的译介整体尚未走出"庞杂拼凑"的阶段,多数时候仍需借助其他艺术门类(如电影)的影响效力求得关注。因而,译者直言内容、因袭法语文学拟题传统的缘由也就不言自明,不外乎是避免语焉不详和降低理解难度。

"上海俏佳人"(La Coquette de Shanghai)明显是译者金卉为《桃之夭夭》重新拟定的题目。同样是以古诗词为题,出版方此次采取了不同于《长恨歌》的策略。如果说特殊领域的法国读者可能对白居易的长诗有所耳闻,"桃之夭夭,灼灼其华"——上古经典《诗经·国风》的传世佳句——则极有可能是完全陌生的存在。如若坚持保留原题特有的意指方式,便涉及文学翻译中最险峻的高峰——译诗。译界从来不乏"诗歌不可译"的论调,关键就在于意形难两全、顾此失彼之憾。翻译学者贝尔曼就曾在《翻译的时代》(L'Âge de la traduction)中分析过译诗之艰,他指出诗的文字句法都处在"纯粹状态"(état pur),是"意义的敌人"(ennemis du sens),即所谓"文字令意义窒息"(la littéralité étouffe le sens)。此时仅剩两条路径供译者选择:"要么拆解句法结构,使其碎片化,以照亮意义;要么重塑结构,如此也就离意义更远。"[1]最终的处理显然是在两者之外另辟蹊径,或者说在第二条路径上走得更远:既然重塑结构便是远离意义,索性就连意义一并抛却。与其字斟句酌地译诗,倒不如突出作家和作品身上最鲜明、最迷人的特质——上海,以此招徕读者。结合此前王安忆作品法译本的出版思路,"上海俏佳人"不失为对《长恨歌》成功译事和散文集《寻找上海》的呼应,顺理成章地强化了王安忆特有的文学气质——上海代言人。及至故事内容,以"俏丽"或"喜弄

1　Antoine Berman, *L'Âge de la traduction*,Paris：Presse Universitaire de Vincennes,2008,p.164.

风情"（coquette）来指代女主人公毫不言过其实。依照作家的刻画，不论豆蔻年华就露出熟女风姿、为邻里暗唤"风流"的郁晓秋，还是她那早年只身赴港、人称"小周璇""小白光"的伶人母亲笑明明，都担得起一声"俏佳人"。

罗蕾雅译"聚沙成塔"时，化用了法文中由来已久的谚语：Les petits ruisseaux font les grandes rivières。它最早可追溯至古罗马诗人奥维德《哀怨集》（Tristes）中的诗句：Adde parvum parvo magnus acervus erit（此句拉丁文约定俗成的中文翻译即是：聚沙成塔，集腋成裘）。16 世纪便通行于世，当时法国人多用它形容钱财积少成多，一个世纪后的法兰西学院诗人和词典学家安托万·菲勒蒂埃（Antoine Furetière）使用并最终规范了它的用法，时至今日早已是广为人知的表达。成语翻译从来都是令中外译者颇为挠头的问题。一般情况下，如若目的语中有意义相近的表述，且又不牵涉独有或特定的文化意象，直接援引、代以为题也不失为合理之举。当然，部分立场鲜明的译者会坚持直译，再配以文外注释，但这种方法多见于正文内，用于题目翻译实属罕见。

（2）换词

相较替代，稍显克制的做法是"换词"（modification lexicale），即只改换当中的部分字词。《香港的情与爱》是毕基耶打造的首部王安忆作品，整体品质实逊于后来的法译本。[1]仅就文题而言，"香港"这一核心意象得以保留，"情"和"爱"则无处觅踪。以 les lumières 取而代之，未免流于牵强，刻意附会。复数形式的 lumières 意义外延过于宽泛，它可以形容智慧、启示，或专指启蒙运动，也时常用作电影的喻体，偏偏就是无关情爱。王安忆以看似明快的笔调探讨实则沉重的主题：两性情感、海外华人的

1　法文版《香港的情与爱》的具体翻译缺憾容待第五章详加分析。

身份危机。小说此番对男女纠葛的刻画略显特殊,就在读者确信主人公的"情事"不过是利益交换之际,形势陡转,二人心底却生出一丝情义。这种情节极似中国古典文学中"欢场亦重然诺"的主题,文眼仍不逾"情义"二字。王安忆将其置于华人世界里最是逐利至上的成熟商业社会,反衬出的恰是情的微妙难测、无从把控,虽不至一往而情深,却当真不知所起。各色人物辗转奔波背后,是四散飘零、再拼不全的心灵碎片,是无根华人的身份焦虑。诚然,轻巧灵动的 lumières 无力擎起如此厚重的主题,香港的光更照不进失落的灵魂。

相形之下,《忧伤的年代》《锦绣谷之恋》《城隍庙的吃与玩》三部译作的题目则不显逾矩。中国蓝出品的译本将含糊的"年代"具象化,代之以"少年"(jeunesse),先于文学文本言明主人公的成长忧愁。对于确有所指的"锦绣谷",译者的处理为这片丹枫苍翠、杂英锦簇的风光笼上一层如梦似幻的魔幻魅力。"着魔"(enchanté)何尝不是主人公心猿意马、情愫暗生的思绪?它令暂离牵绊的悸动男女身陷无边的遐想和揣度。

(3) 换类

"换类"(recatégorisation)也是常见的归化做法。它指"通过改变一个词或词组的词类或词性来建立意义的对应"[1]。它将原题的名词句或动词句改为介词等有别原初的语法结构。这种处理一般不会产生内容的大幅变更,所以《寻找上海》和《记一次服装表演》的译题与原作题目并无意义差。《月色撩人》则从短句变为词组,虽然只见朗月不见月下人,却保留了原题强烈的象征意味。事实上,较之上海这一具象的空间框

1　Jean（dir.）Delisle, *Terminologie de la traduction*, Amsterdam: John Benjamins Publishing Company, 1999, p.65.

架,清冷冰轮才是故事发生的背景。王安忆每次切换女主人公出现的主要场所,几乎都会插进或短或长对月光的描写,一如《长恨歌》里盘旋空中的鸽子,俯瞰悲喜众生。最终,光影浮动映出人生际遇的飘忽不定,照得人群中的男女倍显孤独。

3. 明述(explicitation)与隐含(implicitation)

《妙妙》的文题正是常见的解释性翻译,也是法国文学传统里惯用的拟题方式。这类翻译手法在目的语文本中表达了原语文本没有表达的,但是通过语境知识或原语文本的情景可以领会到的具体语义细节,其原因是为了求得明确或者是出于原语的制约。[1]译者的增补恰是对小说主题的极简概括:小镇姑娘对城市的向往,也一定程度在心理层面实现了城市梦。译题构思明显偏重言明故事要旨的功能。

《本次列车终点》的首篇译稿显然对题目进行了压缩处理,令译题更加精练。符合隐含翻译手法的基本操作:如果原语文本的信息要素可以通过语境或所描述的情景显现,并易为目的语读者推导出来,则对这些信息要素不作明确的翻译。[2]这种删去部分要素的处理,往往可以令译题十分精简。用之于此,却显得简练有余,明晰不足,口吻客观无情,不似日后法国发行版本直透出沉重阴郁之感。平心而论,王安忆这一阶段的虚构写作恰恰是以描绘人物的充沛情感和心理斗争见长。两相比较,后者将文题"言明""吸引"的任务完成得更充分。

就翻译手法的使用频率而言,译者们的首选无疑是直译,时而也会

1　Jean (dir.) Delisle, *Terminologie de la traduction*, Amsterdam: John Benjamins Publishing Company, 1999, p.37.

2　*Ibid.*, p.44.

在细节上作出适当异于法语行文习惯的陌生化处理(如冠词缺省等),以突出王安忆小说的外国文学特质和文学主题的普世属性。当单纯直译有欠充分,译者便会策略性地更改原题,作出适当增减。但对于重要的文化符号(如"上海"),最终均予以保留,甚或主动增附进译题,一则作为吸引读者的"饵料",二来突显作家的文学形象(如"上海代言人")。重新命题,是中国文学译本在海外市场的常见遭遇,这在王安忆的法译作品中也有相当比重的体现,其中难免有出于商业因素和整体出版计划的考虑。除个别轻率而为的译笔,王安忆法译作品的题目基本都达成了意义或形式层面"言明内容"的要旨,部分处理甚至在原题之上引申开去,更具象征意味和想象空间。

三、 译序与封底

　　副文本可以单纯提供事实内容,也可以提供阐释信息,如序言的设置。[1]此处的"序言"与我们通常理解的文体有所区别,它在热奈特的文本理论中被赋予了更宽泛的意义,可以指代"全部开篇性质的文本(置于卷首或卷末),作者执笔或他人代笔均可,言说的是后面或前面的正文"[2]。如此而言,封底文字或后记(postface)亦可视作"序言的变体"(une variété de préface),就本质而言与卷首的文章并无过大出入。[3]以"序言作者"(destinateurs)为依据,此类文章分为三种:自序(préface auctoriale)、代

1　Gérard Genette, *Seuil*, Paris: Seuil, 1987, p.15.

2　*Ibid.*, p.150.

3　热奈特在《门槛》中列举了狭义上常见的"序言"和"后记"的说法。序言: introduction, avant-propos, prologue, note, notice, avis, présentation, examen, préambule, avertissement, prélude, discours préliminaire, exorde, avant-dire, poème 等。后记: après-propos, après-dire, postscriptum 等。

序(préface allographe)、关联人作序(préface actoriale)[1]。不论自序还是代序，均可独立成文，此类副文本会"自行文本化，融入作品中"[2]。序言的受众(destinataires)即是文本的读者，严格来说是尚处"犹豫中的买主"(l'acheteur hésitant)。热奈特的划分放诸翻译领域，情况便略显复杂。这是因为，译序作为译著的序言，系自序无疑；同时，相对原著而言，又可被视为代序。

翻译文学脱离原语土壤经由译者"再创造"，最终移植到译语环境成为独立存在的作品，此时它在译语文字国度的属性可谓近似，或无限接近原创作品。因而，王安忆作品法译本的诸多译序、引言也就在不同程度上具备了热奈特赋予"原作序言"的各种功效。简言之，设置序言最首要的两重考虑是：获得阅读(obtenir une lecture)、获得正确的阅读(obtenir que cette lecture soit bonne)。[3]这一引导阅读的初衷在译序型文章里表现得最为显著，而"扮演"作者的译者往往在"为何读"和"如何读"两个层面着墨甚多。结合热奈特的文论观点，法国译者对王安忆作品的解释文字表现出序文型文章理应发挥的以下理想功效。

1. 序言作者在阐释"为何读"时，往往会着重彰显作品主题的价值(il faut valoriser le sujet)，以及行文素材的独特之处，这构成了序言文章的

1　关联人作序，是三种序言里较为特殊的一种，其实际形式亦多种多样，最典型的莫过于传记文学涉及的真实人物为该作品撰序。事实上，在这三者的基础上，热奈特随后又引入文章的真伪性，以"真实"(authentique)、"虚构"(fictif)和"存疑"(apocryphe)相区别，再结合序言作者，将序言细化为 9 种。本文的序言型副文本情况比较明朗，不存在真伪维度的疑问，故而仅依据"序言作者"这一划分标准分析即可。

2　Gérard Genette, *Seuil*, Paris：Seuil, 1987, p.164.

3　*Ibid.*, p.183.

首要功效。[1]2. 与此同时，言说文本价值要自觉配以对作品原创性
（originalité），或至少是新意（nouveauté）的强调。[2]3. 言必求真，展现出作
品的真实性（véridicité）。"作者通过序言唯一能归于自我的功劳……就
是真实，至少是真诚，换言之努力接近真实。"[3]这点在现实主义或自然主
义作品中尤为显著，许多作家都会在自序中发出如巴尔扎克所言"记录
时代""细节真实"一般的声明。最典型的莫过于龚古尔在《热曼妮·拉
瑟顿》（*Germinie Lacerteux*）题头所写："这是一部真实的小说。"（Ce
roman est un roman vrai.）[4]4. 指引读者按照作家期待被阅读的方式来品
读作品，是序言文章在"如何读"层面的核心作用。[5]5. 厘清作品源头
（genèse），同样是序言应当着墨之处。"序文，能够告知读者作品的起
源、出版问世的背景，以及生成的过程。"[6]6. 序文能够起到"评析题目"
（commentaire du titre）的作用。序言就是"更长的文题"（une page de
titre plus longue），其唯一使命就是成为题目的延伸。[7]这一功效面对较
为空泛、过长或过短以及稍显晦涩的文题，必要性就尤为突出。7. 言明
初衷（déclaration d'intention）。作者有时会亲自下场阐释作品，讲清写
作意图。这在中外相当一部分作家看来，无疑是限制和禁锢"真义"（le
vrai sens）之举，甚至会全然否认作品存在特定之义（un tel sens）。[8]然而
对于翻译文学，译本皆是经由"二度创作"而生成，必然会糅进译者的主

---

1 Gérard Genette, *Seuil*, Paris: Seuil, 1987, p.184.

2 *Ibid.*, p.186.

3 *Ibid.*, p.191.

4 *Ibid.*, p.192.

5 *Ibid.*, p.194.

6 *Ibid.*, p.195.

7 *Ibid.*, p.198.

8 *Ibid.*, p.205.

观色彩,鉴于忠实原著的考量,适当在序文中转述原作者的写作意图不失为合乎翻译伦理的严谨处理。8. 界定属性(définitions génériques),系"严明初衷"的深层变体,旨在深入界定作品的特征、结构,关注主题和形式,以此提炼出独特性。

王安忆的法国译者和出版人为译作撰写的引导文字皆是精心之作。尽管篇幅各异、详略不一,却都在不同程度上体现出热奈特所期冀的理想功效,因而在序文渐趋深入、逐步勾勒的过程中,王安忆的文学形象逐渐立体、饱满,为法语读者"远观作品"(进入正文阅读前)营造出油画般通体的真实感。这一基础印象无疑会伴随阅读始终,不甚了了之处自然会由各个具体读者自行描补。法国译事中出现的序文大致为王安忆绘出了三重文学形象:上海代言人、先锋女作家、现实主义传人。

上海,毋庸置疑是译者们最为重视、评析最多的主题。在现实主义维度的定位中,"文革"语境和知青经历时常出现在序文关于作家经历、小说背景的介绍和补充中。

1. 上海代言人

上海之于王安忆,在译者的补充文字中已不仅是单纯的虚构主题,俨然在两者之间建立了一种近乎无可取代、相互依存的关系。

近两百年的时光里,上海始终是中外作家竞相刻画的对象。这座享有"东方巴黎"美誉的城市,她的建筑、街区和景观植物都带有浓厚的法式风情,是中国近代以降传统与现代的聚合地。城中俯拾皆是的时代印迹,无时无刻不在撩拨法国人如梦似幻的旧时记忆。圣-琼·佩斯(Saint-John Perse)、保罗·克洛代尔(Paul Claudel)、安德烈·马尔罗(André Malraux),都对这座都会倾注了无限情感,留下了大量文字传奇。这些 19 世纪上半叶的描绘,时至今日依然令西方公众心向往之,期待一睹真容。可以说,法国的现当代文学世界中从来不缺少"海上传奇",上海总是可供挖掘的文学和艺术主题。开埠伊始,作为文学行为的发生场域,上海便孕育了大大小小、不胜枚举的创作流派和写作群体,而今她作为主题,又为一批又一批的作家提供了取之不竭的创作灵感。沪上传奇在他们的笔端流转,绵延不断,一贯是生命力蓬勃的创作主题。前有三四十年代"新感觉派"笔下如"怪兽"般吞噬城中人、纵情声色的魔都,其同时也是"左翼"眼中风起云涌的革命策源地;新中国早期,上海则成为描绘社会主义改造的重要虚构场域;及至王安忆这代创作者,她又见证了太多知青家庭离散重聚的悲怆"伤痕";新时期文学描绘的上海故事,更是千差万别,从所谓"新海派"到"身体写作",囊括了众多当代作家,甚至不乏红极一时、引得鼎沸非议的"话题型"作者。

如果说在中国读者心中,程乃珊、陈丹燕、王安忆,都是描写当今上海的人杰翘楚;那么,在法国的接受语境中,王安忆才是这座城市的最佳代言人,上海在她的笔下有着别处无法寻觅的风范。否则,也不会有媒体人称:王安忆,就是上海。这一近乎"标签化",甚至"固化"的文学印象,正是王安忆的法语译者们多年来矢志不渝、不断打磨的结果。他们借助"第一读者"的解读优势,在文章中不断挖掘、强调着作家和这座城市的血脉联系,以及她们之间不可分割、不可替代的文学关系。篇篇序文,最终随小说译本一道被法语读者们捧在手中玩味思考。伊冯娜·安德烈、斯特凡尼·莱韦克等人在解读"作家-城市"之时,非常善于突出王安忆赋予上海的新意和二者之间的内在关系;至于以文集形式出版的译作,则更倾向于强调城市的异国情调和作品的怀旧风情。

(1)城市即人物

译者的引导式诠释充分实现了序言凸显原创性、创新性的效力。

地域,始终是王安忆重要的写作主题,它不囿于狭隘的地理概念,是众多小说文本搭建的文学地域。上海,正是王安忆文学地图上无可置疑的高地。法国的译界人士自始至终都在近乎"偏执"地强调这座城之于作家的特殊意义,即便是在无甚明显关联的《香港的情与爱》里,序文都会不吝笔墨进行补充:上海这座城在作家的创作中占据核心地位。[1]而此时距毕基耶真正推出作家的上海主题力作《长恨歌》尚有五年之久。法文版《长恨歌》开卷首句便界定了作家的"来龙去脉",直言小说主题价值。"王安忆是被西方严重忽视的小说家。她生在南京,在上海度过了整个童年时光,上海是她全部的根。"[2]上海在王安忆的虚构世界里,远不止情节发生地这一重身份,其本身就是故事的主角,而非静默无声的布景,在与主人公命运遭际交叉推进的过程里,一道组成作品双线并行、明暗结合的叙事结构。小说问世之初,作家便坦言:她想书写"一个城市的故事",主人公不过是城市的"代言人"和"影子"。[3]这份创作初衷被译者忠实地传递到了译本中,代作家邀约法国读者观看人物与城市的双重悲剧——"一个女人的命运悲剧,亦是上海这座城的痛苦际遇"。[4]作为小说内核人物的城市,在王安忆笔下得到了远比形式主角更丰满细腻的刻画,万字之内虽无人物、情节和故事,却远非一般意义上的状物描写,其律动时时牵动着情节的铺陈发展。纵然如此笔法之于西方人的阅读习

1　Denis Bénéjam（trad.），«Avant-propos»，in Wang Anyi, *Les Lumières de Hong-Kong*，Arles：Philippe Picquier，2001，p.5.

2　Yvonne André，«Préface»，in Wang Anyi, *Le Chant des regrets éternels*，coll. «Picquier poche»，Arles：Philippe Picquier，2008，p.5.

3　"但事实上这个女人只不过是城市的代言人,我要写的其实是一个城市的故事。……我是在直接写城市的故事,但这个女人是这个城市的影子。"王安忆、齐红、林舟:《王安忆访谈》,《作家》,1995 年第 10 期,第 66—67 页。

4　Yvonne André，«Préface»，in Wang Anyi, *Le Chant des regrets éternels*，*op. cit.*，p.10.

惯略显冗长晦涩,译者却不愿未来的读者错过作家如此精心雕琢的文字,故而特借译序为《长恨歌》开篇"正名":

> 城市的心跳便是小说的节律。前五节散文式的描写引我们走进海上传奇,序篇如同帷幕"划开夜与昼"。[1]

——法文版《长恨歌》译序,2008 年

"城市即人物",这一解读导向直至 2013 年《月色撩人》的法译本问世之时,依然被置于序文的突出位置:

> 上海远不只是背景,而是情节里火热的核心,这里的夜色远比白日绚烂,生命绽放得更自在,更出乎意料,更肆意,更神秘。[2]

——法文版《月色撩人》封底,2013 年

从作家的根,到内核人物,王安忆在法国译介主体的解读中被牢牢地与上海"捆绑"在一起,这座新旧共生的城市是她虚构世界的文化底色,也唯有王安忆能写活今昔上海的生命肌理,切准上海的脉理节奏。

(2)殖民视角的怀旧气质

无论中国文坛,还是法国学界,但凡言及上海多会用"她"(或 elle)来指代,仿佛这座城市与女性有着先验式的天然联系。作家程乃珊——素有"上海的女儿"之称——曾在《你的姓氏,我的名字》里写道:"总觉得,有怎样的城市,就有怎样的女人。女人是城市的韵味,犹如诗的意境。女人,是都会风情的演绎,都市传奇的催化剂,成功男士的动力,城市与

1　Yvonne André,«Préface», in Wang Anyi, *Le Chant des regrets éternels*, «Picquier poche», Arles：Philippe Picquier, 2008, p.10.

2　«La quatrième de couverture», in Wang Anyi, *Le Plus Clair de la lune*, Arles：Philippe Picquier, 2013.

女人,犹如灯笼里的那一点火,因为有了女人,城市才生动起来。"[1]"要写上海,最好的代表是女性,不管有多大的委屈,上海也给了她们好舞台,让她们伸展身手。而如她们这样首次登上舞台的角色,故事都是从头说起。谁都不如她们鲜活有力,生气勃勃。要说上海的故事也有英雄,她们才是。"[2]对比当代文坛众多选择乡村作为虚构背景的男作家,仿佛女性才是都市文化的代言人。女作家们始终敏锐地把握着这座城的脉搏,时而强劲可感,时而悬若游丝,到底逃不过她们的感知力。当中善变、脆弱、突如其来的特质一定程度呼应了西方受众对中国文学的期待,在"想象东方"的古老命题中激发起强烈回响。于是,法国译界才会出现王安忆与另外四位沪上女作家共同讲述女人韵事的"场景":

> 五个女人,五种命运,五篇当代故事,朝往昔暧昧一望,试着组成一台角色混淆的皮影戏。[3]

——《上海,后租界时代的魅影》封底,2004 年

与此同时,序文所言时刻不忘这座城市的文化密码——异国情调。叙述口吻竭力营造异域氛围,将耳熟能详之物陌生化、奇异化。李欧梵在《上海摩登》中以"双面镜"相喻"异域情调"(exoticism)的文学功能:"一面照着东方的西化形象,一面照着西方的东方比如中国形象。"[4]

虽然作家毫不讳言深受法国文学影响,但就文学基因而论,王安忆

---

1 程乃珊:《上海女人》,长沙:湖南文艺出版社,2014 年,第 1 页。

2 王安忆:《寻找上海》,上海:学林出版社,2001 年,第 86 页。

3 «La quatrième de couverture», in Chen Feng (éd), *Shanghai, fantômes sans concession*, Paris:Autrement, 2004.

4 李欧梵:《上海摩登——一种新都市文化在中国(1930—1945)》,毛尖译,杭州:浙江大学出版社,2017 年,第 251 页。

的"法国血统"来自 19 世纪的现实主义文学,与中国现代文学范畴中"左翼"阵营的创作理念更接近。相较之下倒是 20 世纪上半叶的"海派"小说,手法技巧更显前卫风范。如此也就不难理解王安忆虽享有评论家口中"海派传人"的赞誉,却常常表现出抗拒的态度[1],她会直言不讳地将"海派文学"称为"伪命题","新感觉派"在其眼中不过是"极狭隘的概念","似乎也看不到'海派'什么确切内容,所以,我既不承认我是'海派作家',也不承认有'海派文学'这一门类"。[2]虽然同是写上海,王安忆所展现的显然不是序文中殖民视角下繁华与糜烂共生的畸形社会形态。她是"当下感特别强的人","我绝对不是怀旧,小说中的故事都是当下的生活"。[3]

然而一个文化共同体的欣赏习惯不是一朝一夕形成的,改观更不可能一蹴而就。"固有的成见,随机应变的套话,每每诉说着对他者的想象。"[4]二十年光阴流转,王安忆再度出现在上海主题的文集中,依然无法摆脱东方主义的幽灵。

> 黄浦江的臂弯里,人们梦想着未来的绚丽光景,在破落的洋房中伴着旧时代的留声机起舞,曲里唱的尽是另一个世界的愿景。……两代人在此相遇,歌唱上海,在舞池地板和老式酒吧的霓

---

1 王安忆对所谓"海派"的态度存在一个变化的过程。《流逝》大体是分界点,80年代完成这部长篇时作家并不排斥海派称谓,也曾就此撰文细谈;但在《长恨歌》问世的 90 年代,王安忆数次在公开场合谈到自己与这一概念的根本区别,也曾借"我不像张爱玲"之类的委婉表述否认与此类风格的传承关系。

2 王安忆、行超:《弃"文"归"朴"的写作历程——访王安忆》,《文艺报》,2019 年1 月 18 日。

3 王安忆、徐健:《王安忆:我是一个比较严格的写实主义者》,《文艺报》,2013年 4 月 1 日。

4 张寅德:《法国比较文学的中华视野》,《国际比较文学》,2019 年第 2 期,第325 页。

虹闪烁之处,怪诞的幽灵们正戏谑着众多徒劳落空的希望。[1]

———《上海,后租界时代的魅影》封底,2004 年

别样书屋在 1996 至 2004 年间,策划出版了一套卷帙浩大的系列丛书"一座城的文学和小说"(Littérature/Romans d'une ville),《上海,后租界时代的魅影》正是其中之一。王安忆在几位入选文集的作家中显得与众不同,唐颖、程乃珊、陈丹燕等的作品都是短篇,唯独对王安忆节选了长篇小说《长恨歌》中"无情节"的一章——《弄堂》。文集主编正是作家通常合作的法国出版人陈丰。虽说后者此前、此后主编王安忆法译作品时从未采取刻意突显东方滥觞的策略,奈何面对别样书屋一贯的文化立场,也不得不在序文中稍作妥协。尽管被披上压箱底的"老式时装",王安忆跻身"城市—文学"丛书带来的客观效果就是确认并强化了"上海代言人"的文学身份。

七年后,陈丰为毕基耶出版社打造散文集《寻找上海》之时,在封底序文中原封不动地引用了《"上海味"和"北京味"》里慨叹海上旧梦长逝、今非昔比的描写,不觉流露出一丝自我修正、暗表心曲的意味。

黄浦江畔的纤歌早已为轮船汽笛替代,外国殖民者携带了财富滚了回去,闯荡江湖的流浪汉亦已安家乐业,痞子无赖西装革履地斯文起来,一吊大钱两串草鞋来到此方的乡下佬终成卑微的过去,留下了一批安分守己的市民。我们不幸地出生在平庸的市民中,仅仅是隔代的祖先的热血已在血管里冷却。一百年的上海就好像是一个短梦,留下了可怕的梦魇和美丽的幻境,而身后江水长东。[2]

———法文版《寻找上海》封底,2011 年

1　«La quatrième de couverture», in Chen Feng (éd), *Shanghai, fantômes sans concession*, Paris: Autrement, 2004.

2　«La quatrième de couverture», in Wang Anyi, *À la recherche de Shanghai*, Arles: Philippe Picquier, 2010.

奈何此前二十余载刻意流于东方主义的界定，王安忆"上海怀旧作家"的身份在法国语境里愈发夺目；大众读者眼中，这道光间或遮蔽了作家文学形象的其他侧面，每每提及王安忆，必言怀旧（nostalgie）和上海。然而，作家对徒有其表的"怀旧"实则不以为然，更是近于讽刺，往往"通过一个怀旧的故事来解构怀旧，嘲讽旧文化的环境，嘲讽所谓的'海上繁华梦'"[1]。这期间序文因"误读"奠定的解读基调，在法国公共媒体上屡有呼应，甚至研究界都不曾就王安忆作品里"反上海梦"的意义有过只言片语的述说。现实层面的理解遗憾，却从反面印证出法国译事里序文与"上海"的主题价值是多么相得益彰、深入人心。

2. 先锋女作家

王安忆多少与"听任读者支配"的作者不同，她一向不介意谈论创作始末及其文学理念的由来和转变，这在《心灵世界》等众多文论里都多有表述。作家的自我解读、自我评析，对于特殊的读者——译者而言更显珍贵，是后者理解、阐释和再现原作的关键依凭。故而，他们时而会将王安忆主动表达的创作初衷写进介绍性的序文里，以便作为大众读者的体悟参照。

自从"三恋"系列小说诞生以来，国内评论界时常可见从女性主义批评视角出发的评论文章和研究成果，甚至曾有人机械地为作家笔下的女性人物划分了三个发展阶段：分别以"雯雯的世界""三恋"和《长恨歌》对应女性自我的觉醒、女性自我的突围以及女性自我的重构。当中尤以"荒山""小城""锦绣谷"三者最为评论者青睐，时至今日仍是女性主义批

1　陈思和：《海派文学与王安忆的小说》，《名作欣赏》，2018 年第 7 期，第 9 页。

评的理想文本。姑且不论以上观点是否公允、是否能够自圆其说,在自由解读之时它们间或忽视了王安忆作为创作者的自我定位。

如果说王安忆对所谓"海派"曾有过认同和不排斥的阶段,那么她对于将自己划归女性主义(或女权主义)素来都持否认态度。早在 1987 年赴香港出席"中国当代文学与现代主义"主题研讨之时,王安忆和刘索拉都曾有过"我不是女权主义者"的发言。[1] 2001 年发表在《钟山》上的《我是女性主义者吗?》一文,更是集中表达了王安忆对于这一概念的困惑和质疑。"我却是很少单单从女性的角度去考虑东西""我们对女性主义的观点是从西方接受过来的,和我们真正的女性现实不一定符合""我有自觉女性立场的就只有《姊妹们》"……[2]

倘若对标女性主义批评话语的典型语汇:自觉、压抑、抗争、男权、父权……王安忆诚然不是这套话语中标准的女性主义者。尽管"三恋"等小说具有相当比重的女性主义表达,却很难说作家笔下的女性人物有多么鲜明的自觉意识,她们在情节中的行为大多是不自觉的行事。严谨而论,我们只能说王安忆不是一个性别论者,两性或性别在她看来更像人性无垠风光中的一隅风景。介于是与不是之间,莫可名状的似是而非,正是王安忆自身及其作品文学魅力的重要来源,她的文字总会给予读者和评论家相当大的阐释空间。

(1)突破禁忌的探路者

法国译者们显然意识到了,并且非常尊重作家的自我认知。他们撰写的导引式解读,尽管明显带有女性主义批评的色彩,却从未轻率地冠之以博人眼球的"女性主义"称谓——哪怕这种定位在当时乃至时下的

1　胡缨、唐小兵:《"我不是女权主义者"——关于后结构主义的"策略"理论》,《读书杂志》,1988 年第 4 期,第 72 页。

2　王安忆、刘金冬:《我是女性主义者吗?》,《钟山》,2001 年第 5 期,第 115—129 页。

西方社会广有市场——更不会越俎代庖替未来日的评论家赋予作者固化的意涵。相反,他们会开宗明义地转述王安忆本人的立场,忠实践行序文"言明初衷"的诺言:

> 作者虽否认自己是女权主义者,但她在此明确表达了女性自由意识。[1]

——法文版《锦绣谷之恋》译序,2011 年

法译本序文更多的内容是在向潜在读者传递特定时期内作家书写两性题材表现出的先锋气质,以及直面时论批判质疑的勇气。可以说,这些重复出现的文字在法语阅读世界中将王安忆塑造为一个具有先锋精神的女性作家:她敢于挑战社会禁忌,深切地关怀着中国女性的心理需求和精神世界,是当之无愧的"大作家"(un immense écrivain)。类似论调早在法文版《香港的情与爱》问世之时便埋下了伏笔:

> 王安忆……是中国的大作家,作品无数。她剖析同代人,从不畏惧争议,早在"三恋"小说中便触及社会传统重压下现代女性的性心理。[2]

——法文版《香港的情与爱》序,2001 年

正是借助对"自杀殉情的爱侣"(suicide entre amants adultères)、"单身母亲"(une mère célibataire)、"厌倦丈夫、寻找自我的女人"(une femme lassée de son mari et à la recherche d'elle-même)的刻画,王安忆"转向探究情爱骚动中女人性意识的心理问题",此举不啻为"动摇了传统秩

1　Yvonne André, «Avant-propos», in Wang Anyi, *Amours dans une vallée enchantée*, Arles: Philippe Picquier, 2011, p.7.

2　Denis Bénéjam (trad.), «Avant-propos», in Wang Anyi, *Les Lumières de Hong-Kong*, Arles: Philippe Picquier, 2001, p.5.

序",故而"遭到中国评论界的猛烈攻击"。[1]哪怕是在古今名家云集的"中国笔墨"专栏,汉学家罗蕾雅仍会在有限的介绍内强调王安忆"打破禁忌"的创作行为:

> 王安忆——茹志鹃的女儿、曾经的"知青"——如今被视为新一代勇于打破禁忌的发言人。[2]
>
> ——法文版《聚沙成塔》作者简介,2004 年

在《长恨歌》译序中,安德烈也不惜短暂"离题"叙说"爱情三部曲"在80 年代末的中国激发的喋喋争论。在这位日后再造"小城"和"锦绣谷"的译者眼中,三部中篇无异于"文革"之后"中国文学第一次直面爱情和性的主题",彼时"中国作家中还远未兴起露骨的坦白"[3]。及至"三恋"法译本出版,王安忆的女性先驱形象更趋丰满。这一阶段的序文在达成"厘清源头"的作用之时,也会掺糅进有关中国社会意识形态的主观评判,用以衬托作家创作行为的前卫特质。

(2)女性精神的重塑者

新世纪初,王安忆在接受《中国妇女报》采访时就谈到"为审美而关注女性"的话题,作为对当时评论界理论话语的回应。"写什么,怎么写,只有一个理由:审美。"[4]在她看来,女性比较容易进入小说世界,相比较早社会化的男性,女人更具审美价值。"女性,可能比较是情感的动物,

---

1　Denis Bénéjam（trad.）,«Avant-propos», in Wang Anyi, *Les Lumières de Hong-Kong*, Arles:Philippe Picquier, 2001, p.5.

2　Marie Laureillard,«Présentation», *Le Nouveau Recueil*, Seyssel, 2004(72), p.115.

3　Yvonne André,«Préface», in Wang Anyi, *Le Chant des regrets éternels*, «Picquier poche», Arles:Philippe Picquier, 2008, p.6.

4　王安忆:《王安忆说》,长沙:湖南文艺出版社,2003 年,第 274 页。

更丰富,有内涵。"[1]

如果说王安忆创造的女性人物拥有美感,那么她们一定首先美在鲜活坚韧的生命力。作家通过一个又一个勇气远胜须眉的女人,颠覆了故往男性中心的性观念。于是在形形色色的情感关系中,女子才是主动追求、主动索取的一方。在风化未开的 80 年代,王安忆就敢于借情爱题材重塑文学王国里中国当代女性的精神世界。法国译者十分认同她对女性品格的塑造,钦佩她对女性心理的精细呈现,会在序文中以小说般的笔法写下作为第一读者的体悟:

通过同时被两位女士所爱的懦夫,王安忆引领读者去探究情爱欲望的阴暗面,两个女人无情地折射出男人的脆弱。[2]

——法文版《荒山之恋》译序,2010 年

两个熠熠生辉的女人,分别象征温情的母性(tendresse maternelle)和毁灭性的激情(passion dévorante),而后者——"金谷巷女孩"——堪称值得称颂的"女性榜样和自由典范"(un modèle de féminité et de liberté)。[3]对激情的诉说在《小城之恋》里逼近峰值,性成了情感关系的唯一形式和内容。序文将作家的强劲笔力喻作"火焰",对小说文字感染力的称赞溢于言表:"合上书仍能感到那团不愿熄灭的火焰。"[4]

如果说"三恋"时期的女主人公是对庸常生活、既定秩序的反叛,遭受命运苛待、在困境中求生的女性形象更是译介主体重点解析的对象。

1　王安忆:《王安忆说》,长沙:湖南文艺出版社,2003 年,第 274 页。

2　Stéphane Lévêque, «Avant-propos», in Wang Anyi, *Amour dans une colline dénudée*, Arles:Philippe Picquier, 2010, p.6.

3　*Ibid.*, p.8.

4　Yvonne André, «Avant-propos», in Wang Anyi, *Amour dans une petie ville*, Arles:Philippe Picquier, 2010, p.7.

因而《桃之夭夭》的导引读来就如虚构作品的开端,于生活永怀热情、于人性永怀希望的人物形象跃然纸上:

> 上世纪的上海,戏曲艺人台上台下过着自在畅快、飘忽不定的生活。小姑娘就生于此,生父不详,心底却拥有令人惊叹的力量。她的人生一如戏码般精彩,不堪的身世和性感风情为她招来无数恶语、侮辱。晓秋的热情和慷慨是无法摧毁的,在困苦里给她带去光明。[1]

——法文版《桃之夭夭》封底,2017 年

王安忆的译者将更高的赞誉留给了《长恨歌》里的王琦瑶,称其是"中国文学里最伟大的女性形象之一"[2](l'une des grandes dames de la littérature chinoise)。一则感慨于这位绚烂后归于平淡,却在平淡里饱尝磨难的弄堂女儿,她的生命力竟能顽强到比她所属的时代还要长久。"她在属于她的那个时代死去之后再死去,真够顽强的。"[3]二则惊叹于王安忆将女主人公的内心世界描画得如此细腻微妙。

> 只有王安忆精雕细刻的文笔,才能如絮语般对内心私隐、隐秘惶恐和灵魂核心深究其里。[4]

——法文版《长恨歌》译序,2008 年

在目前出版的法文版王安忆小说中,女性人物占据了绝对的核心地位,她们光彩熠熠的形象和精彩复杂的精神世界,衬得男性人物黯然失

1　«La quatrième de couverture», in Wang Anyi, *La Coquette de Shanghai*, Arles: Philippe Picquier, 2017.

2　Yvonne André, «Préface», in Wang Anyi, *Le Chant des regrets éternels*, «Picquier poche», Arles: Philippe Picquier, 2008, p.8.

3　王安忆:《王安忆说》,长沙:湖南文艺出版社,2003 年,第 90 页。

4　Yvonne André, «Préface», in Wang Anyi, *Le Chant des regrets éternels*, *op. cit.*, p.8.

色,有时几乎沦为无声的存在。加之多数小说采用了显而易见的女性叙事视角,极致之时女主人公甚至"既是主角、叙述者,又在诠释男人的情感和感受"[1]。如此构思,很难不让读者将女性主义写作与王安忆勾连在一起。可鉴于作家屡屡表态否认,译序只能委婉暗示《长恨歌》的作者确实表现出某种非典型性的女性主义立场——"隐秘的 misandry 倾向"。这虽不等同于女性主义的全部意涵,却往往是其最浅显、最通俗的表征。

以上法译本序文屡有言及王安忆笔下两性关系的不同情态。译介主体谈论女性题材作品时,更倾向刻画出作家有别于传统立场的先锋观念和前卫意识。不仅是"三恋"系列,甚至在此前、此后问世的译作中,她的法国译者们都不惜用近乎小说语言的笔法去重现王安忆在作品问世之初遭受的社会伦理责难和评论界的误解非议。这些导引性的文字虽不免夹杂着来自接受语境的主观评判,却不妨读者提前领会中国女作家的写作新意,了解小说诞生的社会文化背景。经过反复铺陈,他们成功地展现出一定历史阶段内王安忆作为女性创作主体的先锋气质。

3. 写实派传人

在热奈特为序文归纳的诸多功效里,"界定属性"之所以压轴登场,乃是因其牵涉甚广:除作品题材、作家文风之外,所谓"属性"亦涵盖了作品与特定文学传统的关系,以及虚构体裁的真实性问题。正因如此,热奈特才会就此从法国古典戏剧、英国历史小说一直谈到 19 世纪欧洲的现实主义、自然主义文学。当中尤以后两种思潮对文学"真实性"的探讨最为丰富深入。虽

1　Yvonne André,《Avant-propos》, in Wang Anyi, *Amour dans une vallée enchantée*, Arles: Philippe Picquier, 2011, p.5.

然时至今日依然可闻"历史即小说,人民为作者"的创作理念,但热奈特却坦言"事件的真实"(le vrai des faits)不等同于"艺术的真实性"(la vérité de l'art),并且借托翁之口指出:"前者(小说家)只需根据自身体验混合各种事实,远离高层人为捏造的结果和后者(史学家)的天真结论。"[1]巴尔扎克的观点更加具体,他就是要"写下被众多史学家遗忘的事——风俗的故事"[2]。

(1)讲述"小故事"的大作家

不论公共场合,还是诉诸文字,凡谈及外国文学的影响,王安忆总会讲到俄国黄金时代和法国19世纪现实主义文学对她的深刻影响,巴尔扎克更是她少年时代便广泛阅读的作家,给予她莫大的心灵慰藉。对于虚构真实和历史事实的关系,她的理解与这位法国现实主义巨匠非常接近,或者说深受后者的影响。"因为我是个写小说的,不是历史学家也不是社会学家,我不想在小说里描绘重大历史事件。"[3]王安忆眼中的历史是日常的,她曾以上海街头女性服饰的变化比喻虚构写作诠释历史的方法,且从不心怀"表现某一历史阶段、某一社会变迁"的宏愿。"宏大的史诗性的叙事,与我还是有距离的。在我的小说里,最主要的还是个体。"[4]

她的法国译者们自然不会无视这种"宣之于口"的"亲近关系",序文中不止一次讲到《人间喜剧》的作者,而且总是以孤独少年"心灵避风港"的形象出现。

1　Gérard Genette, *Seuil*, Paris: Seuil, 1987, p.210.

2　*Ibid.*, p.211.

3　王安忆、徐春萍:《我眼中的历史是日常的》,《文学报》,2000年10月26日。

4　王安忆、徐健:《我是一个比较严格的写实主义者》,《文艺报》,2013年4月1日。

王安忆随之在中外大家的小说里找到了避难所,尤其是巴尔扎克。[1]

——法文版《长恨歌》译序,2008 年

王安忆躲进了中外大家的小说里,尤其是巴尔扎克。[2]

——法文版《桃之夭夭》封底,2017 年

巴尔扎克口中"被众多史学家遗忘的事",到了王安忆笔下便是写不进大历史边角的"私家历史"——一段段藏匿在上海街巷里弄间寻常人家的生活史。译者安德烈借助《长恨歌》里弄堂的意象,准确向读者传达出作家独特的历史观。

弄堂暗喻支离破碎的躯体,蔓延到城市各个角落,里面藏着被个人选择和历史糟践的人生,唯有时间能减轻痛楚。[3]

——法文版《长恨歌》译序,2008 年

与此同时,作家如此选择也有源自审美层面的考虑。以往宏大叙事中的"完美主人公"无一例外都被时代和社会塑形为标准化产品,欠缺文学形象应有的性格和个性,是集体状态的简化模型。反倒是游离主流、栖身社会边缘的人,一定程度上错过了意识形态的重塑,因而别具一格。如郁晓秋,如王琦瑶,如严师母,如程先生……这类人才具备吸引作家创作的特质。一如王安忆自己所言:"市井人物有个性,他们身上有美学价值。我写小说,最关心的是人的个体的性格。"[4]在她虚构的烟火人间里,

---

1 Yvonne André, «Préface», in Wang Anyi, *Le Chant des regrets éternels*, «Picquier poche», Arles:Philippe Picquier, 2008, p.5.

2 «La quatrième de couverture», in Wang Anyi, *La Coquette de Shanghai*, Arles:Philippe Picquier, 2017.

3 Yvonne André, «Préface», in Wang Anyi, *Le Chant des regrets éternels*, *op. cit.*, p.7.

4 王安忆、徐健:《我是一个比较严格的写实主义者》,《文艺报》,2013 年 4 月 1 日。

世俗的寻常人生难得拥有了庄严气象。

　　90 年代初,王安忆把自己在复旦大学的授课内容整理为《小说家的十三堂课》,也就是后来的《心灵世界》。起首,她便开宗明义地亮出自己对这一文学体裁的本质认识。"小说不是现实,它是个人的心灵世界。这个世界有着另一种规律、原则、起源和归宿。但是筑造心灵世界的材料却是我们赖以生存的现实世界。"[1]为了打造出趋近本质的真实,西方传统的现实主义作家们在不断锤炼描摹生活的手法之外,更注重表现所言之物的内在逻辑。唯有呈现出这种现实中深藏的隐秘逻辑,方能揭示生活的本质。王安忆的类似表述十分精炼:"虚构的逻辑一定是现实的逻辑。"[2]逻辑的驱动力才是"心灵世界"的原则,而源自现实世界的材料,则很可能是多数人眼中司空见惯的常态,但到了深谙虚构逻辑的作家笔下,却可转化为种种隐于不言、细入无间的细节。王安忆对细节的精湛把握也自然而然成了法译本序文中极尽突出的解析内容。

　　　　熟悉作家的读者会欣喜地发现一种"花边儿"式的笔调,每个细节皆不虚掷,每处景致或环境描写都给这部相当严酷的故事带去一种诗意和柔情的笔触。[3]

　　　　　　　　　　　　　　　　——法文版《荒山之恋》译序,2010 年

"不虚掷",准确传达出小说家对日常微末的谨慎甄别,毕竟不是所有细节都值得虚构加工。"去选择那些最有资源的细节""要挑选有价值的东西进入小说叙述中",这是她面对记者讲出"写实声明"时便给出的

1　王安忆:《心灵世界》,杭州:浙江文艺出版社,2020 年,第 3 页。

2　王安忆、徐健:《我是一个比较严格的写实主义者》,《文艺报》,2013 年 4 月 1 日。

3　Stéphane Lévêque, «Avant-propos», in Wang Anyi, *Amour dans une colline dénudée*, Arles: Philippe Picquier, 2010, p.6.

具体标准。[1]所谓"有价值"于王安忆而言,不单意味着对描情摹状有所助益,还要具备能激发大历史回响的潜力。否则,一味事无巨细地无休描写,她的译者又怎会将其归入"中国最伟大的作家"[2](les plus grands écrivains chinois d'aujourd'hui)之列呢?安德烈与莱韦克都曾在译序中对王安忆的巧妙构思赞赏有加。

> 没人比王安忆更会编织生活里的微末关系,营造小故事和大历史间的回应,于是在主人公被旧梦撕扯的心中,所有微妙的变化和波动都具有了象征意味。[3]
>
> ——法文版《长恨歌》封底,2008 年

> 王安忆的作品总是把小故事嵌在大历史里,这部早于《长恨歌》十余年的《荒山之恋》也不例外。[4]
>
> ——法文版《荒山之恋》译序,2010 年

事实上,法国译事对历史中个体小故事的关注早在译介《香港的情与爱》之时便初露端倪,当时出版方就曾将王安忆在海外取得的认可归于她对芸芸个体的出色讲述。"他们在书中普通人的命运里看到了自己,这令王安忆在中国和美国均取得了成功,她的作品在美国翻译体量

---

1 "当我们去选择叙述的细节时,肯定去选择那些最有资源的细节。生活中有大量细节,包括吃饭、睡觉、说闲话等。小说就是'闲话',是日常生活。但这又不是真实的日常生活,我们要挑选有价值的东西进入小说叙述中。"王安忆、徐健:《我是一个比较严格的写实主义者》,《文艺报》,2013 年 4 月 1 日。

2 Stéphane Lévêque, «Avant-propos», in Wang Anyi, *Amour dans une colline dénudée*, Arles: Philippe Picquier, 2010, p.8.

3 Yvonne André, «La quatrième de couverture», in Wang Anyi, *Le Chant des regrets éternels*, Arles: Philippe Picquier, 2008.

4 Stéphane Lévêque, «Avant-propos», in Wang Anyi, *Amour dans une colline dénudée*, *op. cit.*, p.6.

非常可观。"[1]

（2）"十年"的见证者和讲述者

在王安忆的虚构作品中，直接正面描写"特殊时期"的故事极为有限，严格而论，她没有哪一部小说称得上标准、典型的"知青文学"或"伤痕文学"。这与她一贯与宏大历史保持距离的创作理念密不可分。法国译事中所涉及的作品，也仅有早年沿用旧译稿的《本次列车终点》尚可归入非典型的"十年"题材之列。较早的介绍文字见于法文版《香港的情与爱》：

> 王安忆生于 1954 年，青少年时期不幸适逢"文化大革命"，随即像其他众多城市知青一样被下放到农村，接受广大革命农民的再教育。下乡两年后以大提琴手的身份入伍进入地方文工团并离开人民公社，直至"四人帮"倒台后才回到上海，自此在上海开始写作小说、散文、游记和影视剧本。[2]

> ——法文版《香港的情与爱》序，2001 年

再者就是对茹志鹃、王啸平二人历次"运动"中不幸遭受迫害的描绘。

> 十年后，"文化大革命"（1966—1976）波及到了王安忆的母亲，她如当年众多作家一样被列入"文艺黑线"之流，成了亟需改造思想的"大毒草"。[3]

> ——法文版《长恨歌》译序，2008 年

1957 年，被划为"右派"的父亲失去了军职。母亲即将在十年

1　«La quatrième de couverture»，in Wang Anyi，*Les Lumières de Hong-Kong*，Arles：Philippe Picquier，2001.

2　«Avant-propos»，in Wang Anyi，*Les Lumières de Hong-Kong*，Arles：Philippe Picquier，2001，p.5.

3　Yvonne André，«Préface»，in Wang Anyi，*Le Chant des regrets éternels*，«Picquier poche»，Arles：Philippe Picquier，2008，p.5.

后的"文化大革命"中与许多作家一样被列为"大毒草"。[1]

——法文版《桃之夭夭》封底,2017 年

从上述文字来看,法国的译介主体对"革命话语"十分熟稔,毕竟在翻译中国新时期文学前,法国汉学界也介绍过众多"革命"题材的中文作品。出于各种历史和现实的复杂原因,这十年素来是可以引发西方读者兴趣的素材。即便面对王安忆这样一位迅速转向、另辟蹊径的创作者,依然要加重她身上特殊的历史印迹。

真实感,是译者们竭力展示给读者的作品特质。这或可部分解释序文缘何竭力还原小说诞生的现实语境。大到王安忆毕生对现实主义文学传统的推崇,小到对细节描写精确入骨的定位,再到着意补充原作里语焉不详的时空背景,均可见其引导倾向。此类文字主要集中在《荒山之恋》《小城之恋》的译序里,对于这两部虚构时线不甚了然的故事,译者格外强调小说素材来源的真实性。

《荒山之恋》的故事灵感来自王安忆"文革"期间目睹的真实事件。时值城市青年接受(贫下中农)再教育运动,作者随文工团下安徽插队,就遇见一位或多或少有过故事中经历的大提琴手。[2]

——法文版《荒山之恋》译序,2010 年

王安忆选择"文革"时期地方文工团一对天生的男女舞者作为故事的主人公。这与作者当时多年供职文工团的经历不无关联。[3]

——法文版《小城之恋》译序,2010 年

1　«La quatrième de couverture», in Wang Anyi, *La Coquette de Shanghai*, Arles：Philippe Picquier, 2017.

2　Stéphane Lévêque, «Avant-propos», in Wang Anyi, *Amour dans une colline dénudée*, Areles：Philippe Picquier, 2010, p.6.

3　Yvonne André, «Avant-propos», in Wang Anyi, *Amour dans une petite ville*, Arles：Philippe Picquier, 2010, p.5.

对小说时代语境的填充铺陈，实际意图在于展示特定阶段集体意志对个体生命的摧残践踏——"两人被以集体主义之名扼杀一切个人自由的社会放逐了"[1]——继而凸显王安忆作为"文革"亲历者和讲述者的文学形象。

> 故事展开的时间十分重要，全部都发生在六七十年代。因而在小说种种跌宕中，祖宅焚毁一节尤其重要。王安忆以此为行将瓦解的社会奏响了肃穆的安魂曲，令人在废墟中思量摧毁灵魂和肉体的暴行。[2]

> ——法文版《荒山之恋》译序，2010 年

（3）当世经典作家

此前序文里着力强调的亲历性经验——作家经过见过的生活素材——的确可以构成好小说的起点，但在王安忆看来这些远不足以支撑起一篇小说的架构。因为，直接取自现实的材料往往缺乏能够推动故事向前发展的动机，这是现实生活里"原生态"的"经验性情节"的缺陷。它需要作家借助逻辑创造条件——创造由"因"导"果"的必要条件，形成有别于直观感性经验、动力不竭的"逻辑性情节"。正因为王安忆对小说结构原则和制作逻辑有着深入思考，才使得她的中长篇作品显得与许多自诩宏大壮阔的"长河小说"十分不同，后者流于经验性的漫长描述，内核情节往往进展缓慢，依王安忆所言便是"原地踏步"[3]。王安忆正是一个善于调动全部手法、不断为逻辑情节注入动力的"说书人"；一切都在她

1　Yvonne André，«Avant-propos»，in Wang Anyi, *Amour dans une petite ville*，Arles：Philippe Picquier，2010，p.7.

2　Stéphane Lévêque，«Avant-propos»，in Wang Anyi, *Amour dans une colline dénudée*，Arles：Philippe Picquier，2010，pp.6 - 7.

3　王安忆：《心灵世界》，杭州：浙江文艺出版社，2020 年，第 228 页。

的精心构建下，有条不紊、不疾不徐地向前推进。

译介方对其谋篇布局、驾驭复杂情节的功力感佩不已，"丰富"（richesse）、"精妙"（subtilité）是他们多次给予小说家的赞许，引导解析之间处处意指作品的经典地位。

> 好小说都善于编织丰富线索，文辞精致优美，开卷便现经典气度。王安忆的《长恨歌》即是如此。[1]

> ——法文版《长恨歌》封底，2008 年

最熟悉王安忆的法国译者安德烈言及小说家埋藏伏笔、把控节奏的叙事艺术，曾援引有"诗人王子"之称的儒勒·苏佩维埃尔（Jules Supervielle）的《生命赞》（*Hommage à la Vie*）[2]予以诠释："这很好，轻划船桨，拜访灵魂，以免突然接近，吓坏灵魂。"[3]王安忆笔下的故事何尝不是如此步步为营、进退有序地探究灵魂，筑就心灵世界。尽管时空相隔，法国诗人和中国小说家的文学理念确有暗契相合之处：苏佩维埃尔坚持与当时风靡欧陆的超现实主义保持距离，王安忆则始终与文坛潮流"若即若离"；诗人拒绝任由无意识支配写作，小说家则秉持虚构中的逻辑动力；他眷注心底徘徊的幽灵，她是在心灵世界里刻画心理的高手。王安忆未必读过这位 1960 年即溘然长逝的法国诗人的作品，然而拥有经典属性的作品终会有突破时空屏障共振回响的时刻；来往穿梭在语言之间的译者，则往往是抵达这一伟大时刻的领路人，翻译的伟大正在于此。

1　Yvonne André, «La quatrième de couverture», in Wang Anyi, *Le Chant des regrets éternels*, «Picquier poche», Arles: Philippe Picquier, 2008.

2　飞白主编：《世界诗库》（第 3 卷：法国·荷兰·比利时），广州：花城出版社，1994 年，第 464 页。
　　全诗见本章末附文：《生命赞》（*Hommage à la Vie*）

3　Yvonne André, «Préface», in Wang Anyi, *Le Chant des regrets éternels*, «Picquier poche», Arles: Philippe Picquier, 2008, p.11.

　　王安忆在讲述自己的小说观时常会借用其他艺术门类的语言予以
形象解释,音乐、绘画都是她自我分析的重要参照。以贝多芬《第五交响
曲》比喻写作者甄选素材,借歌剧、京剧的表演形式观照小说的语汇体
系,用国画"皴法"形容情节推理……总之,全然不是理论家、批评家经院
派的行文路数,但这种触类旁通的无形体悟却被她糅进了有形的虚构文
字中。她的译者们敏锐地领会到作家在小说里营造出的声画效应。他
们会非常默契地以乐理谱系解释作家精心搭建的叙事结构。

　　　　王安忆的文字精雕细琢,情节结构几近完美,这使得她的小说
　　　读来富有乐感。[1]

　　　　　　　　　　　　　　——法文版《叔叔的故事》封三,2020 年

　　　　小说的架构如同一部乐谱,人物命运在对位法曲谱线上展开。
　　　低音醇厚深沉、高音强劲热忱,对爱的强烈渴望,使得原本被历史的
　　　不测风云所搅动的生活更加多舛。[2]

　　　　　　　　　　　　　　——法文版《荒山之恋》封底,2010 年

　　谱写乐章之外,译者眼中《锦绣谷之恋》的作者更是绘得一手好风景
的画家:"王安忆好像画家,景色描绘寓于情感发展中。"[3]此时序文便展
开了评析文题的功效,将指代不明、象征意味过浓的文题具象化,详加剖
析,尽量消弭潜在的理解障碍。于是,我们看到小说译序的开卷部分出
现了相当篇幅有关庐山风光的描绘,将故事里关联人物情感变化阶段的
景致一一叙说,提醒读者作家在雾里云端混淆现实和想象的叙事特点。

1　«La troisième de couverture», in Wang Anyi, *L'Histoire de mon oncle*,
　　Arles：Philippe Picquier, 2020.

2　«La quatrième de couverture», in Wang Anyi, *Amour dans une colline
　　dénudée*, Arles：Philippe Picquier, 2010.

3　Yvonne André, «Avant-propos», in Wang Anyi, *Amour dans une vallée
　　enchantée*, Arles：Philippe Picquier, 2011, p.7.

　　王安忆的小说美如水墨画，墨线之于留白令人想到生命与情感的喷涌；她画出了心境与景致的完美契合，从沉静中汲取对理想的认同。置身遍布峭壁、深谷的山中和瀑布的湍流旁，女人自觉变得自由了，活力从心底溢出，仿佛一切皆有可能。[1]

——法文版《锦绣谷之恋》封底，2011 年

　　文词之间足见译者对作家惯用的小说手法有着深刻清楚的认知。事实上，早在知青题材的时期，王安忆就特别善于将景致变化与主人公的内心波澜交融互映；待到专事心理描写的"爱情三部曲"，作家的类似笔法更显炉火纯青、不着刻意，分别为三种"不伦"之情设置了三个不甚明了的空间：荒山、小城和锦绣谷。大空间里小场景的切换预示影射着人物生活际遇、情感遭际的变化，荒山之前有金谷巷、音院附中，小城中有排练场、后台，锦绣谷内则遍布峰峦崖潭。每个场景都呈现出女性情事心理的微妙状态，纵然难以言说、不足外道，译者仍以揭秘式的文字道出作家描绘内心世界的精湛笔力。难怪在法国汉学界早年有关中国当代文学的论述里，王安忆会以心理小说家的面目进入学术研究视野。

　　借用法国文论家热奈特的理论观点，本章从文学文本的外围地带入手分析了法文版王安忆作品的众多副文本。从图像语言到文题加工，再到详细备至、连贯始终的序文撰写，无不体现出法国出版人和译者竭力构建作家文学形象和创作全景的良苦用心。他们会尽量甄选与王安忆文学理念接近的当代写实派经典画作，以先声夺人的女性形象标识作品的女性主义色彩，再适时辅以标志性的时代符号，暗喻故事的特定背景

1　«La quatrième de couverture», in Wang Anyi, *Amour dans une vallée enchantée*, Arles：Philippe Picquier，2011.

和小说家曾经的知青经历。文题的处理，不论使用何种翻译手法增减改观，始终予以保留甚至"凭空"增添的，唯有"上海"这一意象。上海、女性、写实，这三重定位经由译序和封底文字的反复强调、不断发掘，已然绘就了王安忆的"法式三联肖像画"——上海代言人、女性先锋、现实主义巨匠。尽管局部细节存在失真的笔触，于作家文学肖像的通体真实感则并无多少折损。

　　王安忆之所以能够从几代书写上海的作家中脱颖而出，成为法国读者眼中上海的象征，译介主体的功劳不言而喻。毕竟在这一文学主题上，前有"上海的女儿"、《蓝屋》作者程乃珊，王安忆自己也曾撰文称赞程乃珊"写的上海人是相当的经验涵量，每个人都可担任长篇小说的主角"[1]；同代中亦有陈丹燕、唐颖，身后更有前些年一时风头无两的棉棉等年轻一代写作者。她们的代表作在法国实则都不乏译介。可唯有王安忆，能够始终在法兰西这一方域外保有上海唯一代言人的文学身份。这当中作家自身过人的文学造诣和创作成就自是根本原因，但译者和出版人一以贯之的倾力打造更是不可或缺的强大助力。

　　王安忆虽然抗拒一切标签式的划分，也排斥上海和女性主义的标识，但这些姿态均是一个创作者不愿被"狭隘化"阐释的主观意愿，并不意味着法国译事做出了违背作家初衷的"不忠"之举。倘若不逾本土环境，大可如小说家所愿，阅读评析之间摒弃先验立场，襟怀开阔地走进王安忆构筑的"心灵世界"，因为多年累积的文坛声望和频频加身的荣誉，已然为她赢得了文学信誉。可若换之于海外异域，原作者在本土拥有的绝大多数文学资产都会流于无形，这是文学移植过程的一般规律，极少有人能置身事外。现阶段的中外文化交流依然存在巨大的不平衡性，正

1　王安忆：《王安忆说》，长沙：湖南文艺出版社，2003年，第287页。

如翻译学者刘云虹在比较中西读者面对外来文化的包容度时所言:"西方国家无论在整体接受还是读者的审美期待与接受心态上,对中国文学作品的关注和熟悉程度可以说仍然处于较低的水平。"[1]可以说,在法国的文学阅读市场,中国文学整体仍未突破边缘和小众的局面。即便如王安忆一般几近经典化的当代作家,一旦走出狭小的汉学圈和专业研究领域,面对茫茫大众读者,就依然需要借助译语视域中既一目了然、又能够引发审美共鸣的概念化"推销模式"。经过译者们三十多年的不断翻译,王安忆虽说尚是被西方严重忽视的大作家,但在法国却真真切切地树起了鲜明独特的文学形象:她是当代中国最能代表上海的写实派文学巨匠,更是对女性抱有深切关怀的文坛先锋。鉴于目前中、法两种文学之间并不平衡的对话和交流,王安忆能拥有如此翻译体量,又赢得了与众不同的文学形象,相信已经足以令文坛同侪钦羡不已了。她的法国译者和出版人不啻为其中居功甚伟、匹马当先的勇士。

附录:

生命赞　　　　　　　　　　**Hommage à la Vie**

【法】儒勒·苏佩维埃尔
　　胡小跃(译)

　　这很好,住了下来　　　　　　C'est beau d'avoir élu

1　刘云虹:《中国文学对外译介与翻译历史观》,《外语教学理论与实践》,2015年第 4 期,第 5 页。

在充满生计的地方

并在不断跳动的心中

安放了时间

这很好,看见自己的手

放在人间

如在小小的花园里

把手放在苹果上面

这很好,爱上了大地,

月亮和太阳,

如同爱上

天下无双的亲人,

这很好,把世界

献给了记忆

如同闪光的骑兵

骑着他乌黑的马,

这很好,使"女人""孩子"这些词

具有了容颜,

并给漂浮的大陆

充当海岸,

这很好,轻划船桨

拜访灵魂

以免突然接近

吓坏灵魂

这很好,在树叶下

Domicile vivant

Et de loger le temps

Dans un cœur continu,

Et d'avoir vu ses mains

Se poser sur le monde

Comme sur une pomme

Dans un petit jardin,

D'avoir aimé la terre,

La lune et le soleil,

Comme des familiers

Qui n'ont pas leurs pareils,

Et d'avoir confié

Le monde à sa mémoire

Comme un clair cavalier

A sa monture noire,

D'avoir donné visage

A ces mots : femme, enfants,

Et servi de rivage

A d'errants continents,

Et d'avoir atteint l'âme

A petit coups de rame

Pour ne l'effaroucher

D'une brusque approchée.

C'est beau d'avoir connu

认识了影子，
并感到岁月
爬上赤裸的身躯，
这很好，陪伴着痛苦的黑血
进入我们的血管
用忍耐之星
染黄它的沉默
这很好，拥有了这些词，
它们在头脑中动弹，
这很好，选择不那么漂亮的人
为他们略备欢宴
这很好，感到生命短暂
又不讨人喜欢，
这很好，把它关进
这首诗里。

L'ombre sous le feuillage
Et d'avoir senti l'âge
Ramper sur le corps nu,
Accompagné la peine
Du sang noir dans nos veines
Et doré son silence
De l'étoile Patience,
Et d'avoir tous ces mots
Qui bougent dans la tête,
De choisir les moins beaux
Pour leur faire un peu fête,
D'avoir senti la vie
Hâtive et mal aimée,
De l'avoir enfermée
Dans cette poésie.

Jules Supervielle

第五章　译本对"心灵世界"的再现

欧美翻译界自20世纪80年代发生"文化转向"以来,译者在研究中的地位脱颖而出。法国学者安托瓦纳·贝尔曼(Antoine Berman)最先提出"翻译主体"(sujet traduisant)一说,他在《翻译批评论》(*Pour une critique des traductions: John Donne*)一书中从翻译立场(la position traductive)、翻译方案(le projet de traduction)、译者视域(l'horizon du traducteur)等多个方面对其进行了考察。[1]在贝尔曼看来,翻译立场系"妥协的产物"(le compromis),它是"怀有翻译冲动的译者对翻译任务的领悟与其'内化于心'的外界话语'标准'之间折中的结果"。[2]可以说,世上不存在无立场的译者,甚至有多少译者就有多少种立场。译者所言——译序或访谈等——虽不可全然视为立场的表达,却也是进入其间的重要标识,对翻译结果——译本的考察方为根本途径。翻译方案,则既取决于译者立场,又受制于具体作品提出的要求。[3]翻译的实现由方案引领,更受其制约。[4]简而言之,它提供了翻译的方向。因而,围绕译本的

1　Antoine Berman, *Pour une critique des traductions: John Donne*, Paris: Gallimard, 1995, pp.74‑82.

2　*Ibid.*, p.74.

3　*Ibid.*, p.76.

4　*Ibid.*, p.77.

批评实质也是针对方案的批评,后者是翻译的成败所在。译者视域,近似于语言、文学、文化和历史多种参数的集合体,它"决定了"译者如何感知、如何行动、如何思考。[1]换言之,这是翻译行为的起点,立场和方案皆融在视域中。种种思考结果表明,"翻译主体从成为源文本的理解者开始就始终处于建构者的位置,他不仅是原作意义的激发者,而且是目的语文本的生产者"[2]。与此同时,"在激发意义的时候,译者是有选择的;在生产目的语文本的意义时,译者同样是有选择的"[3]。学者刘云虹就曾以"脱胎换骨"来比喻作为语言再生过程的翻译,强调这是"一种具有强烈的主观意识和理性色彩的活动"。她认为:"正是在这个意义上,翻译被认为是一个选择的过程,从'译什么'到'怎么译'的整个翻译过程中译者时时处处面临选择。"[4]

及至王安忆作品在法国的翻译,此前中国当代文学经过 70 年代末至新世纪前夕的译介积累,逐渐走出"稀缺猎奇"和"庞杂拼凑"的初始阶段,渐趋进入"以作家为中心"的时代;而王安忆最主要的法国译事大多发生在这一成熟时期,这种大势便是最直观可见的译者视域。同时,法国社会长久以来形成了多元化、多样化的审美习惯,公众看待外来文明大多怀有相对宽容的人文理念,这从前文毕基耶和中国蓝等出版社创始人对待外国文学审慎尊重的态度就可见一斑。更兼王安忆自身在写作主题、文字风格等层面带有强烈个人色彩的审美追求,多种因素成

---

1 Antoine Berman, *Pour une critique des traductions: John Donne*, Paris: Gallimard, 1995, p.79.

2 袁筱一、邹东来:《文学翻译基本问题》,上海:上海人民出版社,2011 年,第110 页。

3 同上注。

4 刘云虹、许钧:《文学翻译模式与中国文学对外译介:关于葛浩文的翻译》,《外国语》,2014 年第 3 期,第 13 页。

全了法国译介主体能够采取总体不同于英美译界"自我中心"主义（ethnocentrisme）的翻译策略。尊重作者、力求全译是法国译者和文学编辑定下的准则，他们没有一味迁就译语的"可读性"，而是最大程度地保全了源语文本的真实性和完整性。事实证明，高品质的中文佳作，如若有幸遇到恪守伦理的严谨译者，即便不做大规模归化改动，一样可以赢得译语读者的欣赏和肯定。

　　前章中各种序文展现出译者对王安忆多面形象和整体风格的理解。上海代言人、女性作家和现实主义传人，是译介主体借由法译本表层信息——各种形式的副文本——赋予王安忆的三重文学形象，这一阐释的基础自然是中文原著。文学翻译中，译者所面对的原作实为一个"语言化了的、作者所观、感的世界"[1]，但经过不同语言符号体系的转变必然有所差异，这就产生了围绕译作和原作之间可相比较的三个方面："1. 译者在具体作品中所观、感的世界与作者意欲表现的世界是否吻合（包括思想内容、思想倾向、思维程式）？2. 译者所使用的翻译方法与手段和作者的具体创作方法与技巧（包括艺术安排、技巧、语言手段）是否统一？3. 译者对读者的意图、目的与效果和原作者对读者的意图、目的与效果是否一致（包括对读者审美的期待及读者的反应）？"[2]翻译家许钧先生的见地为针对具体译本的评析提供了全局式的思考角度，如此便得以跳脱出诸如意义对等、信息传递等狭隘机械的判断程式，以动态的、能动的眼光看待翻译行为的现实成果——译本。与此同时，他更强调文学翻译有别其他语义转换形式的特殊性，即以"审美性"和"形象性"为标志的"艺术本质"。[3]运用译语再现原作的行为本身就带有与艺术活动十分近似的

1　许钧：《文学翻译批评研究：增订本》，南京：译林出版社，2012 年，第 32 页。

2　同上书，第 32—33 页。

3　许钧、穆雷：《翻译学概论》，南京：译林出版社，2009 年，第 249 页。

创造性,是与"译者的想象、情感、经验、意识"密切相关的审美心理过程;加之,译者的审美对象实为艺术创作的成果——文学作品,那么翻译行为必然也属同一范畴,区别在于文学翻译是"一种要受到原作制约的特殊的艺术行为"。[1]

王安忆的法国译者们在"激发意义"和"生产意义"的选择过程中,是否果真履行了在序文中许下的"诺言"、定下的基调? 主题、文体维度的种种"先入之见"在具体译文中又得到了何种程度的体现? 取舍之间的合理性、相较原作的出入之处,以及当中凸显和消解的对象又当作何论? 以下即从"作家文学形象"和"作品文体风格"两个角度探讨译作呈现的文学世界与王安忆所绘"心灵世界"的关系。

一、 译本对作家文学形象的展现

1. 还原上海书写

王安忆把心底对上海的衷肠融入了对"城市肖像"的刻画中。时至今日,中国文坛上仍口口相传着作家年轻时有关"上海以外无城市"的笑谈,虽不置可否,却也以最生动的口吻传达了王安忆对"第二故乡"的深厚情愫。如此戏言在 1991 年的中篇小说《歌星日本来》中则当真留下了切实痕迹:"这是我的城市,这是唯一的城市,这城市以外的其他城市,于他都算不上城市。"[2]上海是其几乎全部的生活经验来源,大半生的浸染体味令王安忆对这座城和城中人的精神气质有着透彻入骨的了解。故

---

1 许钧、穆雷:《翻译学概论》,南京:译林出版社,2009 年,第 249—250 页。
2 王安忆:《歌星日本来》,见《香港的情与爱(王安忆自选集·第三卷)》,北京:作家出版社,1996 年,第 199 页。

而，上海在她笔下时时洋溢着他处难觅的款款风姿，似人一般有着触之可感的温热血脉和律动心跳。她对城市浮华表象下小市民琐细的生活常态进行了清醒冷静的审美"提纯"，把看似千篇一律的日子当成工笔画来描绘，平静深处却不时滚过声声闷雷。王安忆眼中，上海的核心气质就是"世俗"，与人间烟火气相呼应的世俗，因而不禁感慨书写上海的绝佳文体就是同样有着世俗本质的小说：

> 上海这城市在有一点上和小说特别相投，那就是世俗性。上海与诗、词、曲、赋，都无关的，相关的就是小说。因为它俗，它的闲心不是艺术心，好去消受想象的世界，而是窥探心，以听壁脚为乐。壁脚戏都是知根知底，又无关痛痒，最是消遣。市民们都是社会大学的学生，通的就是世故人情，不是"五四"知识青年研究的那种"人性"，而只是过日子的家长里短，狗肚鸡肠，带些隐私性的。[1]
>
> ——王安忆：《上海和小说》

在作家无比绵密铺排的华丽笔触下，这流言纷扰、不胫而走的凡尘俗世，各怀心腹事、彼此难托底的市民社会，俨然有了本应由人物专享的形象，且又是阴柔的女性轮廓。《长恨歌》开卷前四节"弄堂""流言""闺阁""鸽子"即是王安忆此类经典笔法的绝佳演绎，它们共同搭建了故事独一无二的虚构空间，更是"上海"这一真正主人公的人物特征。

事实上，王安忆的法国译者们之所以对其笔下的上海主题不吝称许，原因不外乎两点：一是，她将城市环境当作人物来描写；二是，她塑造的一系列生动难忘的上海女性形象。这意味着，译者在翻译之时需要格外注重小说里器物层面和气韵层面的个性化描写。对这些内容的翻译直接关乎对原著艺术意境的传达，相当程度决定了法语读者能否如王

---

[1] 王安忆：《寻找上海》，上海：学林出版社，2001 年，第 131 页。

安忆的母语读者一般获得相似的审美感知。据此,不妨择取最具特性的两处空间描写——弄堂、平安里——作为翻译批评的素材,探看译者之笔是否再现出原作者"状物如写人"的功力。王琦瑶、郁晓秋等女性人物则是上海气韵最具象化的符号。王安忆对她们的刻画,手法多变、风格各异,此类描写文字可谓是检验译者对出发语、目的语两种语言敏感度、分寸感的"试金石"。

(1)城市空间

弄堂

王安忆极重视起首破题,她的故事开端往往可见用心备至的"斧凿"痕迹,这倒与其心心念念、捡起情节即刻写将开去的俄罗斯文学传统不同,她的城市传奇则是从场面氛围入手。作家将雨果俯瞰巴黎的壮阔视角赋予了上海的身躯肌理——**弄堂**。开篇十句足有 18 个"是",当中不少即便抹掉依然成句、无妨语义,足见作者实为有意为之;而"一托""一铺"两句明显是重复铺排的笔法,更兼句中首尾一致的用词,形成了——借用王安忆钟爱的传统戏曲的表达方式——"鱼咬尾"的往复效果。[1]小说重复、回旋的标志性句式初见端倪。

> 站在一个制高点看上海,上海的弄堂是壮观的景象。它是这城市背景一样的东西。街道和楼房凸现在它之上,是一些点和线,而它则是中国画中称为皴法的那类笔触,是将空白填满。当天黑下来,灯亮起来的时分,这些点和线都是有光的,在那光后面,大片大片的暗,便是上海的弄堂了。那暗看上去几乎是波涛汹涌,几要将那几点几线的光推着走似的。它是有体积的,而点和线却是浮在面上的,是为划分这个体积而存在的,是文章里标点一类的东西,断行断句的。那暗是像深渊一样,扔一座山下去,也悄无声息地沉了底。上海的几点几线的光,全是叫那暗托住的,一托便是几十

1　本章出现的原文与译文出处,详见参考文献。页码随文标出,不再另注。

年。这东方巴黎的璀璨，是以那暗作底铺陈开，一铺便是几十年。

《长恨歌》：3 - 4

Pour un observateur qui dominerait Shanghai, le spectacle des *longtang* est impressionnant. Toile de fond sur laquelle ressortent rues et buildings comme autant de lignes et de points, semblables aux rides du pinceau qui, dans une peinture traditionnelle, suggèrent les ombres, ces ruelles meublent les vides. A la nuit tombante, quand les lumières s'allument, ces points et ces lignes s'éclairent et les grands pans d'ombre, derrière, forment les ruelles de Shanghai. Ces ombres, vagues déferlantes semblant repousser les lumières, prennent une épaisseur sur laquelle flottent points et lignes qui la fragmentent, ainsi la ponctuation qui délimite les phrases d'un texte. Ces ombres sont un gouffre : si on y jetait une montagne, elle serait engloutie sans un bruit. On dirait en effet que de nombreux écueils s'y dissimulent et qu'un moment d'inattention peut vous faire chavirer. Toutes les lumières de ces points et ces lignes ressortent sur les ombres de Shanghai depuis plusieurs dizaines d'années. L'éclat de ce Paris de l'Orient se déploie lui aussi sur ce fond d'ombres depuis plusieurs dizaines d'années.

Le Chant des regrets éternels：15

小说第一章近万字内容皆如此，是全无人物、全无情节、全无故事、纯而又纯的风景描写。汉学家何碧玉曾经从读者角度分析王安忆小说对法语读者的过高预设："法国读者如若不熟悉中国古典文化，自然很难欣赏如《长恨歌》一般文体上'极度雕琢'的作品。反之，在中国批评者眼里存在形式缺陷的《兄弟》，却在法国赢得压倒性的赞誉。"[1]许多汉学家都曾在不同场合表示，翻译中文作品最棘手的难题乃是节奏。两种语

---

1 何碧玉、周丹颖：《现代华文文学经典在法国》，《南方文坛》，2015 年第 2 期，第 46 页。

言的文法规范太过迥然不同，很难在译语中保持原来的句子结构。如何打磨译文才能保留中文小说原有的节奏和音乐美，的确是翻译需要谨慎应对的挑战。这一难题在翻译王安忆的作品时更为突出，足以构成令多数译者望而生畏的存在。

译文对各种"是"的处理非常灵活，仅有首句和"那暗是像深渊一样"一句按原义直译为 être。余者要么转化为同位语（toile de fond）、修饰成分（comme autant de，semblables aux）；要么依据语义译为不重复的谓语结构（meubler，s'éclairer，former，prendre，ressortir，se déployer）。至于"几乎是""却是"这类无关紧要的表达，索性隐去。更多则借助法语特有的长句表达，取"是"之后实质性的动词语义，译为从句或者"从句套从句"（如"那暗看上去几乎是波涛汹涌"之处）的结构。虽然译文消解了作家标志性的陈述句（"是……的"），却在其他地方适度呈现出"重复"手法。原文三个"那暗"，译者将前二者保留依然置于句首（ces ombres），最后一个则以 y 代之。最末两句体现出王安忆典型的铺排回旋笔法，每句内部还呈现出连续呼应的效果（"托住"与"一托"、"铺陈"与"一铺"），译者舍弃了这种细部的特征，而是从整体上表达重复修辞，于是标识功能就落了结尾的"便是几十年"（depuis plusieurs dizaines d'années）。

鸟瞰全貌之后，小说进入了近乎"人物面容"的刻画——各式里弄的万千形态。有的威势压人，有的平易近人，也有拒人千里的，更有看似坦率实则诡秘的，自是一派红尘众生相。

> 上海的弄堂又是形形种种，声色各异的。他们有时候是那样，他们有时候是这样，莫衷一是的模样。其实他们是万变不离其宗，形变神不变的，它们是倒过来倒过去最终说的还是那一桩事，千人千面，又万众一心的。那种石库门弄堂是上海弄堂里最有权势之气的一种，它们带有一些深宅大院的遗传，有一幅官邸的脸面，它们将森严壁垒全做在一扇门和一堵墙上。……

上海东区的新式里弄是放下架子的，门是镂空雕花的铁矮门，楼上有探身的窗还不够，还要做出站脚的阳台，为的是好看街市的风景。……西区的公寓弄堂是严加防范的，房间都是成套，一扇门关死，一夫当关万夫莫开的架势，墙是隔音的腔，鸡犬声不相闻的。……那种棚户的杂弄倒是全面敞开的样子，牛毛毡的屋顶是漏雨的，板壁墙是不遮风的，门窗是关不严的。……它们表面上是袒露的，实际上却神秘莫测，有着曲折的内心。

《长恨歌》：4－5

　　Les ruelles de Shanghai sont multiples et variées, toujours imprévisibles, il n'y en a pas deux semblables. Cependant, quelles que soient leurs différences, elles ne s'écartent jamais totalement du modèle; si la forme change, elles conservent le même esprit; finalement, qu'elles partent dans un sens ou dans un autre, elles racontent toujours la même histoire, celle de mille personnes aux mille visages qui agissent à l'unisson. Parmi les plus prestigieuses, les ruelles à porte monumentale sont dans la lignée des demeures à pavillons et grandes cours, telles des résidences mandarinales auxquelles la porte et les murs donnent une allure de forteresse protégée. [...] Dans les quartiers est de la ville, les maisons des ruelles modernes ont perdu leur morgue, avec leurs portes basses en fer forgé, et à l'étage, une fenêtre où l'on peut se pencher ainsi qu'un balcon qui permet d'observer le spectacle de la rue. [...] Dans le quartier ouest, les résidences situées dans les ruelles sont bien plus sévèrement protégées; une fois la porte verrouillée, une seule personne suffit à garder l'entrée de ces appartements aux pièces en enfilade et les murs bien isolés ne laissent pénétrer aucun bruit. [...] En revanche, les courées de cabanes ouvertes à tout vent laissent les toits de feutre prendre l'eau, leurs murs en planches ne protègent pas des bourrasques, portes et fenêtres ferment mal. [...] Ouvertes en apparence, elles se révèlent en fait mystérieuses, insondables, avec un cœur tortueux.

Le Chant des regrets éternels：17－18

译者对总括一句的翻译并未拘泥原文,而是一连以 variées, imprévisibles, pas semblables 三种修饰突出条条弄堂独一无二的特点。对于"变中有定数"的处理,则将原文的二句拆分重组为含有三个分句的长句,并且将单纯重复的"莫衷一是"一句提炼精简,之后则基本因循了原文的语义次序。四种风格的弄堂才是此段精要所在,它们就如四类严格区分的人群,重点在于各自的仪态刻画。能否传达出原文描写的特点,"权势之气""官邸""森严壁垒""放下架子""严加防范""沉迷莫测""曲折的内心"方是翻译的关键。译者选词可谓非常严谨,特别是 prestigieux 和 forteresse protégée,不可侵犯的煊赫意味呼之欲出;cœur tortueux,不正是困厄里求生、时时刻刻耽于算计的底层常态吗?

写人自然离不开情态,王安忆眼中的"枝枝叉叉""阡陌纵横"的弄堂,性感中藏着纷纷缕缕的私情。这类描绘颇能体现作家惯用的"以抽象言具体"的手法,于是冷冰冰的建筑有了触手可知的温度,声可闻、色可观。

> 上海的弄堂是性感的,有一股肌肤之亲似的。它有着触手的凉和暖,是可感可知,有一些私心的。……这是深入肌肤,已经谈不上是亲是近,反有些起腻,暗地里生畏的,却是有一股蚀骨的感动。它总是有一点按捺不住的兴奋,跃跃然的,有点絮叨的。……弄堂里横七竖八晾衣竹竿上的衣物,带有点私情的味道;花盆里栽的凤仙花、宝石花和青葱青蒜,也是私情的性质;屋顶上空着的鸽笼,是一颗空着的心;碎了和乱了的瓦片,也是心和身子的象征。……水泥铺的到底有些隔心隔肺,石卵路则手心手背都是肉的感觉。两种弄底的脚步声也是两种,前种(水泥铺的)是清脆响亮的,后种(石卵路)却是吃进去,闷在肚子里;前种说的是客套,后种是肺腑之言,两种都不是官面文章,都是每日里免不了要说的家常话。

《长恨歌》:5-6

Les ruelles de Shanghai sont sensuelles, **intimes** comme le contact de la peau; fraîches et tièdes au toucher, on les peut appréhender mais elles gardent leur part de **secret**. […] Cela pénètre la peau, il n'est plus question alors d'**intimité** ni de proximité, au contraire un certain dégoût apparaît; secrètement la peur gagne, on est comme saisi d'une émotion qui nous ronge. Toujours plus ou moins en effervescence, les ruelles sont agitées et bavardes. […] Le linge qui sèche, enfilé sur des perches de bambou entrecroisées, révèle l'**intimité** des êtres tout comme les balsamines, joubarbes, ciboules et ails verts en pot; les cages à pigeons vide, sur les toits, semblent des cœurs en attente; les tuiles cassées et en désordre sont autant de symboles des cœurs et des corps. […] Le ciment se montre plus impersonnel tandis que les pavés donnent une impression de proximité charnelle. Le bruit des pas n'y est pas le même: claire et sonore sur le ciment, il est au contraire absorbé et intériorisé par les pavés; le premier parle avec cérémonie, le second avec chaleur, mais ni l'un ni l'autre ne font de discours officiels, ils ne peuvent que traiter quotidiennement des choses de la vie.

Le Chant des regrets éternels: 19 - 20

　　文眼即是"私"与"亲"二字。亲，有"肌肤之亲"（intimes），有亲近之"亲"（intimité）；私，有"私心"（secret），有"私情"（intimité）。"深入肌肤"一句全然就是直译的手法，几乎是一字一词的对应。作家笔下的弄堂就如一个精力十足、走东串西、爱嚼舌根的人，于是 en effervescence、agitées、bavardes 并列排出，声声入耳的沸腾生活顿现眼前，如此便水到渠成引出后文的流言纷纷。空荡荡的鸽笼喻指空落落的心房，译文则释之以"守候的心"（cœurs en attente），添几许寥落，也增几分人性。两种路、两种脚步，未尝不是两种为人的作派。"隔心隔肺"、说客套话的人，自是冷淡得欠点人情味儿（plus impersonnel）；热忱直言的人，当然更令人感到贴心、亲近；然而，弄堂里的人即便讲场面话，叙的也是家常，无关家国天下。这般既回应了段首的"私心"与"肌肤之亲",又暗伏下段尾的"亲近"。译者显然是悟出了文辞间的牵连,因而才会以 proximité charnelle 形容"手心手背都是肉"。

若论弄堂的性情,则是处处滋生、聚沙成塔的流言。王安忆将这看似无可名状、唯有依稀可闻的无形之声偏偏写成了可视、可触、更可嗅的活灵活现。这时,她换用"以具体释抽象"的手法,显出跃动的灵光。

> 流言是上海弄堂的又一景观,它几乎是可视可见的,也是从后窗和后门里流露出来的。……这些流言是**贴肤贴肉**的,不是故纸堆那样冷淡刻板的,虽然谬误百出,但谬误也是**可感可知**的谬误。……那种有前客堂和左右厢房的房子里的流言是要老派一些的,带薰衣草的气味;而带亭子间和拐角楼梯的弄堂房子的流言则是新派的,气味是樟脑丸的气味。
>
> 《长恨歌》:6-7
>
> Les rumeurs forment un autre paysage des ruelles de Shanghai; pour ainsi dire visibles, elles se faufilent par les fenêtres et les portes de derrière [...] Elles collent à la peau, s'accrochent à la chair, ne sont pas froides et raides comme dans les vieux grimoires, mais remplies d'erreurs que l'on peut cependant mesurer et reconnaître. [...] Dans les ruelles, les rumeurs venues des grandes demeures à salle de réception et chambres latérales fleurent bon la mode ancienne, avec leur parfum de coumarou; en revanche, les rumeurs venues des maisons à mansardes et à escalier tournant ont un parfum moderne, un parfum de boule de camphre.
>
> *Le Chant des regrets éternels*:21-22

选用文绉绉的拟古词 grimoire,又饰以 vieux,愈发老气横秋,倒真有"故纸堆"的味道。从"贴肤贴肉""可感可知"的翻译,显然可感译者在极力靠近中文的顿挫效果,虽说转为法文略显冗长,却留存了王安忆行文的些许印记。

值得注意的是，这段译文罕见地出现了一个比较生僻的词coumarou，译者以其翻译"薰衣草"。2009 年 11 月版的《新世纪法汉大辞典》的解释为：香豆树，顿加豆树［产于南美，果实为香豆（顿加豆），可提炼香豆素］。该词源于加勒比地区，为香料作物，后被生物化工领域用作定香剂或加香剂。其实，它还有一个为国人熟知的俗称：零陵香豆。然而，作家从来不喜堆砌冷僻文词的炫技做法，对其知之甚详的译者又为何如此选择呢？毕基耶出版的译本并未给出答案，幸而此前收入《上海，后租界时代的魅影》的节译选文《弄堂》（*Ruelles*）留有一丝线索。在这篇译稿中，安德烈为其添加了文外注释："coumarou 的提纯物香气馥郁，可用于清新空气或熏染衣物。"[1] 想必一般的法国读者大多也不知其为何物。但是，试译稿的注脚并未收入日后的全译本。零星生词掺杂其中，在实际的阅读中恐也无碍大意，更兼译文已准确译出"老派"（la mode ancienne）和"新派"（un parfum moderne）一双修饰，读者应当不难觉出当中古今、新旧的对比之意。

　　写尽流言的视觉、触觉、听觉以后，王安忆继而以更多意象延伸拓展它的意涵。流言是黄梅绵雨、潮湿空气——"总是带着阴沉之气"；是阴沟污水、绰绰鬼影——"总是鄙陋的""自甘下贱的"；是蚁蚀虫蠹、蜂群嗡鸣——最擅"从小处着手""混淆视听"；是翻飞上下、处处生根的草籽——透着"浪漫的"想象力。[2] 具体意象的罗列看似繁复冗赘，却不是真正为难翻译之处，章末有关"精神性质的东西"才是作家意欲呈现的真正光景，是译者最应思量打磨之处。数不清、道不尽的流言都有一个共同

1　Wang Anyi, «Ruelles», Yvonne André（trad.）, in Chen Feng（éd）, *Shanghai, fantômes sans concession*, Paris：Autrement, coll. «Littérature/Romans d'une ville», 2004, p.148.

2　原文描写见《长恨歌》"流言"一节。

点——也即小说的文眼"私",当中还糅进了人人感同身受、却搬不上台面的微末苦衷和切肤之痛。有私、有苦、有痛,却从不波及旁人,人们只是兀自消受着。这方是上海和上海精神世界的真正底色,自然也就触动心肠,所以译文将这部分内容独立成段,并未遵循原著的段落切分,分明带有总括归纳的意味。

> 流言产生的时刻,其实都是悉心做人的时刻。上海弄堂里的做人,是悉心悉意,全神贯注的做人,眼睛只盯着自己,没有旁骛的。不想创造历史,只想创造自己的,没有大志气,却用尽了实力的那种。这实力也是平均分配的实力,各人名下都有一份。
>
> 《长恨歌》:12

> En cela les rumeurs émeuvent. Or c'est au moment où l'on veille à se bien conduire que naissent les rumeurs. Dans les ruelles de Shanghai, les gens ont une humanité qui vient du cœur et de l'esprit, ils s'appliquent entièrement à être des hommes, ne s'intéressent qu'à eux-mêmes, sans explorer plus avant. Ils ne cherchent pas à créer l'histoire, ils tentent de se créer eux-mêmes. Ils n'ont pas de grand dessin, mais ils y consacrent toutes leurs forces et chacun n'en possède qu'une petite part, car ces forces sont, elles aussi, également réparties entre tous.
>
> *Le Chant des regrets éternels*:33

上段显见译者的"润色"痕迹,既有语义层面的改动,也有语句层面的拆分调整。"悉心悉意"地做人,经过改动成为"上海弄堂里的人有着源自内心和灵魂的人情味"(Dans les ruelles de Shanghai, les gens ont une humanité qui vient du cœur et de l'esprit)。最末两句,"不想创造历史,只想创造自己"单独成句,余下部分更像对该句的扩充详解。这种处理唯一的目的就是,强调弄堂百姓一心一意经营小日子的传统,突出上海人把世俗生活过出庄严感的天赋。之所以格外重要,是因为这种精神正是贯穿小说的红线,王安忆在第二部"还有一个程先生"一节里再度对此进行了一番更浅显的描绘,用以强调世俗精神在上海根深蒂固到何种程度。[1]如此这般,也就不难体会安德烈为"流言"一节特设收尾段落的用意。

平安里

继第一部全景俯瞰之后,王安忆在第二部将视线推近至其中一条里弄——平安里。它是女主人公躲过内战风云返沪后的居所,她在此"兢兢业业"地消磨了后半生,"魂归离恨天"之时也唯有平安里送她一程。这是上海最典型、最常见、最世情的弄堂,是既熙攘又平实的市民空间。

> 上海这城市最少也有一百条平安里。一说起平安里,眼前就会出现那种曲折深长、藏污纳垢的弄堂。它们有时是可走穿,来到另一条马路上;有时它们会和邻弄相通,连成一片。真是有些像网的,外地人一旦走进这种弄堂,必定迷失方向,不知会把你带到哪里。这样的平安里,别人看,是一片迷乱,而它们自己却是清醒的,各自守着各自的心,过着有些挣扎的日月。当夜幕降临,有时连月亮也升起的时候,平安里呈现出清洁宁静的面目,是工笔画一类,将那粗疏的生计描画得细腻了。

《长恨歌》:148

On comptait au bas mot une centaine de Ping'anli à Shanghai. A peine ce nom était-il prononcé que déjà surgissaient devant les yeux de profondes et sinueuses ruelles où grouillait une vie souterraine. Il arrivait que l'une de ces ruelles fit communiquer deux rues, mais d'autres, reliées entre elles, composaient un véritable **labyrinthe**. Elles **s'enchevêtraient** de telle sorte

---

1 王安忆:《长恨歌(王安忆自选集·第六卷)》,北京:作家出版社,1996 年,第12 页。

qu'un étranger qui s'y serait risqué aurait à coup sûr perdu le nord, ne sachant pas où aller. Un tel **entrelacs** paraissait aberrant à autrui, mais toutes ces ruelles faisaient cependant montre de lucidité, chacune défendant jalousement son **intimité** et luttant pour sa survie. Au crépuscule, lorsque la lune se levait, il arrivait même parfois que Ping'anli offrît l'image précise et sereine d'une peinture minutieuse qui aurait laissé transparaître ses activités douteuses.

Le Chant des regrets éternels：305

那平安里其实是有点内秀的,只是看不出来。在那开始朽烂的砖木格子里,也会**盛着**一些谈不上如锦如绣,却还是月影花影的回忆和向往。"小心烛火"的摇铃声声,是平安里的一点小心呵护,有些温爱的。平安里的一日生计,是在喧嚣之中拉开帷幕;粪车的轱辘声,涮马桶声,几十个煤球炉子在弄堂里升烟,隔夜洗的衣衫也晾出来了,竹竿交错,好像在烟幕中升旗。

《长恨歌》：148 - 149

Ping'anli cachait une beauté intérieure qui ne se laissait pas pénétrer au premier regard. Dans ce lacis de briques et de bois vermoulus, **se blottissaient** d'innombrables souvenirs et désirs qui n'avaient rien d'ineffable et de chatoyant, et **cependant chargés de poésie**. On entendait tinter la clochette qui protégeait Ping'anli avec tendresse, en lançant son avertissement：«Prenez garde au feu!» C'était dans un **grand tumulte** que le labeur de la journée ouvrait son rideau de scène：**roulement sourd** des véhicules de vidange, seaux d'aisance **rincés à grands bruits**. Des dizaines de poêles à charbon commençaient alors à cracher leur fumée et le linge de la veille, étendu sur des perches de bambou entrecroisées, évoquait des drapeaux hissés devant cet écran de fumée.

Le Chant des regrets éternels：305 - 306

译文对"平安里"的处理和"弄堂"比较相似,首次出现时都是音译的形式 Ping'anli、Longtang。不同在于,弄堂随后基本皆以意译 ruelles 示人，平安里则以音译行文，却在题首附加解释 ruelle de la Paix，突出"平安"之意来暗契结尾"平安里不平安"的设计。对于这条里弄的结构，译者没有严格按照原文，而是借 labyrinthe 和 s'enchevêtrer 来再现小说描写的画面感——迷宫般布局，盘根错节。译者仿佛尚嫌不够形象，下句又紧接 entrelacs 一词来翻译"一片迷乱"，不论是绲带纹样，还是缠绕的花体字，都给人繁复眩目之感。在译者的解读中，"守着心"就是"守着私己"（intimité），守着你我他全力经营的平俗小日子。也是这份执着使得粗粝凌乱的生计具有了艺术的美感——"工笔画"（une peinture minutieuse）。诚然，译笔细描的图景也当得起"工笔"美誉。

"盛着"在译者笔下变成了"藏着"（se blottissaient），确切而论还是蜷缩般的躲藏，小市民群体在时代风云里躲避潮头、偏安一隅的心态跃然纸上。"谈不上如锦如绣"，也就无甚绚丽可供夸耀（qui n'avaient rien d'ineffable et de chatoyant, et cependant chargés de poésie）；"却还是月影花影"，自然也就少不了诗意（chargés de poésie）。可见，此时境界才是翻译行为的着眼点，这种追求在随后的"声效"传达中更为显著。连串出现的 grand tumulte、roulement sourd、rincés à grands bruits，可谓声声入耳，虽不是不闻窗外事的读书声，却也是称得上心无旁骛的生计之声。就是这种声势浩大、"车马萧萧"的烟火气，令得世俗生活有了仪式般的庄严感——"在烟幕中升旗"（des drapeaux hissés devant cet écran de fumée）。

王安忆常会在人物出场前耐心细致地开展"装台工作"——极尽环境描写之能事。此类声色盎然的文字，一般意味着故事即将进入新的情节或者出现新的矛盾。值得称赞的是，作家的心思在译作中均得到了恰当展现。几处关键的空间环境描写，译者能在小说铺排繁复的笔法里敏锐抓取到关乎声音、色彩、味道、触感的文字精髓，继而在译文中加以不逾矩的灵活处理,求的是在整体观感层面契合原著呈现的景象。

布景搭好了,舞美工作一切就绪,轮到人物登场了。

(2) 人物描写

王安忆笔下的上海女人,不论出身、不论阶层,"心里都是有股子硬劲"。她们比谁都"更会受委屈",同上海这座城一样是"行动的巨人","她们都是好样的"。[1]依据故事的时代背景和人物的身份设定,可选出四位作家笔下颇具代表性的女性人物:《长恨歌》的王琦瑶、《桃之夭夭》的笑明明和郁晓秋,以及《月色撩人》的提提。她们象征着民国的上海、共和的上海和当代的上海,代表着旧时代遗民、新时代儿女和都市外乡人。

上海之魂——王琦瑶

这个被数次搬上舞台、银幕和荧屏的女人,在小说里则始终是一幅难以详察的面孔。相较对空间环境的工笔细描,作家对"上海三小姐"的相貌着墨甚少,但前前后后却曾多次借他人视角逐渐勾勒出女主人公不同阶段的"剪影"。小说通篇唯一出自叙述者之口的直接描绘出现在拍照的情节中,但写的偏偏是"凡所有相,皆是虚妄"的照片。

> 照片里的王琦瑶只能用一个字形容,那就是乖。那乖似乎是可着人的心裁剪的,可着男人的心,也可着女人的心。她的五官是乖的,她布旗袍上的花样也是乖的那种,细细的,一小朵一小朵,要和你做朋友的。
>
> 《长恨歌》: 37

> «**Mignonne**» était l'adjectif qui définissait le mieux Ts'iyao. Toute mignonne d'apparence, elle y semblait à même d'émouvoir aussi bien les hommes que les femmes. Tout en elle était **mignon**: les traits de son visage, sa contenance et même son *qipao*, dont le motif de petites fleurs délicates,

---

1　王安忆:《寻找上海》,上海:学林出版社,2001 年,第 84—86 页。

le plus mignon qui se puisse trouver, se voulait amical.

Le Chant des regrets éternels：86

　　女主人公美得克制——乖。作家的设定非常合理,若是明丽之美,王琦瑶如何偷生乱世,恐难逃被时代风潮裹挟而去的命运,更活不到她那个时代之后。因而,译者选了 mignonne,与其说是靓丽,倒不如说是娇媚可人来得允当。可着人心,自是触动心肠,émouvoir 确是简洁精准之选。然而,这至多不过是平俗的俏丽,所以《上海生活》才会选择"她穿家常花布旗袍"的日常造型。也唯有家常氛围才衬得出她的风姿,一旦置身镁光灯下,容色登时就打了折扣：选美拔不得头筹,登杂志也只能掩在封里。因而,阅人无数的导演为她定的戏路是"员外家的小姐"——远非相伴蟒袍玉带的侯府千金,更似"墙头马上"乡绅之女。

> 　　瑶瑶是小姐样,却是员外家的小姐,祝英台之流的。……她的眉眼有些像阮玲玉……
>
> 　　　　　　　　　　　　　　　　　　　　《长恨歌》：31
>
> 　　[...] quant à Petit Jade, elle ressemblait à une demoiselle d'une famille de notables, de la classe de Zhu Yingtai. [...] elle avait le visage de l'actrice Ruan Lingyu [...]
>
> 　　　　　　　　　　　　　*Le Chant des regrets éternels*：73

　　译本对小说的人物名字大多予以音译,以求切近中文发音;[1]但唯独对女主人公的别号"瑶瑶",取义舍音,译为 Petit Jade,另在文外加注说明原著涉及的文字游戏。译者多半是对"王琦瑶"中隐含的意象"玉"难

1　Yvonne André, «Préface», in Wang Anyi, *Le Chant des regrets éternels*, «Picquier poche», Arles：Philippe Picquier, 2008, p.12.

以释怀,在此略补缺憾。同时,也严谨地保留了"祝英台""阮玲玉"之喻,在脚注中说明人物出处和身份。然而,译文虽已竭尽所能,此时尚不足以令法语读者一目了然地辨出这份美的类别。因而,随后对美的分析品评就显得尤为关键。

> 王琦瑶的美不是那种文艺性的美,她的美是有些**家常的**,是在客堂间供自己人欣赏的,是过日子的情调。她不是兴风作浪的美,是拘泥不开的美。她的美里缺少点诗意,却是忠诚老实的。她的美不是戏剧性的,而是**生活化的**,是走在马路上有人注目,照相馆橱窗里的美。从开麦拉里看起来,便**过于平淡**了。
>
> 《长恨歌》: 33
>
> [...] la beauté de Ts'iyao n'avait rien d'artistique, elle était seulement **ordinaire**, **quotidienne**; on pouvait l'offrir à l'admiration des siens dans l'**intimité** d'un salon, mais cette **beauté formelle** n'était pas de nature à semer le trouble dans les cœurs. Bien qu'il fût authentique, son charme manquait d'un soupçon de poésie. Sa beauté n'avait rien de théâtral, elle était **banale**, de celles qui attirent les regards dans la rue ou qu'offrent les vitrines des photographes. L'œil de la caméra révélait son **excessive fadeur**.
>
> *Le Chant des regrets éternels*: 78

译者适时再次提点文眼 intimité,但舍弃了"过日子的情调"。不过,已有 ordinaire、quotidienne 诠释"家常的",不加冗述也无妨意义完整。"兴风作浪"与"拘泥不开",这一双对比被译文巧妙解释为"流于表层的(肤浅)美,掀不起心底的波澜"(mais cette beauté formelle n'était pas de nature à semer le trouble dans les cœurs)。简言之即是俗丽,同时 beauté formelle 还可对应后面"缺乏诗意"一说。"生活化的""过于平淡"则被处理为 banal 和 excessive fadeur。盯住一个对象反复解析、多相比喻,是王安忆评论叙事文体的特征。将此之于翻译,就要求译者要找出同等数量相近的、却切忌重复的表达语汇。译文选词贴切而丰富，可以说达到了原著定下的标准。

　　王安忆笔下惹人怜的上海女子，虽美得不惊艳，却胜在感染力。这种魔力在生活情境里最易播散开来，触人情肠。因而在王安忆的描画中，只有日常光线才照得出女主人公的风采，街上的和煦阳光、房内的昏暗照明，都为她笼上一层迷离光晕。最先体味出这份风情的是摄影师程先生，一次是隔着电梯栅栏，一次是隔着咖啡馆的玻璃窗，都是最常见的生活环境。

　　当王琦瑶离去，他忍不住开门再望她一眼，正见她进了电梯。看见她在电梯栅栏后面的身影，真是**月朦胧鸟朦胧**。

《长恨歌》：69

　　电车当当地过去，是安宁白昼的音乐，梧桐树叶间的阳光，也会奏乐似的，是银铃般的乐声。在程先生眼里，王琦瑶走过来时，是最美的图画了，光穿透了她，她像要在空气里溶解似的，叫人全身心地想去挽留。

《长恨歌》：75

　　Quant Ts'iyao s'en était allée, il n'avait pu s'empêcher d'ouvrir la porte pour la regarder encore une fois tandis qu'elle entrait dans l'ascenseur; il avait aperçu, derrière la porte grillagée, sa silhouette évanescente.

Le Chant des regrets éternels：149

　　Le tramway passait en faisant sonner sa cloche, musique d'une journée paisible, et dans le feuillage des platanes, le soleil semblait également jouer comme une mélodie de clochettes d'argent. Mais le plus beau tableau était encore l'arrivée de Ts'iyao. Traversée par la lumière du soleil, elle paraissait sur le point de s'évaporer dans l'air, si bien que de tout son être on voulait la retenir.

Le Chant des regrets éternels：159

　　"渐趋消失的（或逐渐淡薄的）身影"（silhouette évanescente）与"月朦胧鸟朦胧"似隐似现的迷蒙美感，显然相去甚远；况且，依稀魅影不但没有消失，反而在审美者的回味中愈发清晰、愈发难以忘怀。幸而，译文随后完美呈现的动感、声效或可略为弥补前文缺失的意境。电车声（sonner sa cloche）、阳光奏出的银铃声（une mélodie de clochettes d'argent），未尝不是随美人徐徐而至的环佩将将。就是这份融在空气中（s'évaporer dans l'air）、触手可及的亲近感，才使得王琦瑶从来不会"美人如画隔云端"，她是可以"做朋友"的。

躲过内战烽火，从邬桥归来的"三小姐"成了平安里的寻常少妇。虽说铅华褪尽，家常的消遣时光却偏偏再度映出她的风情。

> 平安里这地方，是城市的**沟缝**，藏着一些断枝碎节的人生。他好像看见王琦瑶身后有绰约的光与色，海市蜃楼一般，而眼前的她，却几乎是庵堂青灯的景象。有一回，打麻将时，灯从上照下来，脸上罩了些暗影，她的眼睛在暗影里亮着，有一些**幽深**的意思，忽然她一扬眉，笑了，将面前的牌推倒。这一笑使他想起来一个人来，那就是三十年代的电影明星阮玲玉。
>
> 《长恨歌》：189－190

> Un lieu comme le quartier de Ping'anli, telle une **fissure** dans la ville, dissimulait des vies brisées. Il lui semblait discerner une aura de grâce et de séduction, comme une sorte de mirage autour de Ts'iyao, alors que la femme qu'il avait sous les yeux paraissait aussi terne qu'une veilleuse dans un temple de bonzesses. Un jour, au cours d'une partie de mah-jong, visage mal éclairé par la lumière de la lampe, yeux pleins de **mystère** brillant dans l'ombre, elle leva brusquement les sourcils, sourit et abattit son jeu. Ce sourire lui rappela Ruan Lingyu.
>
> *Le Chant des regrets éternels*：398

> 他在王琦瑶的素淡里，看见了极艳，这艳洇染了她四周的空气，**云烟氤氲**，他还在王琦瑶的素淡里看见了风情，也是洇然在空气中。
>
> 《长恨歌》：190

> Derrière la sobriété de la jeune femme, il discernait une extrême séduction qui flottait autour d'elle, imprégnant l'air d'une grâce diffuse.
>
> *Le Chant des regrets éternels*：399

"fissure"是安德烈在译序中两度提到的意象，即"世界的缝隙"（fissure du monde）。先是形容上海，后是形容平安里，皆意指隔断现实的藏身之所。"上海无处不在，是'世界的缝隙'，躲身其中可远离整个世纪的动荡历史。"[1]"避难一说又回到'世界的缝隙'魔咒般的意象上。"[2]小说开篇第一段即多次出现类似的表述——"山墙上的裂纹"（les lézardes sur les pigeons）[3]、"山墙的裂缝"（les lézardes des pigeons）[4]，再到此处"城市的沟缝"，它们都是生命的附着地，前者寄生着绿草，后者遮蔽着人生。译者从具象的 lézarde 过渡到略带抽象意味的 fissure，保持了作家由浅及深的逻辑设计。突出的是女主人公犹存风韵里的魅惑力量，毕竟 séduction 的引诱意味远胜于原文中的"光与色"。王安忆的"庵堂青灯"之喻，显是"缁衣顿改昔年妆"的情境，当中人物自然要比昔年黯淡不少，所以译文在原本就影影绰绰的光源（veilleuse）之前又加"灰暗"（terne）修饰，以此弥补接受语境欠缺的意象。在随后明暗相映的描写中，译者以较直白的"神秘"（mystère）诠释中文里更为隐晦的表达"幽深"。法译本对最后一句的反复描写进行了去繁从简的处理，仅以白描的手法写出空气中都散发着女主人公的强大吸引力，更加凝练，当然也就隐去了王安忆极力渲染的、云里雾间、如梦似幻的意味。

安德烈的译文在重现人物情态时多是准确而不乏神采的。少见的两次缺憾，都集中在中文关乎朦胧意境的描写上——"月朦胧鸟朦胧"

1　Yvonne André, «Préface», in Wang Anyi, *Le Chant des regrets éternels*, «Picquier poche», Arles：Philippe Picquier, 2008, p.8.

2　*Ibid.*, p.9.

3　Wang Anyi, *Le Chant des regrets éternels*, Yvonne André et Stéphane Lévêque（trad.）, coll. «Picquier poche», Arles：Philippe Picquier, 2008, p.16.

4　*Ibid.*, p.17.

"云烟氤氲",译者都进行了意义层面去繁从简的处理。纵然如此,法译本整体上还是高度还原了王琦瑶的可亲可近的家常美人形象。

洞察世事的旧式伶人——笑明明

在王安忆的上海故事里,笑明明和王琦瑶正是同代人,生活际遇也不乏相似处,二人均是所托非人,都有一个(事实上的)私生女。事实上,《桃之夭夭》和《长恨歌》两部小说在人物和情节设计层面多见互文处。然而,笑明明可不是弄堂的闺阁女儿,她是江湖客。走南闯北、迎来送往,拜码头、攀交情,伶人出身的笑明明路路皆通,所以她敢一意孤行只身探港府,晓得四处打点把知青女儿捞回上海,更能一人养大三个孩子。

> 她(笑明明)的长相是**清丽**的,**疏眉淡眼**,眼型很**媚**,细长的眼梢甩上去。倒也不是吊眼,而是人称的"丹凤眼",笑起来先弯下去,再挑起来。嘴唇薄,上唇角略有些翘。……她生来小样,与那些十二三岁的考生坐在一处,并不显得年长。
>
> 《桃之夭夭》:1-2
>
> Elégante, les sourcils fins et le regard clair, charmant, elle avait ce que l'on appelle des «yeux de phénix», dont les coins, lorsqu'elle souriait, se plissaient d'abord vers le bas avant de se relever. Sa bouche était fine, la lèvre supérieure légèrement retroussée. [...] Naturellement petite, assise à côté des autres candidates de douze ou treize ans, elle ne paraissait guère plus âgée.
>
> La Coquette de Shanghai:5-6
>
> 她是一个丰腴的女人,正处在转变的关头,身体的每一寸地方似乎都同时显现**衰老**与年轻的两种迹象,交织混同在一起,散发着奇异的饱满生气。
>
> 《桃之夭夭》:30
>
> C'était une femme rondelette, arrivée à ce tournant de la vie où le corps

semble à la fois jeune et **usé**; chaque pouce d'elle-même trahissait les deux âges mêlés et dégageait une étrange vitalité.

La Coquette de Shanghai：50

　　开篇即登场的笑明明,不似同代人王琦瑶,她有着十分清晰的面容特征。王安忆先以"清丽"(élégante)界定,又接"疏"(fins)、"淡"(clair)、"媚"(charmant)形容,最终落在眼和唇的描写上。这些修饰词更似写意笔法,非是精描细刻,在译文的处理下发生了细微变化:清丽中多了雅致,疏淡眉眼里藏进了光彩。随后,译者仅取"丹凤眼"(yeux de phénix),删去之前的"眼梢""吊眼"两个短句,因为凤凰一词便足矣,这是中西读者熟之又熟的意象,重复描写省去也无损生动性。起初这张"生来小样"(naturellement petite)的娇俏娃娃脸在金卉的诠释下愈发立体。而后人到中年的"衰老",被精准地译为 usé,而非通常与"年轻"(jeune)相对的"年老"(vieille),前者是正在发生的过程,后者更接近已成定局的结果,显然译文的选择更贴合"转变的关头"(tournant de la vie)。原文中两种并存的生命阶段,经过译文的转化矛盾感更加突出,所谓"显龄"变成"身体的每一寸都在出卖着两种混同的年岁"。

　　韶华易逝,行为习惯却可一以贯之。"小样"的容色留不住,笑明明却留住了"指间云雾"。吸烟,是她的标志行动。在女演员的不同人生阶段,王安忆都写到了她抽烟的种种情态,其中的微妙变化无不暗示着人物际遇的变迁。

　　　　她坐在镜台前一把圈椅上,架起腿,抽一支烟,……她偏过头,让过旁边那一桌晚餐,将烟吐到另一边的半空中,那动作有些**俏皮**,是在家时从未有过的姿态。

《桃之夭夭》: 39

Assise sur une chaise à dossier rond, face au miroir, jambes croisées, elle fumait, [...] Elle tournait la tête de manière à expirer la fumée de sa cigarette ailleurs qu'au-dessus des mets. C'est une attitude **coquette**, une posture qu'elle n'avait jamais à la maison.

La Coquette de Shanghai：62

　　三个前置的状语短句依次对应原文中一连串行云流水的轻快动态，仅将人物的标志行动"抽烟"作为主句，加以强调。时值新中国初期，后台里夹着烟卷上妆的笑明明是惬意的，剧场时光是唏嘘生活里的唯一慰藉，因而她也就现出罕见的神采，连吐出烟雾的动作都透出"俏皮"（coquette）的意味。此时译本标题中的"上海俏佳人"（la coquette de Shanghai）形象款款而至。

　　再次看到王安忆写笑明明吸烟，故事已发展到"文革"早期。她听闻女儿的风言风语，便径直前去学校理论。此时早已了无惬意，伴着词色锋利、字字珠玑的周旋，烟在她手里颇显英豪气。

　　她自己拉开一张椅子坐下，口袋里摸出香烟，自顾自点上，……那几个沉默了一刻，他们没想到传说中**风流的女演员**竟然是这样，怎么说呢，这样的**泼辣**，她抽烟的姿势就像一个**潇洒的男人**。……她将手中的烟蒂在办公桌上一个覆倒权充烟缸的茶杯盖里按熄灭。

《桃之夭夭》：88

Elle approcha elle-même une chaise pour s'asseoir, sortit une cigarette de sa poche, l'alluma, [...] Les hommes demeurèrent un instant silencieux: était-ce là **l'élégante qui alimentait la rumeur**? Cette femme **si acerbe, si masculine** dans sa manière de tenir sa cigarette? [...] Elle écrasa son mégot sur le couvercle renversé d'une tasse à thé prévu à cet effet.

La Coquette de Shanghai：130-132

译者将原文的一句心理活动描写,变为两个问句,突出她在男人眼中的"风流""泼辣"的形象。小说中屡屡出现的"风流"之称,就如流言一般时时围绕着笑明明、郁晓秋这对母女。译者并未因循作家始终如一的用法,而是选择根据前后语境给予解释性的意译。此时"风流的女演员"便被诠释为"滋生流言的丽人"(l'élégante qui alimentait la rumeur),"丽人"一说又刚好呼应着译本开篇的"清丽"(élégante)之义。与此同时,译文隐去了"自顾自""潇洒"两处表述,但保留了"泼辣"(si acerbe)和"像男人"(si masculine)的评价。如此,虽写出了阳刚气,却也失了王安忆笔下人物应对自如的率性风范。毕竟,胆敢将烟蒂按进领导杯盖里的举动与之前"自顾自"的点烟派头,都是人物反客为主的连贯行为。待到革命风起云涌之时,她上下"活动"、一心捞女儿回上海的情节,抽烟的姿态已非单纯的男性化,俨然一派江湖气。

> 母亲没有变样,……她嘴里衔了烟,两只平摊的手上,各放了两个熟透的大红柿子。见郁晓秋走来,下巴一歪,示意她接一只手上的柿子。郁晓秋接过去,母亲空出手拿下嘴边的烟……
>
> 《桃之夭夭》:124
>
> Xiao Mingming n'avait pas changé, [...] sa cigarette au coin des lèvres, elle avait un fruit dans chaque main. D'un signe du menton, elle invita Xiaoqiu à en prendre un. La jeune fille obéit; de sa main libre, Xiao Mingming ôta sa cigarette de sa bouche [...]
>
> *La Coquette de Shanghai*:180

嘴里叼着烟卷,手上忙着另外活计,往往多见于男人,而且是忙于劳作、奔波生计的男人。无论惬意,还是清丽,此时在笑明明身上荡然无存。译者对"衔了烟"(sa cigarette au coin des lèvres)、"下巴一歪"(d'un signe du menton)、"空出手"(de sa main libre)这一系列动作的呈现,一如王安忆般准确精炼,是三个简洁的状语短句。行文如此,读来的确可见笑明明周旋自如的世故作派。

流言缠身的弄堂女儿——郁晓秋

　　王安忆笔下的女主人公似乎总有着感染周遭的魔力,《长恨歌》如此,后来的《桃之夭夭》亦是如此。此番女主人公是伴着流言来到世上的:"关于她的出身,弄堂里人有很多传说。"[1] 继《长恨歌》八年之后,王安忆再度讲述上海故事时,主人公已换成了共和国一代——1953 年生人郁晓秋。开篇的弄堂、流言,人物的身份设定,使得小说有了些许《长恨歌》续篇的意味。历史风潮的拨弄令这代人的命途格外坎坷,何况是这样一个生得"不清楚"、长得却"风流"的女孩,来自生活的恶意可想而知。然而,笑,偏偏是她的标志行为。不论境遇如何、遭际如何,郁晓秋总能绽开明媚的笑。她的勇气有如天赋,不论家人苛待、街坊嘲笑、同学排挤,还是下乡磨砺、进场劳作,自小饱受白眼欺凌的姑娘总能"挣出来"[2]。

　　　大人看她,她也回看大人。大人的眼光凶起来,她偏一笑。她的笑,真是有些不凡,改变了整张脸上灰暗的情形,原本拥簇杂芜的线条一下子有了秩序,变成一朵花。

《桃之夭夭》: 34

　　Qu'un adulte la regardât, elle lui rendait son regard. Qu'on lui adressât un air sévère, elle riait. Et son rire n'était vraiment pas ordinaire, capable de **dissiper** tout ce qu'il y avait de sombre sur un visage, d'en **éclaircir** les

---

1　王安忆:《桃之夭夭》,北京:人民文学出版社,2019 年,第 1 页。

2　"我们(王安忆、张爱玲)都写都市,都写实,但我的内心一定要挣出来……"王安忆、吕频:《王安忆:为审美而关注女性》,《中国妇女报》,2003 年 1 月 6 日。

traits brouillés，de les épanouir.

La Coquette de Shanghai：55

此系小说首次描写郁晓秋的笑，明媚的笑。王安忆的比喻相对含蓄，如"灰暗的情形""有了秩序"，若严格逐字逐词译之，得到的译文恐就是含蓄之上再加晦涩；偏偏笑又是主人公之魂，更加含混不得。于是，译者金卉采取了释意手法，释放出部分言下之意以求语义清晰之效。她以"驱散"（dissiper）阴霾和"照亮模糊的线条"（éclaircir les traits brouillés）呈现郁晓秋的非凡之笑。

此番写作，作家刻画人物的手法回归传统，放弃了"剪影"式的写意勾勒，对郁晓秋不同成长阶段的相貌、体态变化均有细致描写。女孩自小生得出挑——"有一点像文艺复兴时期油画像上的圣母的眼睛"[1]，有种藏不住的早熟美——"不是那种清洁可人的小孩子脸相"[2]，以至小小年纪就有了"风流"和"猫眼"之号[3]。

> 从民间遗传学上说，**风流**的生性也属种气，会代代相传。而这孩子身上显出来的**性别特质**，人们是用"**风流**"这两个字来命名的。

《桃之夭夭》：47

> D'après une théorie génétique populaire，les dispositions naturelles à l'«aventure» se transmettent de génération en génération. Quant au **développement précoce** de cette enfant，ne le qualifiait-on pas d'«aguichant»？

La Coquette de Shanghai：73 - 74

1　王安忆：《桃之夭夭》，北京：人民文学出版社，2019 年，第 32 页。
2　同上书：第 33 页。
3　同上书：第 47 页。

译文的最大改动是以反义问句代替原本的陈述句,突出纷纷时论的内容。再者,就是以"早熟"(développement précoce)来解释"性别特质"。译者对两个"风流"的翻译灵活有变数,前者借助加引的 aventure 表明取其特定含义——"艳遇",后者则选取了带有招蜂惹蝶意味的"挑逗"(或"诱惑":aguichant),指向更明确,语气更强烈。

> 这时节,真是每个人都会看她几眼。她的美丽却又超出了少女的好看的范畴,也不完全是成熟女人的美。是有一种光,从她眉眼皮肤底下,透出亮来。这种亮,将她的脸型、鼻型、双睑的线条、唇线,勾勒得清晰,而且均衡协调,肤色匀和,眼睛放出光明。……她既是鲜明,又是清新。
>
> 《桃之夭夭》:62
>
> On se retournait alors sur son passage. Sa beauté surpassait celle des jolies adolescentes sans être tout à fait celle d'une femme. Une lumière intérieure soulignait ses **traits**, éclairait harmonieusement son teint et brillait dans ses yeux. [...] Xiaoqiu était à la fois fraîche et éclatante.
>
> *La Coquette de Shanghai*:94

王安忆素喜借助光感描摹女性的动人风情,把女性之美写得熠熠生辉:王琦瑶如是,郁晓秋如是,后文的提提都概莫能外。女主人公的青春光彩,此刻呈现出我们熟悉的铺排效果。译文则对其进行了精炼缩写,种种线条均以 traits 泛指,重复的"均衡协调""匀和"被合并为harmonieusement。此类改动,最可见金卉身为作家对文字的敏锐感知和游刃有余的驾驭力,她总能在王安忆滑向繁复交织之际迅速挑出"红线",继而以此重新捋顺叙述逻辑。于是,最关键的"光"成为唯一主语,由它去"凸显"(souligner)线条、"照亮"(éclairer)肤色、"点亮"(brillant)双眸。同理,既然描写的核心是"光",那么"鲜明"(éclatante)就应重于

"清新"（fraîche），因而金卉颠倒了末句的次序，以具有光感的修饰词结尾，强调并延续着光效。

如此出挑的青春少女，势必引来关注，青春光彩点亮了本就形肖圣母的眼睛，也就传开了"风流"之外的别号"猫眼"。

> 行人拥在路边，看她们龙飞凤舞地过去，有人认出她的，边喊：猫眼，猫眼！她已经走过去，留下一个红绸翻滚中的背影。
>
> 《桃之夭夭》：84
>
> Au bord de la route, les passants les regardaient passer, **souples et vigoureuses**, et certains s'exclamaient：« Yeux de chat! » « Yeux de chat! » Mais elle, elle s'éloignait déjà, dans un tourbillon de soie rouge.
>
> *La Coquette de Shanghai*：124

对于"猫眼"，金卉采取了最保守的逐字翻译：Yeux de chat。作家以"龙飞凤舞"形容红小兵腰鼓队游行表演时锣鼓喧天的场景，译者突出的是表演者灵活柔韧、朝气蓬勃（souples et vigoureuses）的姿态。郁晓秋不似母亲或者王琦瑶对自己的美有着清醒的自知，她不但不自知，反而是自卑的，总是糊里糊涂地招致非议。译文对她充耳不闻路人呼喊、兀自风风火火"绝尘而去"的描写，读来甚或比原文更生动几分："然而她，她已走远，远在那红绸的旋风中。"（Mais elle, elle s'éloignait déjà, dans un tourbillon de soie rouge.）

较之形容变化，王安忆显然更注重对人物性情的刻画，她赋予姑娘一种澎湃的生命活力，一种格外惹眼的热情。这份气度同样在母亲笑明明身上有迹可循，《上海女性》里所言的"硬劲"和"能受委屈"，在郁晓秋母女身上表现得最为显著。

现在，她只是显得格外鲜艳饱满，且又是那样地**热情活泼**，人人见了都会多看她两眼。并不是觉着她有多漂亮，而是很特别、很有趣。

《桃之夭夭》：45－46

Elle semblait simplement replète et éclatante de santé；avec sa **vivacité** de caractère, elle ne laissait pas indifférent. On la remarquait, sans la trouver jolie mais parce qu'elle avait quelque chose de spécial, d'amusant.

La Coquette de Shanghai：71－72

你真是很少看得到这样不矫造的孩子，快乐、虚荣，全是**热情**澎湃地流淌着。

《桃之夭夭》：52

C'était vraiment une enfant peu commune, heureuse, fière, dont la **chaleur** vive entraînait tout sur son passage.

La Coquette de Shanghai：80

她的**活泼、热情**，似乎更具感染力。

《桃之夭夭》：58

Pourtant, Xiaoqiu était différente：sa **vivacité**, sa **chaleur** étaient communicative.

La Coquette de Shanghai：88

郁晓秋在其中显得突出。无论举手或是投足，都有一种别样的意思。那些较为年长的女生称它为"造作"，总是企图纠正，却不知从何纠止。其实她们也并不能认得清，那不是"造作"，只不过是**性别特质**过于率真的流露，与革命的歌舞很不符。这种气质似有些腻，其实也不是腻，而是多少有点肉体性。

《桃之夭夭》：66

Xiaoqiu effaçait toutes les autres. Quoiqu'elle fît, elle se distinguait. Les plus grandes la surnommaient la «crâneuse», sans comprendre qu'il ne s'agissait par pour Xiaoqiu de crâner mais que sa **féminité** trop franchement manifeste ne correspondait en rien aux **poncifs** des danses révolutionnaires. Xiaoqiu dégageait quelque chose d'un peu **trop exubérant**, de trop sensuel pour ainsi dire.

La Coquette de Shanghai：99

自始至终，"热情""活泼"都是女主人公最核心的人物气质，vivacité、chaleur 无疑是贴切的合理选择。小说几次提到这份气质引来路人注目，文词也都是趋向雷同的。如"人人见了都会多看她两眼"，再如"真是每个人都会看她几眼"。法语的文体审美从来都排斥枝节的重复，故而金卉对这类表述一一予以区分，前者转化为"她无法让人无动于衷"（elle ne laissait pas indifférent），后者变为"她走过时总引得人们回头打量"（On se retournait alors sur son passage）。类似的还有反复出现的"性别特质"，在译文中被赋予更丰富、更确切的不同含义：孩童时期的性别特质是"早熟"（développement précoce），青春期的性别特质是"女人味儿"（féminité）。王安忆称其"有些腻"，无非即是"太过充盈饱满"（trop exubérant）的女性特征。张扬如此的人性美自然与"呆板僵硬的"（poncif）舞风格格不入，译者在此补充说明了革命歌舞的特定风格。同时，译文删去"其实也不是腻"，叙述明显变得紧凑。

在故事尾声，为人母、为人妇的郁晓秋在饱尝磋磨后得到了些许"对她生活的夸奖"[1]，此时那种张扬的活力内敛为惠及他人的感染力。

> 在她身上，再也找不着"猫眼""工厂西施"的样子，那都是一种特别活跃的生命力跃出体外，形成鲜明的特质。而如今，这种特质又潜进体内更深刻的部位。就像花，尽力绽开后，花瓣落下，结成果子。<u>外部平息了灿烂的景象，流于平常</u>，内部则在**充满，充满，充满**，再以一种另外的、肉眼看不见的形式，向外散布，惠及她的周围。
>
> 《桃之夭夭》：165
>
> Elle n'avait plus rien de la «Belle de l'atelier» ou de «Yeux de chat». <u>Les traits particuliers qui lui avaient valu ces sobriquets étaient désormais profondément intériorisés.</u> Ainsi les fleurs s'épanouissent-elles avant de voir

---

1　王安忆：《桃之夭夭》，北京：人民文学出版社，2019 年，第 165 页。

leurs pétales se flétrir autour du fruit à venir.

L'éclat de sa jeunesse atténué, Xiaoqiu avait l'aspect d'une femme ordinaire. En elle, la plénitude avait pris une forme nouvelle, invisible à l'œil nu, mais se diffusant largement, propageant ses bienfaits autour d'elle.

La Coquette de Shanghai：239－240

　　小说的结尾仅有一段,金卉则将其分作两部分,将描写女主人公感染力的最后一句独立成段,作为译作的尾声。这段总结性的文字包含了多种丰富意象,是典型的王安忆式"以具体释抽象"的手法。即便简练如《桃之夭夭》,也间或可见流于渲染堆砌的文字。类似笔调在译作中多被译者提炼简化,保留原文意象的同时,删去重复冗饰,可以说译文相较原作呈现出更加纯粹的洗练风格。在金卉的重组下,王安忆描写生命力内敛的两句被合二为一,"活跃""跃出"等重复修饰被浓缩为"绰号代表的种种特质"(les traits particuliers qui lui avaient valu ces sobriquets),继而迅速进入语义重点——内化(intérioriser)。三个连续的"充满",被一个"充实"(plénitude)总括。作家"以具体释抽象"的笔法在译者手中变得更加具象,"灿烂景象""流于平常"索性被解释为"青春的夺目光彩"(l'éclat de sa jeunesse)和"寻常妇人的面目"(l'aspect d'une femme ordinaire)。

　　《长恨歌》和《桃之夭夭》,这两部上海故事的虚构语言差别极大,此前的铺排长句、华丽辞藻,全不见于后者。相反,《桃之夭夭》短句居多,叙事简洁洗练,文辞即便称不上冲淡,也是素朴的底色。译本不同程度的改动调整,均可见试图贴近原文简练风格的努力。可以说,得益于金卉的精简调整,在译语世界里成全了王安忆走出《长恨歌》之后对于简洁文风的审美追求,使得译著呈现出比原著更洗练的清透之美。

生存至上的外来妹——提提

王安忆笔下的上海女人不仅有本乡本土的弄堂小囡,更有千万怀揣绮梦涌入海上讨生活的外来妹,她们来来去去,用青春点缀浮世繁华。她们可以是扬州姑娘富萍,也可以是海门女孩提提。

> 提提的那一张脸,极白,极小,好像从聚焦处迅速地**退,退,退**往深邃的底部。依然是清晰的,平面上用极细的笔触勾出眉眼,极简主义的风格。看起来相当**空洞**,可是又像是一种紧张度,紧张到将所有的具体性都克制了,概括得干干净净。
>
> 《月色撩人》:3
>
> Pâle, menu, le visage de Titi semblait s'éloigner rapidement de cette assemblée. Il reculait, reculait vers un arrière-plan lointain. Toujours net, un fin trait de pinceau de style minimaliste soulignant les sourcils et les yeux. Il semblait vide à première vue, mais on y décelait une certaine tension qui dominait tout le reste et l'englobait complètement.
>
> *Le Plus Clair de la lune*:8

《月色撩人》的叙事语言大面积地运用了"以抽象言具体"的描写手法。用"极简主义风格"(style minimaliste)、"紧张度"(tension)等概念性的词汇刻画实实在在的相貌特征。安德烈均予以直译,丝毫未做具象化处理。对于作家刻意的重复,译者也会在法语文法可容忍的限度内尽量保留,因而将原文"三连退"缩为两个。看似诸多形容,可主人公的形象依然模糊宽泛,一如小说所言的"空洞"(vide)。事实上,小说的全部情节都是在这种真假难辨的虚空氛围里展开的。译本开篇以虚译虚的定调不失为合理之选。

提提的形象在后来的情节进展中渐渐变得立体清晰。王安忆塑造的女主人公仿佛都具有发光发亮的魔力,这次她给予提提的是一种剔透的光感。

　　这小东西,手腕细得就像一支铅笔,胸腔扁平,隔了紧身羊毛衫,几乎可见鸡肋般的肋骨,那眉眼是用最小号的中国画笔描出来的,描在透光的宣纸上,所谓**吹弹可破**。

《月色撩人》: 58

　　Cette petite chose au poignet mince comme un crayon, à la poitrine plate, et dont on voyait presque les côtes pas plus grosses que celles d'un poulet à travers le pull moulant. Aux sourcils dessinés avec le pinceau le plus fin, sur un fin papier de Chine transparent que l'on perce d'un souffle ou d'une **pichenette**.

Le Plus Clair de la lune: 84

　　女孩最显著的特点就是细幼、瘦小。两句皆由名词短句堆砌而成,为的就是一一对应原文所有的意象,再现人物"盈盈一握"的娇小情态,译者甚至找出俗语层级的 pichenette 来诠释"弹"字。一如先前几位主人公,提提同样是具有"感染力"的女人。起初,这份动人神采源自餐饮小妹脸上那溢于言表的"快乐"。

　　她的眼睛特别大,一回头,看着你,就又睁大一点,含着呼之欲出的惊喜,好像遇见了老熟人。……这女孩的**快乐**很有**感染力**。

《月色撩人》: 27

　　Elle avait des yeux immenses, et quand elle tournait son regard vers vous, ils s'agrandissaient encore, exprimant une heureuse surprise pleine de naturel, comme si elle rencontrait un vieil ami. [...] La gaieté de la jeune fille était contagieuse.

Le Plus Clair de la lune: 41-42

试想这样一双"天然带着惊喜神色"(une heureuse surprise pleine de naturel)的大眼睛,配上面部的纤细线条,果真一派天真的样子。天真,哪怕仅仅是看上去的天真,最易让疲惫的世故束手就擒。提提就是王安忆为一众驰骋半生的"雄兽"设下的"陷阱"(un piège)——"一个活生生的诱饵"(un leurre vivant)。[1] 几经转手,主人公进入了最是流光溢彩的艺术界,然而最初动人心肠的"快乐"却不见了,取而代之的是开刃般的"锐利"。

> 她是挺奇异的,不是好看,不是狐媚,就是一种**锐利**,刀锋似的刺入人的感官。这是由一些痛楚的欲望形成的,这欲望栽种在娇嫩的身心里,撕裂了外表。
>
> 　　　　　　　　　　　　　　　　　　　　　　　　《月色撩人》:135
>
> Elle était étrange, ni jolie ni séduisante, mais elle avait une **acuité** qui se fichait dans les sens des autres comme le fil d'un couteau. Tout cela venait d'un désir douloureux qui s'était planté dans son corps et son cœur à un âge encore tendre et les avait déchirés.
>
> 　　　　　　　　　　　　　　　　　　*Le Plus Clair de la lune* : 193 - 194

再次见到作家以无形的抽象概念塑造人物的经典手法。译文选择了与感官高度相关的"锐敏"(或"尖锐":acuité)来翻译"锐利"。王安忆笔下,此类由"是""这是"或"不是"等判断标识连接的绵延陈述句,只要选准一个语义中心,其余实则很容易转化成法语中的从句;如若译者文笔过硬,这样的从句可以多重嵌套,套进一切所谓的"信息",一路连绵延展开去。安德烈对作家标志性陈述长句的处理就是最好的证明。

王安忆此番对女性形象的刻画,着力点并非直接了然的肖像描写,

1　Wang Anyi, *Le Plus Clair de la lune*, Yvonne André (trad.), Arles: Philippe Picquier, 2013, p.84.

而是借由其他人物视角引出的繁多比喻。提提是呼玛丽眼中的"芭比娃娃"(petite poupée)、"小瓷脸"(petit visage de porcelaine),这位女艺术家一度曾诧异于这样的小女人也会有人格。她是情人眼中的"精灵娃娃"(cette gamine astucieuse)、"橡胶娃娃"(une poupée en caoutchouc),他们如爱宠物一般"爱"她,当她是生活里的"小乐子"。

> 简迟生对提提谈得上是爱,类似对宠物的爱,这光滑又茸茸的,柔软里有些硬扎的小东西。她对他大体上是驯服的,时不时地要起毛,那挠人的小爪子也挺利,可是不伤人,他还挺喜欢,当成小乐子。
>
> 《月色撩人》:134
>
> On pouvait dire que Jian Chisheng aimait Titi comme on aime un animal de compagnie, une petite chose douce et lisse, avec une certaine dureté dans la douceur. Elle était docile dans l'ensemble, mais elle se hérissait parfois, l'attaquant de ses petites griffes acérées; sans le blesser toutefois et il aimait cela, qu'il prenait comme un plaisir.
>
> *Le Plus Clair de la lune*:193

以 se hérisser 翻译"起毛",登时就浮现出宠物猫的"耀武扬威"情态,情人正如狎弄小兽一般和提提逗笑取乐。即便是冷静客观的叙述者,也称其为"布娃娃"(une poupée de son),喻其为"獾"(une sorte de blaireau)。总之,提提纵然动人、可人,但从未被当成人,一直是被物化的存在。她无疑是具有感染力的,能给予身边人慰藉,她以年轻挽救衰老的颓势,以盎然润泽干涸,"仿佛给枯树浇上了水"。提提不似富萍,她始终无力自主选择生活,如物件般被人捡起,次第传送,一如王安忆的浪漫又残忍的"豌豆公主"之喻。[1]

1　"听起来像豌豆公主,被皇家卫队拾起,交给大臣,呈上国王。"王安忆:《月色撩人》,北京:北京联合出版公司,2014 年,第 1 页。

上海这座造梦的都会,实则从未给如提提一般的外来妹预留多少选择,彼时王琦瑶们尚能在"沟缝"中偷生,而今提提们却只能在夹缝间求生。就如小说的男主人公所感,这城市到处都有提提的身影。

> 歌手更换很频繁,无论是谁,都是年轻的,盛丽的,精力充沛,全力以赴,外乡来的女孩子,在简迟生的眼睛里,她们都有一个共同的名字,就叫提提。
>
> 《月色撩人》:154
>
> Les chanteuses changeaient sans cesse, mais elles étaient toutes jeunes et jolies, d'une énergie débordante, et ne ménageaient pas leurs efforts. Aux yeux de Jian Chisheng, ces jeunesses venues de la campagne portaient toutes le même nom, elles s'appelaient Titi.
>
> *Le Plus Clair de la lune*:221

"外乡人",或"外乡女孩",通常泛指非本地的外来居民,与"外地人"的含义基本一致,而非特指进城打工的乡下人。虽说女主人公的确来自江南小镇,可此处作家应是在意指更广阔的群体。从通常的使用语境而论,若本地人谈及外来人士言必称"外乡人",言下意味则比较接近于巴黎人口中的"外省人"(provincial)。但是,不论作者,还是男主人公简迟生,都并无这种颐指气使的神色,慨叹中还带着一丝怜悯。译者以 ces jeunesses 翻译"女孩子",显然别有深意,是众多的红颜正好,是一代又一代的芳华青春,是更宽泛的指代,这与王安忆的意图十分吻合。

2. 诠释女性语言

上世纪 80 年代末至 90 年代初,各种女性主义学说陆续进入中国学术界，与此同时王安忆的创作也成为众多女性理论研究者的阐释对象。学者陈顺馨，90年代中期在《中国当代文学的叙事与性别》中为王安忆单设两节，用来分析展示作家反控制的叙述方式和对女性觉醒的剖析。研究者认为，女性视点叙事区别于男性的特征在于：1.重视内在感情、心理的描述；2.女性形象放在主体和看的位置，她是选择自己生活道路的主动者；3.肯定女性意识和欲望的存在。[1]事实上，王安忆的女性立场更趋温和，她的作品自然不同程度地体现出以上普遍特征，但同时也明显呈现出共性以外的个人特点。作家以往的众多表述都传达了一种情感化、女性化的历史观，一种日常化、私人化的史实观。

王安忆非常擅长运用女性人物的个体生命体验，以女人的细腻情感、主观视角去感知和展现历史印迹。她眼中的历史是由感情化、审美化的生活点滴构成的，枝枝叉叉都透出丝丝缕缕的人文气息。女性是所有情节和矛盾的中心，王安忆的私家历史是市民琐碎的俗世生活，是出离宏大事件之外的"边角料"。

(1) 女性视角的再现

女性化的城市

> 上海的繁华其实**是**女性风采的，风里传来的**是**女佣的香水味，橱窗里的陈列，女装比男装多。那法国梧桐的树影**是**女性化的，院子里夹竹桃丁香花，**也是**女性的象征。梅雨季节潮黏的风，**是**女人在撒小性子，唧唧哝哝的沪语，**也是**专供女人说体己话的。这城市本身就**像是**个大女人似的，羽衣霓裳，天空撒金撒银，五彩云**是**飞上天的女人的衣袂。

《长恨歌》：52

---

[1]　陈顺馨：《中国当代文学的叙事与性别》，北京：北京大学出版社，1995年，第26页。

En vérité, l'éclat de la ville **venait** de l'élégance des femmes, le vent apportait des parfums de femmes, les vitrines exposaient bien plus de vêtements féminins que de vêtements d'hommes. L'ombre des platanes venus de France **était** féminine, et dans les cours, les lauriers-roses et les lilas symbolisaient **aussi** la féminité. Le vent chargé d'humidité, annonciateur des pluies de la saison des prunes, **évoquait** une femme trépignant de colère et les gazouillis du dialecte shanghaien **convenaient à** merveille aux confidences entre femmes. La ville elle-même **semblait** une belle femme aux jupes d'arc-en-ciel et veste de penne, jetant l'or et l'argent dans le ciel, et les nuages irisés **évoquaient** les manches de ses vêtements flottant tout là-haut.

Le Chant des regrets éternels：116

　　王安忆的上海是纯粹的女性化都市,以女人的赏鉴目光打量城市的情致趣味,都会盛景散发出女性特有的阴柔风韵。与小说开篇的描写如出一辙,这段也是标准的王安忆式绵延陈述句,同样也出现了典型的王安忆式文体标识——一连9个"是"。译文采用的还是"弄堂"一段的翻译策略——以尽量不重复的谓语取代反复出现的"是",例如以 évoquer、sembler 诠释实质性的比喻。显然,安德烈已经找到再现作家陈述长句的有效方法,而且运用得极为娴熟,完全可以因循原文的语序不加调整,同时甚至还保留了文字间的全部意象。王安忆对沪语的拟声形容"唧唧哝哝",很难在法语中寻到同样的叠声词,于是译者借用特指燕子呢喃的 les gazouillis 来表现上海方言莺歌燕语的音韵声效,小女人间轻声交谈的私密情景跃然纸上。以 les nuages irisés 译"五彩云",可谓妙笔生花,试问还有什么比西洋虹彩玻璃更近似东方人眼中五光十色的云霞吗?"羽衣霓裳",一如译本文题对戴密微所编《中国古典诗歌》的借鉴,安德烈直接援引了文集中对"风吹仙袂飘飘举,犹似霓裳羽衣舞"一句的翻译[1]：jupes d'arc-en-ciel et veste de penne。对于画面感极强的表述——"撒金撒银"，译者予以"字到字"的直译，所有意象都在译文中有迹可循。

以女性形象诠释上海，以王琦瑶泛指一类上海女性，于是就出现了当代文学中罕见的"复数"形式人物——形形色色的王琦瑶们。王安忆这般独具匠心的描写集中在第一部第一章的"王琦瑶"一节，随后的情节中也会不时穿插出现。

> 王琦瑶是典型的上海弄堂的女儿。每天早上，后弄的门一响，提着花书包出来的，就是王琦瑶；下午，隔着隔壁留声机哼唱《四季歌》的，就是王琦瑶；结伴到电影院看费雯丽主演的《乱世佳人》，是一群王琦瑶；到照相馆去拍小照的，则是两个特别要好的王琦瑶。每间偏厢房或亭子间里，几乎都坐着一个王琦瑶。
>
> 　　　　　　　　　　　　　　　　　　　　　　　　　　《长恨歌》：20

Wang Ts'iyao est l'archétype des jeunes filles des ruelles de Shanghai. Chaque matin, quand on entend la porte de l'arrière d'une maison s'ouvrir, **une Ts'iyao** en sort, son sac de classe fleuri à la main ; l'après-midi, **la voici** qui mêle sa voix au phono de la maison voisine en fredonnant l'air des *Quatre Saisons* ; voilà **des Ts'iyao** qui vont toutes ensemble au cinémas voir Vivian Leigh, tête d'affiche dans *Autant en emporte le vent* ; voilà **deux autres Ts'iyao**, amies intimes, qui vont se faire photographier ensemble. Dans presque chaque chambre latérale et chaque mansarde est assise **une Ts'iyao**.

Le Chant des regrets éternels：51

王琦瑶和王琦瑶是有小姊妹情谊的，这情谊有时可伴随她们一生。……那就是小姊妹情谊，王琦瑶式的。……她们的做伴，其实是寂寞加寂寞，无奈加无奈，彼此谁也帮不上谁的忙，因此，倒也抽去了功利心，变

1　Paul Demiéville, *Anthologie de la poésie chinoise classique*, Paris：Gallimard, 1962, p.319.

得纯粹了。每个王琦瑶都有另一个王琦瑶来做伴，……王琦瑶们都是情谊
中人，追求时尚的表面之下有着一些肝胆相照。小姊妹情谊是真心对真
心，虽然真心也是平淡的真心。一个王琦瑶出嫁，另一个王琦瑶便来做伴
娘，带着点凭吊的意思，还是送行的意思。

《长恨歌》：21 - 22

Entre **deux Wang Ts'iyao** se tisse l'affection de deux sœurs, et cette
affection les accompagne parfois toute leur vie. [...] Si vous voyez dans la
rue deux jeunes filles comme cela, n'allez pas imaginer qu'il s'agit de deux
sœurs jumelles, elles ne sont sœurs que par l'amitié, à la façon Ts'iyao.
[...] Leur camaraderie témoigne de l'union de deux solitudes, de deux
impuissances. Elles se révèlent incapables de s'entraider, aussi cela ôte-t-il
toute idée utilitaire à leur relation faite de simplicité. **Chacune** a **une autre
Ts'iyao** pour compagne, [...] **Les Ts'iyao** ont toutes de tels liens d'amitié, et
sous leur apparente volonté de suivre la mode, on découvre un véritable
échange. A première vue sans originalité, cette relation est celle de deux
sœurs sincères. Quand **l'une** se marie, **l'autre** lui sert de demoiselle
d'honneur, l'accompagne et lui fait ses adieux avec une certaine nostalgie du
passé.

Le Chant des regrets éternels：54 - 56

译者全然领会了作家的心思，于是译文中修饰王琦瑶的绝大多数皆
为不定冠词和不定代词，或为单数（une Ts'iyao，chacune，une autre
Ts'iyao，l'une，l'autre）、或为复数（des Ts'iyao，deux autres Ts'iyao，
deux Wang Ts'iyao，nombre de Ts'iyao），均视原文而定；语言节奏的"坐
标"——王琦瑶（Ts'iyao），更是连连重复置于各个分句的结尾。安德烈
的重复其实不失节制，在关乎人物的特定描写之外，她对王安忆的重叠
句式做了适当的精简整合。于是，"双重的寂寞、双重的无力"（l'union de
deux solitudes，de deux impuissances）取代了"寂寞加寂寞，无奈加无

奈"。同样的还有"真心对真心"一句,被译者浓缩为"初看无甚特别,这情谊却连着两颗真心"（A première vue sans originalité, cette relation est celle de deux sœurs sincères）。可见,安德烈会首选留存核心的风格标志,呈现作家特有的叙述节奏。至于枝节细部的重复,往往予以简化,一可免于拖沓,二也不至遮蔽关键的文体标识。

女性化的历史

王安忆的小说对于大历史事件向来一笔带过。点点笔墨全落在女性人物的情感际遇,落在繁琐细密的生活细节,是女人穿衣吃饭过日子的历史。她的"心灵世界"疏离于宏大叙事,疏离于男性权威,男性世界的风云际会在女性视野里仅投下道道模糊的影子。正是疏离和排斥的定位,令王安忆的女主人公们保全了私人空间,边缘化的女性叙述方式,自动自觉地与男性雄阔跌宕的天下视野和家国话语拉开了距离。最终,王安忆在女人对情感的切身感受里消解、解构了大历史和男性话语的"崇高"。对生活点滴的审美提炼,彻底替代了大历史的泛政治化书写,讲述着虽无闻于史书、却永远益然的民间史话。

所以,在王安忆的长篇故事里,一旦涉及现实里重要的时间关口,都会以女主人公的主观观察和体悟开头。以《长恨歌》为例,这种叙事特点就格外明显。

> 这是一九四八年的深秋,这城市将发生大的变故,可它什么都不知道,兀自灯红酒绿,电影院放着好莱坞的新片,歌舞厅里也唱着新歌,新红起的舞女挂上了头牌。
>
> 《长恨歌》：120

On était en plein automne 1948, la ville allait connaître de grands bouleversements mais n'en savait encore rien: elle donnait toujours une impression de luxe，les cinémas projetaient des films d'Hollywood，il y avait de nouvelles chansons dans les dancings，le nom d'une nouvelle danseuse à succès tenait le haut de l'affiche.

Le Chant des regrets éternels：249

　　叙述者的观察点皆落在女主人公时常出入的场所。不同此前所述的"逐字直译"，译者此处用"她仍给人一派奢华的印象"（elle donnait toujours une impression de luxe）解释"灯红酒绿"，同样起到了后者在原文中整体概括的作用。

　　王琦瑶总穿一件素色的旗袍，五十年代的上海街头，这样的旗袍正日渐少去，所剩无多的几件，难免带有缅怀的表情，是上个时代的遗迹，陈旧和摩登集一身的。

《长恨歌》：150

Ts'iyao était toujours habillée d'un sobre *qipao*，vêtement qui devenait chaque jour plus rare dans le Shanghai des années cinquante，vestige **nostalgique** de l'époque précédente，désuet et moderne tout à la fois.

Le Chant des regrets éternels：308－309

　　这是一九五七年的冬天，外面的世界正在发生大事情，和这炉边的小天地无关。这小天地是在世界的边角上，或者缝隙里，互相都被遗忘，倒也是安全。

《长恨歌》：179

C'était l'hiver 1957. Le monde extérieur était agité par de grands événements qui n'avaient rien à voir avec ce petit monde qui se réunissait autour du poêle. Leur petit monde à eux se situait à la lisière du monde extérieur，ou dans l'une de ses **fissures**. Les deux mondes s'ignoraient，mais ils se trouvaient en sécurité dans le leur.

Le Chant des regrets éternels：377

　　素来追逐时尚的王琦瑶，到了新世界里明显"落伍"了，她赶得上时髦的潮流，却撵不上时代的步伐。此时译者眼中小说最核心的基调和主题——怀旧（nostalgique），便适时出现了。而后，译者再次连贯呈现了小说关键的隐喻意象——缝隙（fissure）。译者并未选择"遗忘"的通常含义 oublier，转而译为"相互无视"（s'ignorer）。因而，译文此处表现出比原作更强烈的主观色彩，王琦瑶和她的玩伴们此刻何尝不是主动自外于时代呢？只要走出平安里，那历历在目的种种变化，无一不在向"边缘人"昭示着改天换地、风起云涌的现实，试问这又如何能真的忘却？可见，"无视"反而与主人公的心境更加贴切。

> 　　程先生是一九六六年夏天最早一批自杀者中的一人。……奇怪的是，**弄堂**里的夹竹桃依然艳若云霓。栀子花、玉兰花、晚饭花、凤仙花、月季花，也在各自的角角落落里盛开着，香气四散。
>
> 　　　　　　　　　　　　　　　　　　　　　　　　　　《长恨歌》：257-258
>
> 　　M. Tch'eng fit partie de la première vague de suicides de l'été 1966. [...] Chose étrange, les lauriers-roses des ***longtang*** s'épanouirent en une aussi belle floraison que d'habitude. Gardénias, magnolias, belles-de-nuits, balsamines et roses fleurissaient dans chaque coin et recoin, répandant leur suave parfum.
>
> 　　　　　　　　　　　　　　　　　　　*Le Chant des regrets éternels*：534

　　人活一世，花红一季。人易逝，花常开。艰难岁月来临之时，王安忆偏又写回了"好日子"里的繁花似锦，这是何等残酷的美丽！译者似是生恐读者领会不到小说前后呼应的物是人非构思，便一反以 ruelles 译"弄堂"的常态选择，于此突兀地回归小说开篇的音译形式 longtang。事实上，安德烈的做法不仅合理，而且必要。毕竟，王安忆对历史节点的表现极为隐晦,简单一二字,寥寥数语,就已"改天换地"。[1]

(2)"女人腔"的呈现

学者王德威在《落地的麦子不死》中,曾生动形象地分析过王安忆的语言风格。他认为,王安忆虽非"出色的文体家",但她的文字却可筑造"奇观"。

> 王安忆并不是出色的文体家。她的句法冗长杂沓,不够精谨;她的意象视野流于浮露平板;她的人物造型也太易显出感伤的倾向。……但越看王安忆近期的作品,越令人想到她的"风格",……夸张枝蔓、躁动不安,却也充满了固执的生命力。王安忆的叙事方式绵密饱满,兼容并蓄,其极致处,可以形成重重叠叠的文字障——但也可以形成不可错过文字的奇观。[2]

王德威所言的"重重叠叠的文字障",正是王安忆被女性主义研究者反复渲染之处,作为女人心绪的立论依据。然而,西方学术语境中标准的女性语言终是何种面貌?法国的女性主义理论家露丝·伊瑞格瑞(Luce Irigaray),上世纪70年代在《这个不是一种的性别》(Ce sexe qui n'en est pas un)里提出了"女人腔"的概念,以此对女性话语的特点进行了详细描述。

> "她"既是她自己,又是别人。正因如此,人们说她神经质、令人费解、焦躁不安、反复无常……更不用提她的语言,"她"讲起话来没有中心,使"他"无法从中辨析出连贯的意义。……在女人的陈述

1　"薇薇出生于一九六一年,到了一九七六年,正是十五岁的豆蔻年华。"十来年光景,被王安忆以孩童的迅速成长"轻巧"滑过。见王安忆:《长恨歌(王安忆自选集·第六卷)》,北京:作家出版社,1996年,第265页。
2　王德威:《落地的麦子不死——张爱玲与"张派"传人》,济南:山东画报出版社,2004年,第187页。

中,至少在她敢于开口时,她总是在不断自我修正。说出的话近乎喋喋不休和慨叹,只讲半句,留有余地⋯⋯必须换个角度听其言,才能听出"另外的意思",它始终在铺排蔓延,词语间相互交织,同时又不停地分散,以避免固化和呆板。一旦"她"说出口,所言和欲言就不再相同了。此外,她所言与任何事都不相同,应是相近。只是稍微提及而已。

⋯⋯⋯⋯⋯

故而,让女人讲明她们想说的话,让她重复说过的话以便把要说的意思说清楚,几乎都是徒劳的⋯⋯她们的内心世界与你的不同,不同于你的揣测。她们的内心意味着沉寂、多样和弥散的机敏。若你坚持要问她们在想什么,她们只会回答:没想什么。实则什么都想到了。[1]

可见,"女人腔"的显著特征在于意义不定、中心分散、叙述跳跃、表述隐秘。然而,王安忆的性别立场是温和的,不是西方世界里激越的女权话语,并未如伊瑞格瑞所言那般极端的女性化。她的故事均由严密的"逻辑性的情节"[2]构成,谋篇布局精巧严谨。纵然整体如此,在具体的叙述和描写中,她的修辞风格和行文思维都会常常流露出部分典型的女性主义特征,如意识流的叙事手法,再如语句结构松散零碎的心理描写。在王安忆的小说里,这样的笔法俯拾皆是,女人内心的片刻体味、刹那感触会被大大延长,以此强化大历史中个体的生命体验。时光对钟表来说

1　Luce Irigaray, *Ce sexe qui n'en est pas un*, Paris: Minuit, 2012, pp.28 - 29.

2　"它(逻辑性的情节)是来自后天制作的,带有人工的痕迹,它可能也会使用经验,但它必是将经验加以严格地整理,使它具有着一种逻辑的推理性,可把一个很小的因,推至一个很大的果。"王安忆:《心灵世界》,杭州:浙江文艺出版社,2020年,第223页。

也许是相等的,对人却不然。普鲁斯特关于时间和人的断言,最能道出
王安忆式"文字障"形成的审美观感。禁欲时代女人决心求死的笃定瞬
间,历劫佳人濒死一刻的记忆闪回,都是被作家拉长延伸的精彩须臾。

> 这一天,她是一定要死了,她想,她是再捱不下去了,也没有理由捱下
> 去了。因为要去死,她才能这样坦然地对着一脸激怒的他连连撒谎,她才
> 能快快活活地和大家一处吃饭,一处说笑,甚至有一种平等的感觉。因为
> 她就要去了,心里的一切重负便都卸了下来。她不曾想到,决定了去死,
> 会使她这么<u>快乐</u>。她这个决心是下对了,她很欣慰地想。由于这轻松与<u>快</u>
> <u>活</u>,她却又舍不得<u>去死</u>,竟是一日一日地赖了下来,延长这享受。
>
> 《小城之恋》:231

> Elle se dit que c'est aujourd'hui, irrévocablement, qu'elle doit mourir. Elle
> ne peut différer davantage, elle n'a aucune raison de le faire. **Comme** elle va
> mourir, elle **peut** débiter tranquillement au garçon furieux une série de
> mensonges, elle **peut** manger gaiement et plaisanter avec les autres sur un pied
> d'égalité. **Parce qu'**elle va se donner la mort, elle est déchargée de tous les soucis
> qui lui pesaient sur le cœur. Elle n'imaginait pas que sa décision de mourir la
> rendrait si joyeuse. Elle se dit, soulagée, qu'elle a eu raison de prendre un tel
> parti. Elle est si détendue et allègre qu'elle ne peut se résoudre à mourir, elle
> s'obstine à rester en vie, un jour après l'autre, pour prolonger ce plaisir.
>
> *Amour dans une petite ville*:146‑147

　　《小城之恋》这段不足两百字的描写中,女主人公的内心活动和叙事
主体的评述穿插交错,语义重叠,从词到句也多有重复,主客观描写一应
俱全。"她想"作为"她"心理活动的关键标识,或被夹在句中,或被置于
句尾;译者则将 elle se dit 一律前置,以区别叙事者的话语。两句心理描
写之间,是由两个"因为"串起的包含情节的评述;译文保留了这种结构,
分别译为 comme 和 parce que 引导的原因从句。原封不动的纯粹重

复——"她才能"（elle peut）——恰好在同一句内，译者的做法是同样照搬，因循原文，两个分句间未加任何连词。译文保留了形式上的重复，却些微区分了意义上的重复。于是，译者分别以 gaiement、joyeuse、allègre 诠释含义相近的"快快活活""快乐""快活"。可见，即便回旋反复是王安忆最显著的话语特征之一，译者再现之时也是取舍有别，当形式重复与意义重复并存，留下的往往是前者。

> 王琦瑶眼睑里最后的景象，是那盏**摇曳不止**的电灯，长脚的长胳膊挥动了它，它就**摇曳**起来。这情景好像很熟悉，她极力想着。在那最后的一秒钟里，思绪迅速穿越时间隧道，眼前出现了四十年前的**片厂**。对了，就是**片厂**，一间三面墙的房间里，有一张大床，一个女人横陈床上，头顶上也是一盏电灯，**摇曳不停**，在三面墙壁上投下水波般的光影。她这才明白，这床上的女人就是她自己，死于他杀。然后灭了，堕入黑暗。
>
> 《长恨歌》：384
>
> La dernière image dans les yeux de Ts'iyao fut celle de la lampe qui **se balançait**，heurtée par les grands bras de La Perche. L'image lui parut familière，elle concentra son attention sur elle. A l'ultime seconde，remontant le tunnel du temps，elle se retrouva quarante ans plus tôt dans **le studio** de cinéma. Oui，c'était bien **le studio**，avec son décor d'une pièce à trois murs seulement，un grand lit，une femme étendue en travers et une lampe **se balançant sans cesse** au-dessus de sa tête，qui jetait des ombres mouvantes sur les murs. Elle comprit enfin que la femme qui gisait sur le lit，c'était elle，assassinée. Puis tout disparut，elle sombra dans les ténèbres.
>
> *Le Chant des regrets éternels*：780 - 781

回忆进入片厂后，译文切换了时态，由纯叙述的简单过去时变为描写性的未完成过去时。关于墙、床、女人、灯的描写均被译者转化为独立并列的名词性成分，更增添了记忆中画面的碎片感。作家的重复用词，如"摇曳"（se balancer)、"片厂"(le studio)均在译文里得到了一一对应的重复再现。

3. 传译写实细节

（1）巴尔扎克式的"内景空镜"

多个译本都在序文中提到王安忆与巴尔扎克的相似处。如果说作家对弄堂的描写更显出雨果写巴黎的风范，那么及至室内景观描写，则完全是巴尔扎克式的"内景空镜"。平安里的"富丽世界"——严师母家，就是此类最典型的"空镜头"之一。

> 这房间分成里外两进，中间**半挽**了天鹅绒的幔子，流苏垂地，**半掩**了一张大床，床上铺了绿色的缎床罩，打着褶皱，也是垂地。一盏绿罩子的灯低低地悬在上方。外一进是一个花团锦簇的房间，房中一张圆桌铺的是**绣花**的桌布；几张扶手椅上是**绣花**的坐垫和靠枕，窗下有一张长沙发，那种欧洲式的，云纹流线型的背和脚，橘红和墨绿图案的布面。圆桌上方的灯是粉红玻璃灯罩。桌上**丢了**一把修指甲的小剪子，还有几张棉质，上面有指甲油的印子。窗上的窗幔**半系半垂**，后面总是扣纱窗帘。
>
> 《长恨歌》：159

Cette pièce se divisait en deux parties séparées par un rideau de velours，**relevé à mi-hauteur**，dont les franges venaient caresser le plancher；on **entrevoyait** derrière le rideau un grand lit，recouvert d'un dessus-de-lit en satin vert garni d'un volant qui retombait jusqu'à terre. Une suspension avec un abat-jour vert descendait au plus près du lit. La première partie de la pièce éclatait de couleurs：au milieu se trouvait une table ronde couverte d'un tapis **brodé**. Les quelques fauteuils disposaient de coussins et de repose-tête **brodés**；sous la fenêtre s'allongeait un canapé de style européen，recouvert d'un tissu aux motifs orange et vert bouteille，dont le dossier et les pieds galbés présentaient des striures. Sur la table éclairée par une suspension avec un abat-jour en verre rose **traînaient** un petit coupe-ongles et du papier de soie souillé de vernis à ongles. Aux fenêtres étaient accrochés les mêmes rideaux de tulle derrière des doubles rideaux **à moitié relevés**.

Le Chant des regrets éternels：328 - 329

　　整体而言,译文对外厢、里进的空间感切分非常清晰、内外分明。从细节而论,作家繁复密匝的形象堆砌在安德烈笔下无一错漏、次第呈现:从多姿形态到缤纷色彩,从枝枝节节到边边角角,译文同样鲜活地再现出一个王安忆般精巧绚烂的器物世界。王安忆的环境描写之所以动人心肠,绝非单凭形与色的重叠渲染,于冷冰冰的器物间融进情境、融进人情味儿,方是其大手笔所在。

　　当年香港浸会大学为其颁发"红楼梦奖"可谓实至名归。王安忆的文字,尤其是《长恨歌》,丝缕之间总是时隐时现红楼的遗脉韵致。这段仅两百余字的描绘中,作家一连写出三种方寸之间的含蓄形态:半挽、半掩、半系半垂。一如"半卷湘帘半掩门"欲拒还迎、耐人寻味的临界之感。译文显然意识到这一特殊形态的别致韵味,亦步亦趋地逐一予以重现。先用 relevé à mi-hauteur 解释"半挽",再借"隐约可见"(entrevoir)诠释"半掩",终以 à moitié relevés 翻译"半系半垂",既规避了法语文体的重复大忌,又保全了王安忆孜孜以求的审美效果。一番铺排之后,真正的点睛之笔在于被"丢"在桌上的小剪子。就凭这一简单的动作,客观的器物世界顿时染上了人的气息,成了真实的生活场景。译者选择以traîner 重现这一情境,令人击节称叹。它潜藏的随意和散乱之义,生动复刻出屋主起身暂去、马上回转的氛围。与此同时,译者还是适度留存了原著典型的重复修辞法,对于文中两度突出的"绣花"形态,译文皆以置于句末的 brodé 相强调。

可以说，安德烈、莱韦克两位译者高度还原了王安忆借巴尔扎克式的"空镜头"表现传统中式格调的精湛手法。

（2）隐喻大历史的支线情节

如前文所论，王安忆眼中的历史是日常生活的点滴变化，她十分善于构造饱含寓言意味的支线情节去暗喻大历史的风云变幻。所幸的是，作家布下的种种隐喻，皆被译者看在眼中、记在心里，甚或写进译作序文提请读者注意。

　　这宅子从未有过的美丽和辉煌，像一座宫殿。在它葬身的时候，那阴森惨淡一扫而空，似乎它的生存便是为了毁去，它二十几年的阴惨就为了这一刻的灿烂。火焰勾出房屋的轮廓，衬着深蓝的夜幕，周围飞舞着漆黑的灰烬，幽灵似的，无声地唱着挽歌。

　　这宅子忽然通体透明，水晶宫般的，随即便悄然倒下。火焰伏到地上，静静地舞着。天开始下起小雨，淅淅沥沥，慢慢地一点一点地浇灭了火焰。

《荒山之恋》：89

Jamais elle ne fut plus magnifique et resplendissante qu'en cet instant : on eût dit un palais. Sa dernière heure venue, sa tristesse et ses ténèbres furent balayées **comme si** elle n'avait vécu que pour cette destruction, **comme si** ses décennies d'obscurité avaient tendu vers cet instant de lumière. Sous le ciel bleu nuit, les flammes dessinaient les contours de la maison autour de laquelle virevoltaient des cendres noires, pareilles à des fantômes entamant un **requiem** silencieux.

Un instant, la maison fut aussi transparente qu'un palais de cristal, puis elle s'effondra doucement. Les flammes se couchèrent sur le sol en une danse silencieuse. **Chaque lumignon de braise** fut peu à peu éteint par la bruine qui **murmurait**.

Amour dans une colline dénudée : 58

创下这份产业的封建大家长,最终选择了焚毁一切,包括他自己。《荒山之恋》的译者莱韦克格外欣赏这段主线之外的场面描绘。虽然故事涉及的现实语境都被做了模糊处理,译者却将时间线索清清楚楚地列在了序文中:"故事展开的时间十分重要,全部都发生在六七十年代。……因而在小说种种跌宕中,祖宅焚毁一节尤其重要。"[1]

一望而知,一幅典型的王安忆式"象征主义"画作。莱韦克的译笔同样毫不逊色,光、影、声、色,一应俱全,一切都随着火光浮动腾跃。他选择极富宗教色彩的"安魂曲"(requiem)来诠释"挽歌",为旧时代送葬的意味一览无余。借"残烛"(lumignon)般的火光再现行将熄灭的火焰,以有如耳畔絮语的 murmurer 形容"淅淅沥沥"的轻落微雨。依译者所言,好的译文均离不开"提纯"和"润色"的工序,这是翻译工作最重要的两个环节:初译时的重点在于从纷杂的中文原作里"提纯",这一阶段的译文通常难尽如人意;"润色"环节的主要任务是重写,以尽可能流畅的笔法重写初译阶段的文稿,力求让读者感觉小说本就是高品质的法语作品。[2]莱韦克也曾坦言:"重写工作十分繁巨,要最大程度保留作者的风格。"[3]就此段而言,译者确实高度还原了小说绘制的图景,更没有抹去王安忆标志性的描写长句,借助法语的连接词(comme si)使原文的各个短句有序毗邻相接。

如果说这种隐喻手法在"三恋"时期尚以相对外露的形式(如火光冲

---

1 Stéphane Lévêque, «Avant-propos», in Wang Anyi, *Amour dans une colline dénudée*, Arles: Philippe Picquier, 2010, pp.6 - 7.

2 Stéphane Lévêque, « Translator interview: Stéphane Lévêque, Chinese-to-French translator of Fan Wen's "Harmonious Land"»(2010 - 11 - 09). 引自徐穆实个人网站,2021 年 10 月 17 日查询。

3 *Ibid.*

天)呈现,到了《长恨歌》里则幻化得相当隐晦。"昔人已乘黄鹤去"一节,王安忆别出心裁地以蒋丽莉的临终景象——老乡们围着濒死的上海小姐送关怀——暗示"改天换地"的现实。

> 老张能为她做的,就是将山东老家的亲人全都叫来。那都是些天底下最淳厚的人和最淳厚的情感,却与蒋丽莉有着最深的隔阂。……他们看上去就像是一些守灵的人,使这房间里预先就有了凭吊的气氛。……她每天躺在房间里,一开门便是**陌生**人的身影和**陌生**的乡音。有几次,她竟**破口大骂**,骂这些亲人是**催死的人**。这些谩骂全被他们当作病人的痛苦而心甘情愿地承受了。
>
> 《长恨歌》:250-251

> Tout ce qu'il put faire pour elle, ce fut d'appeler à l'aide sa famille du Shandong. On ne pouvait imaginer sur terre plus **braves femmes**, animées de sentiments plus généreux, mais parfaitement incapables de comprendre Lili. [...] A les voir, on aurait dit une veille funèbre, elles faisaient régner avant l'heure une atmosphère de souvenir des disparus. [...] Elle restait couchée dans sa chambre dont la porte ne s'ouvrait que sur des **inconnus** parlant un dialecte **étrange**. Plusieurs fois, elle leur lança des **torrents d'injures**, les accusant de la pousser vers la mort. **Elles** acceptèrent les injures sans broncher, estimant qu'elles étaient causées par les souffrances endurées par la malade.
>
> *Le Chant des regrets éternels*:520

不论是对场面的描写,还是对人物命运的设计,字字句句都透出一丝讽喻的味道。蒋丽莉,这位真正的小姐,能毅然决然地"融入"洪流;反倒是弄堂女儿王琦瑶,面对时代兀自执拗地"置身事外",心甘情愿地做着"边缘人"。安德烈笔下的译文与王安忆的描述有一处明显不同。被丈夫唤来的山东乡亲应是一群男女老少,但到了译文中不知为何全被代以 elles,"淳厚的人"也变成了"良善妇女"(braves femmes)。如此连贯的"误读"在素来严谨的译者笔下非常罕见。若按西地风俗,陪护女性病患的当然是女性亲友,但老乡们未必如此。"观看"死亡是昔日乡土社会面对生老病死的常态。所幸这一枝节上的误解并未妨碍译者传递原文最关键的内容——"最深的隔阂""陌生"和"催死"。哪怕怀有再宽厚的情感(sentiments plus généreux),也根本无法理解(parfaitement incapables de comprendre)蒋丽莉的世界。他们彼此都是各自眼中陌生(inconnus)、怪异(étrange)的存在。而蒋丽莉的情急之语却在不经意间道破天机,他们又何尝不是最终将她那个群体推向死亡(la pousser vers la mort)的人。

二、 译本对"评论叙事文体"的再现

"谁说小说不能用议论的文字写,不能用抽象叙述的语言去写?"[1] "小说语言是一种叙述性的语言,也可以说是语言的语言或抽象的语言。"[2]叙述体和抽象语言是王安忆最具标识性的文体特征,在追寻、探索这两种创作理念的同时,作家也在"建立自己独一无二的体系"[3]。批评家许子东在《重读 20 世纪中国小说》里提出,王安忆的评论叙事文体具有三个特点:"第一,主要不是通过人物对话叙事,也不详细描写人物外貌或心理,而是叙述者直接评论人物的状态;第二,'评论叙事文体'特别强调人物处境的矛盾;第三,'评论叙事文体'会从抽象到具象,一再

1　王安忆:《乌托邦诗篇》,见《香港的情与爱(王安忆自选集·第二卷)》,北京:作家出版社,1996 年,第 279 页。

2　陈思和、王安忆、郜元宝、张新颖、严锋:《当前文学创作中的"轻"与"重"——文学对话录》,《当代作家评论》,1993 年第 5 期,第 17 页。

3　王安忆:《乌托邦诗篇》,见《香港的情与爱(王安忆自选集·第三卷)》,1996 年,第 282 页。

重复、排比、回旋。"[1]人物语言向来是传统写实小说着力刻画的重中之重,王安忆对此当然也是精心锤炼,不同的是她笔下的人物对话多借由叙述主体完成,其间往往还穿插进冷静客观的第三方评述。对于译者而言,相较意象和意义的重叠堆砌、铺排往复,叙事方式的"文字障"才是真正的挑战,这才是作家风格传达的关键所在。

1. "叙述式对话"的翻译

早在 80 年代,王安忆便走上了"叙述之路",她的《小城之恋》无一处直接引语。自此她不再刻意追求人物语言的个性化、典型化,转而从中带入作者的叙述性语言,构成情节发展的助推力。这与王安忆早期作品——比如《小鲍庄》——的叙事风格全然不同,全无你一言我一语的生动对话;实际上,则是剥离了读者作为"在场者"和"目击者"的观看特权,令其只能间接听取第三方叙述者带有主观色彩的评说。这种叙事手法待到《锦绣谷之恋》已臻于娴熟。

> 他们胆战心惊,开始**说**些淡而无味的话,**说**屋里的空气是浑浊的,而屋外则很清新;**说**夜里很凉,可也正好;**说**山泉很甜,喝多却怕伤身。他们免不了重复,还会自相矛盾,可他们来不及想了,他们急急忙忙地**说**,生怕静默了下来。
>
> 《锦绣谷之恋》:274 - 275

Effrayés, ils se mettent à **échanger** des propos insignifiants. L'air vicié dans la salle alors que dehors il est pur. La nuit est fraîche, mais c'est

---

1　许子东:《重读 20 世纪中国小说》(Ⅱ),上海:上海三联书店,2021 年,第758 页。

agréable. L'eau de source est douce, mais si l'on en boit trop, elle peut faire du mal. Ils se répètent, se contredisent parfois, faute d'avoir le temps de réfléchir à ce qu'ils disent. Ils se hâtent de **parler**, de peur de laisser le silence s'installer.

Amour dans une vallée enchantée：80

他们慢慢地开始说话，说得越来越多。他说完了，她说，她说完，他说，说的都是与爱情无关的事情。……可他们总是进入不了，总是在门外游离得很远，他们索然无味地说着一些双方都觉得无聊的话。满心里都是期待。

《锦绣谷之恋》：290－291

Ils se mettent peu à peu à **parler**, deviennent de plus en plus bavards. Ils **parlent** à tour de rôle de choses sans rapport avec l'amour. [...] Mais ils n'y parviennent pas, ils persistent à demeurer à l'écart. Ils **échangent** des propos ennuyeux et sans saveur que tous deux estiment dépourvus d'intérêt. Ils ne sont qu'attente.

Amour dans une vallée enchantée：114

    显然，王安忆是在叙述谈话，而不是描写和展示人物对话，当中又糅进心理分析或象征意味的景物描写。如此行文，非常考验作家的洞察力，欠缺抽象能力的作者往往会代之以不失灵动的人物对话，从而巧妙藏拙。同时，它对译者的考验更为严峻。对于接连不断的"说"，译者仅保留了 5 个，而且以 échanger、parler 交换翻译，余者全部隐去。第一节里有具体内容的"说"，第二节部分不知所云的"说"，都消失不见。倘若单看译作，"空气—山泉"一段稍不留神就会被误认为是单纯的描写，而非对话内容。可见，面对叙述谈话的手法，哪怕如安德烈一般的资深译者也难以做到尽善尽美，留下些许缺憾也是无奈之举。

    《长恨歌》可以说是评论叙述体的集大成作品。王安忆的长篇小说固然看重故事，但不会醉心于编织跌宕曲折、出乎意料的桥段，情节中最具生动潜质的对话基本都隐匿在叙事者的语言中。

> 他支吾了些男女平等,女性独立的老生常谈,听起来像是电影里的台词,文艺腔的;他还说了些青年的希望和理想,应当以国家兴亡为己任,当今的中国还是前途莫测,受美国人欺侮,内战又将起来,也是文艺腔的,是左派电影的台词。
>
> 《长恨歌》:58
>
> Il balbutia de vieilles rengaines sur l'égalité des sexes et l'indépendance des femmes, qui ressemblaient à des tirades déclamées dans un film. Il enchaîna sur les espoirs et l'idéal de la jeunesse qui doit considérer que la prospérité ou la ruine du pays lui incombe. A présent, l'avenir de la Chine était incertain, les Américains l'humiliaient, la guerre civile était proche, autant de phrases emphatiques, tirades entendues dans les films de gauche.
>
> *Le Chant des regrets éternels*:127

如何表现王琦瑶眼中"假大虚空"的说辞,译者选择了"大段独白"(tirade)来诠释"台词",以"朗读"(déclamer)呈现夸张的"文艺腔";紧接着,又以表演领域特定的用法"接词"(enchaîner sur)翻译简单的"还说了",前后逻辑十分紧密。虽然,译文把内外局势的分析单列成句,并且换用描述性的未完成过去时,却在读者即将陷入误读之际,及时地以"同样的夸张言论"(autant de phrases emphatiques)收拢,将文思拉回人物的谈论中。

在王安忆的叙述体里,倘若闪现人物原话,则通常意味着情节的小高潮或重要转向。而且,这寥寥数语往往伴随大量细腻的解析文字,旨在直抵人物内心,道出"心里话",言明"话中话"。

> "上天保佑,你也来了庐山。"他喃喃地说。

　　"上天保佑,你也来了庐山。"她喃喃地说。

　　上天保佑,他们都来了庐山,庐山多么好啊！竟给了他们所期望又所不期望的那么多。雾缭绕着他们的胳膊和腿,从他们紧贴着的身躯穿透过去,他们紧贴着的身躯竟还留下了缝隙。雾贴着皮肤,反倒有了暖意。多亏有了雾,他们才能这样尽情尽欢。

《锦绣谷之恋》:284

　　«Grâce au ciel，vous êtes venu à Lushan，
murmure-t-il.

　　— Grâce au ciel，vous êtes venue à Lushan».
murmure-t-elle.

　　Grâce au ciel，ils sont venus tous les deux à Lushan，cet endroit merveilleux! Ces montagnes leur ont apporté tant de choses espérées et inespérées. Le brouillard s'enroule autour de leurs bras et de leurs jambes，il s'insinue entre leurs corps étroitement embrassés，leurs corps entre lesquels subsistent des failles. Sur leur peau，le brouillard crée une curieuse sensation de tiédeur. Quelle chance que ce brouillard leur permette d'exprimer leur passion dans toute son exubérance!

Amour dans une vallée enchantée：101

　　《锦绣谷之恋》这段人物原话紧接景物描写的文字即是最典型的证明。两句灵光一闪般的直接引用,是伴随着故事男女主人公的首次拥吻出现,标志着人物情感的最高潮;之后云里雾间的氛围渲染,象征着露水情缘虚实难辨的易逝结局。译文在保持重复直接引语的同时,更在人物原话和叙述话语之间予以错行呈现,两相区别甚至比原作更鲜明几分。后文的景色描写中,译者亦步亦趋地追随作者不断重复着"雾"(brouillard)这一重要意象,丝毫没有顾及法语文体回避重复的审美要求。

　　在王安忆的评论叙事文体中,除以上"纯叙述"的极端情况以外,更多的实质性直接引语是以"半直接"的面目出现的,作家或以冒号相标,

或代以逗号，再或两者兼而有之，借此营造出明显的间隔效应，始终保持第三人称叙述主体作为旁观者的克制口吻。

> 他本来没注意过郁晓秋，又有一段日子没看见，这会见了，倒是定睛看了几眼，背地里与她母亲说：这只小小狗却是生在这时候好，太平！母亲听不懂了，说：明明乱世，你还说太平！老娘舅就说：乱世就乱世，无关乎风月。这一回，母亲半懂，停了一时，咬牙道：她敢！
>
> 《桃之夭夭》：77

> Il n'avait jamais donc été attentif à Xiaoqiu et ne l'avait pas revue durant un certain temps. Mais, cette fois, son regard se posa sur elle et il dit discrètement à sa mère：《Ce petit chiot est donc né à l'époque! Une belle époque!》 La mère ne comprit pas：《L'époque était bien trouble, comment peux-tu parler ainsi?》 Mais il reprit：《Je te parle de ton histoire d'amour, ça n'a rien à voir.》

> Un instant stupéfaite, Xiao Mingming eut une sombre pensée et murmura, les dents serrées：《Elle, en tous cas, est bien trop jeune pour l'amour!》
>
> *La Coquette de Shanghai*：115

这段人物原话在王安忆笔下被剔除了引号，却辅以冒号和叹号以区别叙述内容。但是，在金卉笔下，三者一应俱全，变为标准的直接引语形式。在前文的诸多分析中，不难看出金卉绝非"纠结"一字一词、细枝末节的译者，还实质性引语以本来面目，也是她在译作中基本如一的翻译策略。一如译者惯常的明晰化倾向，此处译文更是"直白地"说出了人物之间的"话中话""心里话"。金卉几乎是完全改写了人物对话，将含蓄的"风月"道破为"情事"（histoire d'amour），将语焉不详、情绪化的"她敢"解释为："无论如何，谈情，她还太小！"

王琦瑶有一回问康明逊,严家师母会不会去告诉他家他俩的事。康明逊让她放心,说无论怎么他终是个不承认,他们也**无奈**。王琦瑶听了这话,有一阵沉默,然后说:你要对我也不承认,就连我也**无奈**了。康明逊就说:我承认不承认,总是个**无奈**。王琦瑶听了这话,想负气也负不下去了。康明逊安慰她说,无论何时何地,心里总是有她的。王琦瑶便苦笑,她也不是个影子,装在心里就能活的。这话虽也是不痛快,却不是负气了,而是真难过。

《长恨歌》:199

Un jour, Ts'iyao demanda à Mingsiun si Mme Yen risquait d'informer sa famille de leurs relations. Pour la rassurer, il lui dit que, quoi qu'il arrive, il nierait la chose, sa famille **ne pourrait rien faire**. Cette déclaration la laissa songeuse.

— Si tu refusais de reconnaître ta relation avec moi, même moi je **n'y pourrais rien**.

— Que je le fasse ou non, dit-il, de toute façon, ça **ne changerait rien**.

A entendre cela, elle n'aurait pu se vexer même si elle l'avait voulu. Pour la réconforter, il l'assura qu'elle aurait toujours une place dans son cœur. Elle eut un rire amer: elle n'était pas une ombre pour vivre cachée dans son cœur. Ainsi s'exprimait sa tristesse, elle n'ôtait pas vexée, mais vraiment malheureuse.

Le Chant des regrets éternels: 417

各种王安忆式的叙述对话在文中均有体现。《长恨歌》诠释"半直接"引语的方式与《桃之夭夭》明显不同。可以看到,安德烈笔下直接引语、间接引语穿插行进:对有冒号标识的对话,错行突出,直接引述,其余则依照原文的转述方式。就形式而言,整体已再现出作者客观叙事的"旁观者"视角。

他听了一阵,突然问道,既然都如此,又为什么都爱同她开玩笑,却不躲远一点儿。那同事便有些尴尬,吞吞吐吐地解释,不过和她逗逗乐罢了,心里是早有警惕。又说,告诉你,也是为你好,等等。说完,就有些悻悻地走了。

《荒山之恋》: 137

Il les écouta un moment puis soudain, il demanda à cet homme pourquoi, s'il en était ainsi, tous aimaient s'amuser avec elle? Pourquoi les gens venaient se frotter si imprudemment à elle? Son interlocuteur parut embarrassé et bredouilla, en guise d'explication, que les hommes aimaient passer un bon moment avec elle, mais en restant sur leurs gardes. Du reste, il ne lui disait ça que pour son bien. Sur ce, il le quitta, l'air froissé.

Amour dans une colline dénudée: 156 - 157

翻译"三恋"系列小说,王安忆的法国译者们在思考如何呈现叙述对话的同时,还面临着另外一个棘手问题——模糊的人称代词。三个故事的男女主人公均无确切名姓,只是简单的"他"和"她"、"男人"和"女人"、"男孩"和"女孩",就连次要人物也多是如此。如何避免混淆,就成了翻译的当务之急。这段译文充分体现出,当王安忆的叙述体遇见刻意模糊的人称会给翻译带来多大困扰。译者无法做到作者一般简洁,不得不将男主人公的发问切分为两句,并改以问号强调。结果就是,将原文的叙述口吻部分转化成了直接引语,并且还要增添原本没有的"那么不小心不招惹她"(se frotter si imprudemment à elle)。小说里"那同事"登场时也是顶着一副不清不楚的"有人""那人"面孔。为区分同一场景中的两位无名男性人物,译文先以"访客"(visiteur)代指同事,此处又换成"交谈者"(locuteur)表明说话者的改变。译者莱韦克,实则对小说的人称特点有着清楚认知,他在法文版《荒山之恋》的前言中专门分析了作家的独特构思:"男主人公无名无姓,日后成为其妻的女人亦是如此。另一主要女性人物,也仅被冠以'金谷巷女孩'之称。如是使用人称代词,便赋予人物一种模糊的面孔。这种有意为之的模糊有时令读者如坠云里雾中(谁是谁?),好像一切都叠印在一起。"[1]因而,他才会在翻译时适当予以转变,以免读者当真陷入迷惘。

2. "抽象语言"的翻译

可以说从《逐鹿中街》开始,王安忆便有意识地用概括性极强的书面语取代形象化的生活语言(如方言等)。本质上,这也是作家苦苦追寻的叙述文体提出的必然要求。叙述文体实则向小说语言提出了更高的层级要求。

以前文讨论的人物对话为例,一位具备丰富阅历的写作者常可凭借过人的直觉,将"见过""听过"的具体语言直接挪移到小说中,登时就能产生"什么人物说什么话"的形象观感,这也是众多"农民作家"身上"得天独厚"的优势。然而,看似手到擒来的机敏,稍不留神就会落入自我欺骗的陷阱中。王安忆在《大陆台湾小说语言比较》里,便对此有过深入思考。她认为写作者在使用生活化的典型语言之时,"其实是选择使用了其语言里的现成的含义,这现成含义是在语言于某一地域内长久使用过程中形成的,是语言的具体概念,具有形象性,因此也就是利用其具体功能"[2]。西方现代语言学的研究成果早已揭示出这样一个事实:我们日常使用的具体语言实则有着极大的局限性,它一旦脱离了惯常的存在环境或语义网,也就丧失了原本的意义和表现力。可见,生活中的具体语

1　Stéphane Lévêque, «Avant-propos», in Wang Anyi, *Amour dans une colline dénudée*, Arles: Philippe Picquier, 2010, p.7.

2　王安忆:《漂泊的语言(王安忆自选集·第四卷)》,北京:作家出版社,1996年,第382页。

言,本质上终究无法拥有文学语言所要求的塑造力。因而,倾向间接描写场景的王安忆就必然会去寻求"一种具备塑造功能的抽象性语言"[1]。

在作家一系列的自我阐述中,我们发现她对抽象语言的认知体悟主要来自两位作家:台湾的宋泽莱与大陆的阿城。他们对王安忆建立自己的语言体系有着深刻影响:前者"熟字生用,旧词新用"的修辞手段,后者冲淡平白的炼字境界,都在作家的虚构写作里留下了长久印记,王安忆更视他们的文字为小说的理想语言——"抽象化语言"。

> "抽象化语言"其实是以一些最为具体的词汇组成,……"抽象化语言"的接受是不需要经验准备的,它是语言里的常识。……而越是这样具体的词汇,就越具有创造的能量,它的内涵越少,它对事物的限制也越少,就像"一"可被所有的数目除尽,而能够除尽"九"的数目就有限了。[2]

正因如此,王安忆不像许多炫技的写作者,热衷用最生僻的字眼、最晦涩的形式来展示实则简单的思想,她反其道行之,偏偏擅长以最浅显的词汇和最古典的线性叙事去呈现复杂深刻的情感世界。"我认为好的文字是平淡的,但它能够达到辉煌。"[3]浅显而不直白,简单而不寡淡。王安忆最终打磨出的抽象语言普遍具有两个特点:其一是句式结构倾向欧化,擅用被动、倒装和陈述长句,这在前文的翻译分析中多有表现;其二便是用词简单、取义浅近,在古今、新旧之间变通腾挪,延伸、拓展词语的意义空间。

"熟字生用,旧词新用,常有变通,其实是将汉语词意的内容与形式

1　王安忆:《漂泊的语言(王安忆自选集·第四卷)》,北京:作家出版社,1996年,第382页。

2　王安忆:《心灵世界》,杭州:浙江文艺出版社,2020年,第237页。

3　齐红、林舟:《王安忆访谈》,《作家》,1995年第10期,第66页。

引申、延用与扩张,使用的是汉语本身的内容。"[1]王安忆的语言耐得住品评玩味,很大程度上要归功于这种讲求变通的手法,如此一来文词的内涵和外延都发生了嬗变,大大丰富了言外之意和言下之意,留给读者更宽泛的回味空间。然而,如何诠释这种微妙的转变,却是最令译者挠头,也是最具思考价值的问题。

(1)熟字生用

王安忆分外欣赏《棋王》"平白朴实"的语言,称赞阿城把"语言中最没有个性特征"的动词运用得"物尽其用",以"最为简单最无含义"的基本词汇写出塑造力极强的抽象语言。[2]如果说阿城是驾驭动词的大师,那么王安忆则是化用形容词的高手。此处姑且不论前文那些繁复铺排、回旋往复的华丽笔触,仅看最空泛、最无情感色彩、最基本的形容词——"大",是如何被她最大限度地使用,从而生发出可意会、不可言传的妙处。忠实的读者都会注意到这个有趣的文字现象:王安忆很喜欢在寻常名词或形容词前加一个"大",或作反语,或作引申,或作象征,或作强调⋯⋯种种意图,不一而足。最抽象的形容,偏偏包藏着当需仔细揣摩的具体意图。如何在另一种语言里还原这种隐晦精妙的意味,可谓是比评论叙事文体更令翻译苦恼的问题。

> 小脑袋从手掌里昂起来,说出一句话:艺术就是弄虚作假!⋯⋯艺术非要把人变成这样!人不人,鬼不鬼。⋯⋯提提又捏了他的大鼻子说:你就是一个**大艺术**!
>
> 《月色撩人》:42

1　王安忆:《漂泊的语言(王安忆自选集·第四卷)》,北京:作家出版社,1996年,第 373 页。

2　王安忆:《心灵世界》,杭州:浙江文艺出版社,2020 年,第 235—236 页。

La petite tête se redressa et déclara：«L'art, c'est de la frime.» […] «L'art veut absolument transformer l'être comme ceci! Ni homme ni diable!» […] Titi tordit le grand nez de Pansou：«Tu es **une grande œuvre d'art**!»

Le Plus Clair de la lune：62 - 63

你看到的是实有，他却是一个**空洞**，**大空洞**……

《月色撩人》：64

Ce que tu vois，c'est une réalité，alors que Pansou est un vide，**un grand vide** […]

Le Plus Clair de la lune：94

非常俗语化的说辞"瞎扯"（C'est de la frime），似乎更贴近苏北姑娘刚刚走出拉面店、撞进艺术圈的身份设定。以她的新奇眼光打量周围"历劫半生"的"伪装者"，自然尽是装腔作势之辈，所以她会借用超乎自然形态的艺术去戏言艺术家情人。译者并未译成原文般笼统的概念化表达，而是将"大艺术"转化成"大艺术品"（une grande œuvre d'art），用以呈现出作家的重复修辞。之后其他人物转述提提原话时，译者依然保持了"艺术品"（une œuvre d'art）的译法；但对于紧随其后的"大虚空"，译文未做任何变动，逐字译为 un grand vide。这是因为法文中的形容词一旦被饰以不定冠词，随即就有了意指抽象概念的语义功能。同样依此处理的还有小说第四章出现的"空洞"（un vide）与"大空洞"（un grand vide）。就此而言，王安忆的惯常修辞的确具有一种欧化意味。

在陶普画廊，所有一切都是**形式主义**。这两个人，就在一个**大形式**里说话。

《月色撩人》：64

A la galerie Taopu，on tenait à la forme en toutes choses. Ils conversaient tous deux dans **une grande bulle de formalisme.**

Le Plus Clair de la lune : 93

　　这一评述出现在提提为子贡调酒的场景中。海门小妹调酒，至多不过是"像不像，做比成样"。衣冠楚楚、熙熙攘攘的画廊，当真就为艺术存在吗？人物谈话中若隐若现的温州老板，仓促上场演绎行为艺术的"外来妹"，无不暗示着如五彩肥皂泡一般徒有其表、一戳即破、人所共知的"谎言"。向来审慎的译者，罕见地在此处增添了"泡沫"（bulle）这一喻体，用更形象的"巨大的形式主义泡沫"（une grande bulle de formalisme）来诠释王安忆的泛概念化意象"大形式"。

　　　　我是**大符号**，一个**大符号**！子贡说，语气是自嘲的，又有点自得。

《月色撩人》：136

　　— Je suis **un grand symbole**, **un parfait symbole**, lança-t-il d'un ton d'autodérision mêlé d'une certaine fatuité.

Le Plus Clair de la lune : 196

　　作家为这位美到堪称"尤物"（séduisant）的男人取了古圣先贤的名字，本身就带有戏谑意味。子贡是比外来妹更漂泊的灵魂，幽灵般从汉堡飘荡到上海的撩人夜色里。作为隐秘的"断袖"者，他发自内心的自我审视、自我剖析远比身边那些貌似雄伟的男性来得理性深刻。他自知是"调停"一众男女的纽带，绝好姿容、旅欧背景，都是他周旋当中的"入场券"。更兼有着女艺术家眼里的虚无之美，所以才会自认是徒有其表的空洞符号。译者对重复出现的"大符号"没有一概而论，而是依照对话中潜藏的递进语气，加入了符合人物设计的特定修饰——"完美"。于是，从"大符号"（un grand symbole）到"一个完美的符号"（un parfait symbole），于是也就再现出人物言下递增的自嘲情绪。

　　即便如安德烈一般了解王安忆的译者，对于作家"熟字生用"的特殊修辞手法，事实上也经历了一段相当长的认知过程。从 2004 年的首次相遇——节译"弄堂"一节，到 2013 年的法译本《月色撩人》，中间近十年的时间里她还译出了 2 部中篇小说（《小城之恋》《锦绣谷之恋》）和 1 部散文集（《寻找上海》），方才能精准把握以上王安忆式的"微言大义"。回看安德烈的第一部译作《长恨歌》，当时的她显然并未注意到此类修辞的特殊性。

　　　　景是**假**，光是**假**，姿势是**假**，照片本身说到底就是一个**大假**，可正因为这**假**，其中的人倒变成个**真**人了。

《长恨歌》：37 - 38

　　　　Cette photographie，où le décor，la lumière et la pose étaient **faux**，respirait **l'artifice，** mais paradoxalement Ts'iyao s'y montrait **naturelle**.

Le Chant des regrets éternels：86

　　短短 40 余字里足有五"假"一"真"，当中不仅涉及"熟词生用"的现象，更体现出作家惯用的矛盾手法。译文此处明显不愿过多重复，遂将前三"假"合并为一个 faux，更将随后的"大假""真人"解释为"骗局"（l'artifice）和"真实"（naturelle）。如果说《长恨歌》在忽视形容词特殊用法之时，尚保留了原文矛盾与对比相融合的效果；那么，在毕基耶推出的首部译作《香港的情与爱》里，王安忆这两种标志性的风格特征则无一幸免于消解的命运。

　　　　香港的热恋还是带有私通性质的，约会也是幽会，在天涯海角，是一个**大艳情**。

《香港的情与爱》：503

Hong-Kong, ville passionnelle, portait parfois à l'adultère, des rendez-vous y devenaient des rencontres amoureuses. Ici, face au bout du monde, il n'était question que d'amour.

Les Lumières de Hong-Kong：8

香港总是提供机缘,它自己就是一个**大机缘**。香港的机缘是那种聚沙成塔的机缘,很多很多相遇积累起来,最后成就一宗。

《香港的情与爱》：507

Depuis toujours, Hong-Kong était à l'origine d'opportunités heureuses, elle était comme une tour composée d'innombrables grains de sable accumulés, parmi lesquels des pépites d'or étaient dissimilées.

Les Lumières de Hong-Kong：17

那是**大冲突**之后达到的**大协调**,是**大手笔**的。

《香港的情与爱》：511

Elle était maintenant d'une harmonie extrême issue de ses antagonismes，c'était tout bonnement l'œuvre d'une styliste de génie.

Les Lumières de Hong-Kong：28

虽说小说以情与爱为题,但人物关系偏偏只关风月无关情,纵然不经意间闪过一丝情意,撩拨心弦的瞬间却与爱相去甚远。译者却偏偏将"艳情"等同于爱情(amour),完全偏离了作品的内容。同样的还有"机缘",所谓"大机缘"无外乎就是大型的利益置换场所,形形色色的投机客于此寻觅生活的转机,然而却不见得天遂人愿。王安忆的故事里,男女主人公看似"银货两讫"、各取所需的结局,个中的落寞与虚空,也是如人饮水、冷暖自知。因而,作家所谓的"大机缘",并非"幸运之源"(l'origine d'opportunités heureuses)。以"敌对"(或"对抗"：antagonisme)诠释"大冲突"未免言过其实,原文不过是在评述女主人公的服饰,所谓"冲突"无非意指风格不统一、反差过大。显而易见,王安忆对抽象语言的追求完全被译者一掠而过,原文别有深意的重复也被译文全然隐去。鉴于这部译作的"试水"性质,更兼翻译批评揭示的"仓促上马"的事实,译者极有可能完全没有意识到诸如"大艳情""大机缘""大冲突""大协调""大手笔"背后作家的深层意味和语言审美,故而才会将其皆尽消解于"意义先行"的狭隘阐释中。

（2）旧词新用

王安忆笔下最显著的"旧词新用"手法莫过于对中国古典文学的幻化使用。她甚至会将一句或一行古诗词作为章节题名,这在《长恨歌》时期便已露端倪,如描绘女主人公两位老友先后辞世的两章——"昔人已乘黄鹤去"与"此地空余黄鹤楼"。待到《桃之夭夭》,这种手法变得更加纯粹,王安忆为每一章精心择取一句"咏花"的古诗文作为文题,这令她的小说平添一份章回体的意味。

第一章　梨花一枝春带雨[1]Un rameau de poirier fleuri, au printemps, tout perlé de pluie

第二章　新剥珍珠豆蔻仁[2]Une graine de cardamome, perle fine à la nacre fraîchement formée

第三章　千朵万朵压枝低[3]Branche ployant sous des milliers et des milliers de fleurs

第四章　豆棚篱落野花妖[4]Sur la clôture du hangar aux légumes, les fleurs sauvages resplendissent

---

1　"玉容寂寞泪阑干,梨花一枝春带雨。"语出:白居易《长恨歌》(唐诗)。

2　"细研片脑梅花粉,新剥珍珠豆蔻仁,依方修合凤团春。醉魂清爽,舌尖香嫩,这孩儿那些风韵。"语出:乔吉《卖花声·香茶》(元曲)。

3　"黄四娘家花满蹊,千朵万朵压枝低。留连戏蝶时时舞,自在娇莺恰恰啼。"语出:杜甫《江畔独步寻花》。

4　"水上芙蓉斜照,更半黄银杏,低罩团瓢。豆棚篱落野花妖,纸窗灯火秋蛩叫。满城风雨,诗肠尽豪,满园橘柚,村翁尽饶,更山僧秋芥才封到。"语出:施绍莘《秋水庵花影集·村居九日·皂罗袍》(明散曲)。

第五章　插鬓烨烨牵牛花 [1] Un volubilis piqué dans le chignon

　　除第四章稍显冷僻的明散曲《秋水庵花影集》节句,余者基本都出自国人耳熟能详的唐诗、宋诗、元曲经典篇目。白居易、杜甫、陆游、乔吉,更是家喻户晓的诗人。这也符合王安忆一贯追求的浅近而不失韵味的审美境界。她无疑是在借不同形态的花,寓指女主人公的各个人生阶段。事实上,法译本对以上文题的翻译并未加以注释,也就完全隐去了诗文出处和情境,法语读者只能依据译者的寥寥数词来体味作家的用意。

　　"梨花一枝春带雨",金卉和安德烈都不约而同地直接引用了戴密微版《中国古典诗歌》的既定翻译。王安忆的母语读者自然可以轻易看穿诗文之喻,判断出此章无疑在写"红颜泪",但对法国读者恐就绝非易事。试问又有多少汉学界以外的读者知晓"梨花带雨"的确切意涵呢? 即便作者不愿文外加注,此处哪怕将前句一并引用,也即"玉容寂寞泪阑干"(Sur son pur visage attrisé, lentement des pleurs coulent),多少或可呈现出言下应有的意象——"泪"。小说首章虽写到了郁晓秋的身世之谜,但更多的篇幅却在讲述其母笑明明早年坎坷的情感经历和如今的寡居生活,其间泣诉全仗篇章回目暗喻。"新剥珍珠豆蔻仁",译文的语义重点落在了珍珠新近成形的光泽上(la nacre fraîchement formée),与此时女主人公的孩提年岁非常贴切。"千朵万朵压枝低",首尾相接的 des milliers 即再现了诗文的重复修辞,也道出了人物不可抗拒、张扬外露的青

1　"江头女儿双髻丫,常随阿母供桑麻。当户夜织声咿哑,地炉豆秸煎土茶。长成嫁与东西家,柴门相对不上车。青裙竹笥何所嗟,插鬓烨烨牵牛花。城中妖姝脸如霞,争嫁官人慕高华。青骊一出天之涯,年年伤春抱琵琶。"语出: 陆游《浣花女》(宋诗)。

春丰采。对于第四章的明散曲，法国学者布丽吉特·迪藏曾给出不同的翻译，她与金卉的分歧集中在对"野花妖"的诠释上。金卉将其译为主谓结构的完整句式，即"野花绽放光彩"（les fleurs sauvages resplendissent）。迪藏则不然，她采用了独立的名词性结构，即"一派野花盛景"[1]（enchantement des fleurs sauvages）。似乎迪藏的提议更能展现当时华夏大地有志青年纷纷奔赴五湖四海的昂扬气象。"插髻烨烨牵牛花"中，绾髻是古代出阁女子的标准发式，意味着女主人公此时已嫁做人妇，步入家庭生活。这层隐喻被译文隐去不见尚可理解，可无论如何也不应遗漏形容花朵容彩光华的"烨烨"二字，而它们偏偏正对应着故事尾声里郁晓秋生命力和感染力的再度升华。如若借用沪上翻译家罗玉君所言："翻译是凭借了原作的符号，去找寻原作家的意象，使这意象重现在眼前，灿烂在眼前。"[2]那么，一向流畅灵动的金卉在章回的诠释上似乎折损了本应凸显的意象。

长篇小说《长恨歌》更是充斥着化用古典诗文的"旧词新用"手法，即便不是密密匝匝，也堪称俯拾皆是。对此，安德烈与莱韦克两位译者则采取了与金卉全然不同的翻译策略。

> 阿二接着说：诗其实就是一幅画，比如，"汉家秦地月，流影照明妃"，可不是一幅画？"千呼万唤始出来，犹抱琵琶半遮面"，又是一幅画；"玉容寂寞泪阑干，梨花一枝春带雨"，还不是一幅画？"桃之夭夭，灼灼其华"，这幅画又如何？

《长恨歌》：140

1　Brigitte Duzan，«La Coquette de Shanghai»（2018-01-31）.引自当代华文中短篇小说网，2022年1月6日查询。

2　沈珂：《翻译家罗玉君和〈红与黑〉的一生情缘》，《文汇报》，2021年8月27日。

Mais il poursuit：

— Un poème, en vérité, c'est un tableau. Par exemple： *Dans la maison des Han et sur les terres de Qin，l'ombre mouvante de la lune éclaire la brillante favorite，n'est-ce pas un tableau? Nous l'appelons mille fois et dix mille fois avant qu'elle consente à paraître，tenant encore son pipa qui lui cache à demi le visage*，c'est un autre tableau. *Sur son pur visage attristé lentement coulent les pleurs: un rameau de poirier fleuri，au printemps，tout perlé de pluie*，n'est-ce pas encore un tableau? Et que pensez-vous de ce vers： *Pêchers exubérants，aux fleurs épanouies?*

Le Chant des regrets éternels：287－288

后两句有"一上**玉关道**,天涯去不归",……王琦瑶虽未去国,却是换了**大朝代**,可说是旧日的月照今天的人,时间不能倒流,自然是"天涯去不归"了。……并且那旧时的**海上明月**里立了王琦瑶婷婷的身影,有一股难言的凄婉,是要扎进阿二心里去的。

《长恨歌》：141

Dans le poème，le vers suivant disait： *Arrivée à **la passe de Jade**，elle s'éloigne à l'horizon sans espoir de retour.* [...] si Ts'iyao n'était pas partie pour l'étranger，le pays avait complètement **changé de dynastie**. On pouvait donc dire que le clair de lune des temps anciens éclairait les hommes des temps nouveaux，mais il n'était nul retour possible puisque l'on ne pouvait remonter le temps. [...] En effet，la svelte silhouette de Ts'iyao dressé dans **le clair de lune sur la mer des temps anciens** recélait une indicible et douce tristesse qui poignait Cadet au cœur.

Le Chant des regrets éternels：291

这段引经据典的论调出自邬桥时期"阿二"一节的结尾,实则是小伙子在表达对王琦瑶的爱慕之情。这段文字一目了然地展现出《长恨歌》和《桃之夭夭》之间密切的互文性关系。译文不但再现出诗文的字面含义,更是保留了"诗中画"的全部图景,种种形象、意象无一缺失。作为章末,译者于此并未多言,却在紧随其后的"阿二的心"一节,借人物心中对以上诗句的思忖玩味,为当中重要而生僻的意象一一做了文外注释。豆腐店少爷情之所至的怀古却在不经意间道出了女主人公的来日际遇。一如郁晓秋的故事里,赫然出现的诗文都是王安忆精心埋下的"草蛇灰线",随着情节的推进自会"伏脉千里"。因而,译者分外谨慎地添加了四处言简意赅的译注:

> 1. 汉明妃(王昭君):公元前 1 世纪被嫁与胡人可汗的汉家公主,待汉元帝发现她的美貌,却为时已晚。
>
> 2. 玉关道:位于今甘肃西陲的古丝绸之路上的通道。
>
> 3. 大朝代:作者暗指 1949 年后。
>
> 4. 海上明月:出自著名诗人张九龄(678—740)《望月怀远》的隐喻。[1]

在这部长篇译著里,译者所添加的文外注释相较皇皇内容显得十分有限,但每一处都不虚掷,绝非可有可无的附属。特别是面对王安忆"古为今用"的描写手法,适当的解释就显得不可或缺。译者莱韦克曾以小说《水乳大地》的翻译为例,谈到过自己应对文化缺省现象的方法:当法语中缺少对等词汇和表达方式时,他会试着寻找一种"可为法语读者接受的"解决办法;若无从下手,加注也不失为可行策略。"我常会添加注脚,向读者解释这样或那样的文化和宗教细节。"[2]

作为王安忆标志性修辞手法出现的"旧词新用",同时又与情节相丝

1　Wang Anyi, *Le Chant des regrets éternels*, Yvonne André et Stéphane Lévêque（trad.）, coll. «Picquier poche», Arles：Philippe Picquier, 2008, pp.290 - 291.

2　Stéphane Lévêque, «Translator interview»（2010 - 11 - 09）. 引自徐穆实个人网站,2021 年 10 月 17 日查询。

绕纠葛,此时任何形式的折减都是翻译的下策。这方面,安必诺教授的观点颇具代表性:"作为译者,随意删除原文的内容、跳过一些细节不翻译的话,很可能损害原作者的表达。作为中国文学的研究者,我认为正是一些细节中隐藏了文学的美,而作为译者,我们无法替读者决定哪部分应该被保留,哪部分应该被删除或者改写,因此我不太赞成改写式的翻译。"[1]诚然如此,面对纯粹的情节叙述,译者略加调整以迁就外语读者的阅读习惯(如前文人物描写部分金卉所做的精简处理),尚不失合理之处。然而,对于作为风格标识出现的原作者惯用手法,取舍之间则当慎之又慎,此时安德烈、莱韦克不畏繁巨、适时解析的翻译态度就显出难能可贵的忠实品质。

可以说安德烈、莱韦克和金卉都是各自译作的"理想译者"。前者是诠释王安忆华丽铺排、"密不透风"的叙述风格的行家里手,会竭尽所能保留原著的种种繁复意象和风格标识。故而,法文版《长恨歌》能够在法国引发诸多共鸣,令译语读者一眼认出当中法国式的现实主义笔法,领悟王安忆描绘社会历史的独特视角。作为作家的母语读者,通读安德烈的几个译本,当真时时都能体味到她对王安忆"心灵世界"各处细部的高度还原,更赞叹她忠实于文字的直译立场。这在中国文学的海外译者群体里实属罕见的勇气。莱韦克作为她的学生、合译者,二人对翻译伦理的体悟也基本一致。可以说,但凡以丝丝密密的细节描写、夹叙夹议的评论叙事体话语见长的王安忆小说——如《长恨歌》《月色撩人》——安德烈、莱韦克都可称得上是翻译的上佳人选。

相比之下,金卉则是迥然不同的存在。她当然也是忠实的译者,但

---

1 何碧玉、安必诺、季进、周春霞:《中国当代文学在法国——何碧玉、安必诺教授访谈录》,《南方文坛》,2015 年第 6 期,第 42 页。

效忠的对象显然没有聚焦在文字层面。倘若我们将品衡的目光投向更宽广的翻译史研究，便不难发觉："文字层面的忠实并不等同于伦理层面的忠实，同样，删节、改译等翻译方法折射出的也并非必然是'忠实'的绝对对立面。"[1]身为作家，译者金卉更注重对"心灵世界"通体风貌的真实再现。不论增减，还是调改，译文于原著的本初意蕴都无多大伤损。然而，这种去粗取精、提纲挈领的大写意手法，实则提出了"忠实"之上的更高要求，它要求译者具备不逊于作家的创造力，在原著框定的藩篱内再造一部真正的作品。金卉做到了，她翻译的《桃之夭夭》就如一部原创的法语小说，语言极度生动凝练，逻辑清晰连贯，皇皇两百余页的内容，读来颇有一气呵成之势。如果说当中有何微瑕，恐怕就是金卉有时对细节的处理，甚至比原作者更灵动、更凝练，这大概是只有杰出作家之间才能触发的闪亮火花。然而，这样的翻译策略，显然并不适用于王安忆的多数作品。以洗练著称的《桃之夭夭》，能够遇见对文字有着超常直觉和操控力的金卉，可谓是文学翻译中难得一见的理想机缘。

　　诚然，没有唯一或最佳的译本，更没有唯一或绝佳的译者，只有一定时期内相对合理的翻译策略。毕基耶出版社为王安忆选定的译者，就原作的具体风格而论，多数时候都是合理之选。我们也希望有更多成熟的法国译者参与其中，适时重译存在缺憾的作品，因为翻译主体的差别决定了其必然会激发出不同的意义，这对挖掘和丰富王安忆的"心灵世界"自然意义非凡。相信终有一日，法语读者能够在"翻译之镜"里看到"上海—女性—写实"之外的王安忆形象。

　　随着译本的丰富，法国读者对王安忆的认知也在不断深入拓展，相信不久的将来，留存遗憾的译作——如《香港的情与爱》——也会迎来复

1　刘云虹、许钧：《文学翻译模式与中国文学对外译介：关于葛浩文的翻译》，《外国语》，2014 年第 3 期，第 12 页。

译的时刻。事实上，毕基耶出版社挑选作品的眼光是极为精准的。这部中篇虽不是王安忆的最佳代表作，却集中体现了她语言风格中异常稳定的特质——清丽自然，现代又传统。此番首次译介的憾事是亟待弥补的。从作家自身而论，这是典型的风格化佳作，但又不至流于极端的语言实验。从当代文学的创作主题而论，小说展示的"沪港双城记"背景亦是海内外华语作家钟爱的写作内容，它始终牵动着华人血脉里关乎流散、分离的隐秘心绪。

尽管如此，以毕基耶出版社为中心的法国译者们，自始至终都在以各自的方式谨小慎微地诠释着他们心中王安忆的文学形象和作品的审美格调。正是他们近二十年持续稳定的翻译工作，令王安忆在法国的翻译文学里占据了一方空间，拥有了部分读者，同时也让作家对其作品外译前景的认识有所改观。"菲利普·毕基埃是翻译出版我小说最多的海外公司，它给我一种信心，那就是我的写作有可能移植在另一个语言，进入另一个人群的阅读，在另一个空间传播。"[1]

1　纪晨辰：《新经典文化布局国际市场，中国作家要在普罗旺斯安家》（2016 年 4 月 30 日），引自搜狐网，2022 年 1 月 5 日查询。

第六章　法国评论界品读王安忆

一、 众声评说： 赞誉与商榷

　　法国学界对于中国当代文学的研究主要来自专事华语文学的汉学家、学者、译者、出版方以及主流报刊的文学专栏作家,此外近年部分华语文学专题网站上也不时出现不逊专业水准的意见争鸣。研究领域的批评多见于专题著作和学术刊物,但更多是来自译本出版时附带或发表的简短书评和报纸的专栏文章。法国评论界看待王安忆作品的视角比较多元化:大众阅读层面,从来不乏围绕作家生平和故事梗概的简短介绍;专业领域的研究多从文化语境、文化关系入手,既有关照文学史的宏观评述,也有深入文学文本的具体分析。在法语世界,对于王安忆及其作品的批评,活跃程度虽不及莫言、余华等"热门"中国作家,但主流媒体和学术界还是给予了相当的关注和比较客观公允的评价。纷纷评说中,清楚可见来自译者、译本等"先入之见"的影响印记,观点立场也基本沿袭了译序等副文本埋下的伏笔。

1. 上海女人写上海：他者想象的怀旧愁绪

> 上海生活是我唯一的写作资源……[1]
>
> 上海骨子里不是那么奢华，上海是很务实的一个地方。[2]

　　"受制于自己的'先见'甚至'偏见'，我们对他者的理解总是掺杂着自己的想象。"[3]上海，是法语世界读者走近王安忆最主要的认知视角，"上海女人写上海"是他们关于这位中国作家的最基本共识。如若说上海标签是由译介主体精心打造而成，那么真正将其传播开来的推手则无疑是大众媒体，当中尤以传统纸媒的影响力最为可观，各大主流报刊发表的评介文章每每论及王安忆多以"上海"为题。这在 2006 年法译本《长恨歌》问世之际最为多见，《读书》(Lire)、《费加罗报》(Le Figaro)、《解放报》(Libération)、《白夜》(Nuit Blanche)，先后刊载过专栏文章《上海的双重面孔》[4]、《40 年代的怀旧上海》[5]，访谈录《上海女士》[6]，以及文

1　王安忆：《王安忆说》，长沙：湖南文艺出版社，2003 年，第 232 页。

2　王安忆：《王安忆说》，《南方周末》，2001 年 7 月 12 日。

3　曹丹红、许钧：《关于中国文学对外译介的若干思考》，《小说评论》，2016 年第 1 期，第 57 页。

4　André Clavel, «Shanghai aux deux visages: Complainte subtile et mélancolique des destins parallèles d'une ville et d'une femme», Lire, 2006 - 05 - 01, p.76.

5　Astrid Eliard, «Nostalgie du Shanghaï des années 1940», Le Figaro, 2006 - 08 - 04, p.27.

6　Claire Devarrieux, «La dame de Shanghai: Une femme au fil du temps, par la romancière chinoise Wang Anyi», Libération, 2006 - 06 - 29.

坛快讯《王安忆：名唤"上海"的女人》[1]。

一如法国学者张寅德教授的观察，在中国文学域外传播的过程里，形象学与接受美学是"相辅相成"的关系，"因为重历史、重事件的接受行为，离不开长时段的形象力度作为阐释的基础"。[2]正是由于诸多译本的繁复铺陈、不断强化，法国媒体的评述不仅依然将"怀旧"作为行文题眼，聚焦作家关于上海往昔的描写，更在"代言人"的基础上给予王安忆"设计师"的角色。文学专栏记者安德烈·克拉韦尔（André Clavel）评论《长恨歌》之时，称小说家不啻为"城市绚烂景观的设计师"（une architecte des vertiges urbains）——一位赋予上海"两副面孔"（deux visages）的设计师。[3]在他的解读中，上世纪 40 年代是"黄金时代"（l'âge d'or），当时这座城市有着"王琦瑶璞玉般的迷人面孔"[4]。而故事的女主人公在三十年后的特大都市里沦为了"一道阴影"（elle n'est plus qu'une ombre）。因而，"怀旧"（nostalgique）与"愁绪"（mélancolique）才是作品的内在气质。"《长恨歌》是曲怀旧忧愁的悲歌，诉说着衰落城市和受伤女人的双重往事。"[5]就小说的核心艺术手法而言，这篇《上海的双重面孔：一座城和一个女人共同命运的凄婉悲歌》十分精准地捕捉到了城与人的镜像关系，言谈之间的情感天秤毫不避讳地倾向旧日时光。同期《费加罗报》的书评立场更为鲜明，直接以"40 年代的怀旧上海"为题，代指时间跨

1 «Wang Anyi, Une femme nommée Shanghai», *Nuit Blanche — magazine littéraire*, automne 2006，（N°104），p.70.
2 张寅德：《法国比较文学的中华视野》，《国际比较文学》，2019 年第 2 期，第 325 页。
3 André Clavel, «Shanghai aux deux visages：Complainte subtile et mélancolique des destins parallèles d'une ville et d'une femme», *Lire*, 2006 - 05 - 01, p.76.
4 *Ibid*.
5 *Ibid*.

度半个多世纪的长篇小说。专栏作者阿斯特丽·埃利亚尔(Astrid Eliard)开篇即直言故事的怀旧主题:"王安忆笔下 40 年代的上海,有着好似从王家卫电影里走出的女性角色,带着怀旧思绪,怀念绮梦笼罩的未知往昔。"[1]

上海故事同时也走进了法国社会学界的关注范畴。王安忆曾两次被载入如今辖属巴黎国立移民历史城(Musée nationale de l'histoire de l'immigration)的学刊《人类—移民》(*Hommes & Migrations*)。一是2006 年对《长恨歌》的品评,二是 2013 年对法译散文集《寻找上海》的推介。两篇文章均出自历史学者阿尔祖纳·穆斯塔法(Harzoune Mustapha)的手笔,他对小说基调的把握与文学界的观点并无二致。"《长恨歌》的标记是怀旧和愁绪"[2],中国作品里富含的社会信息才是其真正旨趣所在,即文中所谓"异域风情的味道和色彩"(aux senteurs et aux couleurs exotiques)。历史学者或社会学家观看文学,着眼点自然是文本的社会价值和现实参考,这也解释了文章作者将王安忆与池莉并置讨论的原因。在穆斯塔法眼中,烟火蒸腾的《生活秀》与王安忆的散文,则近乎武汉和上海两座城市的导览指南。"若想深入了解上海,大可追随王安忆信步游览",去感受她笔下"上海人的面孔、气味、街区、语言和传奇"[3]。

---

1 Astrid Eliard,«Nostalgie du Shanghai des années 1940»,*Le Figaro*,2006 - 08 - 04,p.27.

2 Harzoune Mustapha,«Le chant des regrets éternels Wang Anyi, traduit du chinois par Yvonne André et Stéphane Lévêque éditions Philippe Picquier, 2006;Terre des oublis Duong Thu Huong traduit du vietnamien par Phan Huy Duong éditions Sabine Wespieser, 2006»,*Hommes & Migrations*, 2006,(n°1263),p.155.

3 Harzoune Mustapha,«Stéphane Fière, Double bonheur;Wang Anyi, À la recherche de Shanghai et Chi Li, Le Show de la vie»,*Hommes & Migrations*, 2013,(n°1291),p.161.

　　在王安忆身上，上海的标签总是与怀旧情绪相连，二者如影随形、须臾不离，个中缘由多是《长恨歌》精彩的第一部使然。以上观点无一不是在诠释和再现这种深入人心的成见。纵然作家多次表示自己"无'旧'可怀"[1]，奈何殖民视角下的老上海实在是东方主义的完美载体。事实上，这座城市——不论"新"与"旧"——在作家诗情的叙述里，世俗人间的表层之下亦掩藏着凛冽的务实面容。《快报》是众多媒体中少数洞悉到这条"潜流"的观察者。在其 2011 年登载的文章《当上海启发作家》[2]中，作者玛丽安娜·帕约（Marianne Payot）评道："在她（王安忆）尖刻的笔端和敏锐的目光下，上海丝毫没有二三十年代的怀旧气韵，霓虹背后是水泥堆砌的牢笼。"[3]文章与众不同的论调实际是在与雅克·博杜安（Jacques Baudouin）[4]同主题作品的对比中得出的。这位生前供职于政界和新闻界的通俗文学作家在两卷本小说《上海俱乐部》（Shanghai Club）里贡献了大量描绘"东方明珠"（la Perle de l'Orient）、"亚洲芝加哥"（la Chicago de l'Asie）的生动文字，英国商人、法国领事、传教士、修女、淘金客等形形色色的人物在博杜安塑造的"国际都会"（ville du monde）和"异教城市"（ville païenne）里往来穿梭——一派洋溢着世界主义气质和冒险精神的殖民地风光。现实中，博杜安却从未踏上这片他心驰神往的土地。玛丽安娜·帕约敏锐指出，王安忆的找寻转变了基调（changement de ton）。

1　"其实我在写作时根本没有什么怀旧感，因为我无'旧'可怀。"王安忆、徐春萍：《我眼中的历史是日常的》，《文学报》，2000 年 10 月 26 日。

2　Marianne Payot，«Quand Shanghai inspire les écrivains»，L'Express，2011‑04‑12.

3　Ibid.

4　雅克·博杜安：(Jacques Baudouin)1950 年生人。作品灵感多源于 18 世纪至 20 世纪初叶的中国，著有《禁宫神父：一个意大利乐师和三个大清皇帝》（Le Mandarin blanc：高临译，中国文学出版社，2001 年)、《上海俱乐部》（Shanghai Club. éd. Robert Laffont 2011）等。

这位"时年 57 岁的上海女人,性格坚韧,直言不讳"[1],她笔下的上海褪去了想象的光晕——"再无幻影"(aucun fantasme non plus),有着现实的自相矛盾之处——"摩天大楼、殖民建筑与棚屋陋室并存"[2];参照物也不再是西方的现代化城市,而是"气象庄严的千年皇城北京"(Pékin, la majestueuse cité impériale au passé millénaire)。

可以说,《当上海启发作家》在法国众声喧哗的媒体评论中实属少有的异见之声,它没有一味沉溺在"怀旧"的滥调里解读王安忆书写上海的创作行为,反而强调了文字间祛魅除幻的效力。在中国语境里,如果说"怀旧"之于上海有着现实的经济效应考虑;那么,它在法国视域内则主要是东方主义的"遗产"。王安忆的写作主题和特定作品——或者说部分作品的特定内容——刚好为其想象他者、投射自我提供了合适的载体。况且,单纯的"怀旧"或"愁绪"远远无法涵盖上海在作家文学世界里的蕴含和容量,至多不过为域外的大众读者提供了一个走近王安忆的契机。

2. 温和的女性书写者:女性文学的非典型异数

我的写作还是从文学出发的,不是那么自觉地从女性主义出发的。[3]

法译本对王安忆女性写作特质的审慎诠释,同样在接受环节引发了

---

1 Marianne Payot,«Quand Shanghai inspire les écrivains»,*L'Express*,2011 - 04 - 12.

2 *Ibid*.

3 王安忆、吕频:《王安忆:为审美而关注女性》,《中国妇女报》,2003 年 1 月 6 日。

回应。不同于耳熟能详的上海主题，女性维度的分析主要来自专业的研究领域，成果也多出自女性学人之手。其中，华裔学者金丝燕和布丽吉特·迪藏的著述比较具有代表性。尽管所论作品各异，时空界限不同，但两人都不约而同地将王安忆某一时段的写作纳入中国女性文学史进行考量。前者择取《逐鹿中街》来说明作家 80 年代以来在女性写作群体里的特殊性，后者着眼于作家笔下塑造的上海女性群像。

金丝燕女士是法国当今知名的比较文学研究者，在诗学和女性文学领域的学术成就有目共睹。《神州展望》学刊（*Perspectives Chinoises*）2002 年登载了她的长篇评论《当今中国的女性文学》（La littérature féminine dans la Chine d'aujourd'hui）[1]。文章将从新文化运动到新世纪初的中国女性文学归纳为"妇女权"（droits de la femme）、"女性与革命"（femme et révolution）、"女性与男性"（femme et homme）三大主题，认为这一类型的文学先后经历了四个时期：第一时期（1917 年至 1927 年）、第二时期（20 年代末至 40 年代）、第三时期（50 年代至 70 年代）、第四时期（1978 年以降）。与此同时，评论者以"我"的主体性为切入点和线索分析各个阶段女性创作的不同情态。据此而言，中国女作家近一个世纪的文学写作整体走过了如下历程：先是浪漫式的"第一人称叙事"涌现，之后革命话语介入，令主观的"我"让位并统一为"复数的'我们'"，继而女性话语被"强大的革命和声'我们'"淹没陷入沉寂，如今则又迎来了"我"的主体性复兴。[2]

金丝燕以 1988 年发表的短篇小说《逐鹿中街》为例，将作家归入以"女性主体苏醒"为特征的第四时期。然而，王安忆较之同期其他女作家

1　Jin Siyan, «La littérature féminine dans la Chine d'aujourd'hui», *Perspectives Chinoises*, 2002, (n°74), pp.44 - 54.

2　*Ibid.*

而言,不论是她,还是她的女主人公们,性别立场都欠缺典型性。她们既不似金丝燕眼中主动"中性化"和"雄性化"的"女英雄""女超人",又不甚符合陈思和所言的"花木兰式境遇"[1],她的小说世界里从未有哪个女子"化妆为超越性别的'人'"[2]。一贯"为审美而关注女性"的作家又怎么会抹杀人物身上的性别特质呢? 尽管她笔下时常出现精神境界可堪与男子匹敌,甚至胜过须眉的女人,她们虽非罗袖半掩的传统形象,但绝不至滑入福楼拜所谓雌雄同体的"第三性"范畴。王安忆的女性书写是介于传统与非传统之间的异数,难以用理论或体系相框限。正因如此,金丝燕并未把界定张洁、张抗抗、张辛欣、谌容等人"女性独立""追求平等"的评价给予《逐鹿中街》的作者,转而突出女性在现实层面的妥协。"追求独立的女性意识并不总会赢得胜利,相反她不得不屈从于(埋葬在)另外两种角色——母亲和妻子。"[3]在非典型的特性之外,作家 80 年代的女性主题作品基本符合文章对这一时期中国女性文学主要特征的判断,即"我"的主体性取决于历史、记忆和时间。如果说王安忆的女性书写有别常态,其中根由绝不是狭隘浅显的性别观念,而是源于她对文学与历史、虚构与记忆等问题的独特认知,这才是奠定作家艺术特性的审美基石。

　　布丽吉特·迪藏[4]是欧美著名的独立学者和翻译家,通晓包括汉

1　陈思和主编:《中国当代文学史教程》,上海:复旦大学出版社,1999 年,第350 页。

2　同上注。

3　Jin Siyan,《La littérature féminine dans la Chine d'aujourd'hui》, *Perspectives Chinoises*, 2002,(n°74),p.50.

4　Brigitte Duzan:富布赖特奖金获得者,先后求学于巴黎高等商学院(HEC)、美国弗莱彻法律外交学院(Fletcher School of Law and Diplomacy)、巴黎东方语言文化学院(Inalco)等多家学府和研究机构攻读专业学位。

语在内的多门外语,拥有专业的汉学教育背景,常年从事中国文学的翻译和研究工作,一直致力于华语文学的普及和推广事业,一手创建了两个专事中国文化的法文专题网站:当代华文中短篇小说(以下简称"华文小说网")和华语电影。[1]前者介绍了五四时期以来三百余位中文作家的创作情况,内容十分详尽,图文并茂,成立以来一直深受法语地区中国文化爱好者的欢迎。迪藏女士近年的研究方向包括当代华语作家和华语小说、改编自文学作品的华语电影,以及中国女性文学。王安忆正是其始终予以关注的创作者。2010 年至今,她以 7 篇独立长文[2]系统全面地叙述了作家生平经历和写作生涯,评介内容不但囊括了已有法文译本的全部作品,更兼涉多部尚未翻译的重要作品[3]。在《小说家王安忆讲述今昔上海女性》一文中,迪藏指出上海女性构成了作家的"宝贵主题"[4]。之所以宝贵,是因为王安忆描绘的女性处境既不同以往,又区别今天。

自白话文成为文学语言以来,上海地界走出过众多杰出的女性作家,她们塑造的女性人物更是现当代文学史里熠熠生辉的存在。迪藏十分认同王安忆 2011 年 6 月在巴黎中国文化中心的主题谈话,在自己的文章中沿用了作家的分析思路,以丁玲、张爱玲、茹志鹃、棉棉四人描写

1　参见当代华文中短篇小说网和华语电影网。

2　《王安忆介绍》(2010 年)、《王安忆:我不像张爱玲》(2010 年翻译)、《小说家王安忆讲述今昔上海女性》(2011 年)、《〈匿名〉:王安忆将小说推向抽象》(2015 年)、《王安忆之中短篇小说》(2018 年)、《桃之夭夭》(2018 年)、《〈叔叔的故事〉:王安忆 89 之后力作》(2021 年)。

3　这部分作品包括小说《小鲍庄》《米尼》《流逝》《弟兄们》《启蒙时代》《天香》《匿名》等,另有非虚构作品《今夜星光灿烂》和《众声喧哗》。

4　Brigitte Duzan, « La femme à Shanghai hier et aujourd'hui contée par la romancière Wang Anyi » (2011 - 06 - 29).引自当代华文中短篇小说网,2022 年 1 月 5 日查询。

沪上生活的四部小说——《庆云里的一间小屋》《封锁》《春暖时节》《啦啦啦》——展示"20 至 90 年代上海四个时期、近七十年的动荡历史",认为这四个故事恰好组成了一段历史进程,诉说出"上海女性生存状态的演变"。[1]而在王安忆的虚构世界里,以上四个时期均对应有令人难以忘怀的小说人物:她写过周旋洋场的沪上女郎,讲过上山下乡的弄堂女儿,描绘过挣扎在庸常生活里的平民主妇,也讲述过"外来妹"都市漂泊的坎坷心曲⋯⋯几乎凭一己之力绘就了上海女性的百年生存长卷。评论家从中看到,王安忆的讲述,与众不同之处在于她往往会给故事留下开放空间[2],让主人公及其身后事在读者的想象中继续上演。据其为作家写作分期的情况来看[3],迪藏无疑格外重视作家对上海和上海女性的书写,否则也不会以此代指其 90 年代的全部创作内容。在她看来,王安忆笔下的女性境遇实则象征着上海本身的处境。女人们在求生存、谋发展的过程中,或可获得部分自由,短暂从日常琐事中脱身,但终究还要面对其他问题。上海亦是如此。景观式的巨变繁荣并不等同于城中的日常生活,总会出现文化、情感乃至精神的困境。

　　王安忆从不会将女性人物的命运推向退无可退的极端,更不会迫使她们像张爱玲笔下的"孤岛女性"那样孤注一掷地奋起一搏。她从来都会为深陷绝境的女人留有一线生机,似是走投无路,却峰回路转般"又能

1　Brigitte Duzan, «La femme à Shanghai hier et aujourd'hui contée par la romancière Wang Anyi»(2011‑06‑29).引自当代华文中短篇小说网,2022 年 1 月 5 日查询。

2　*Ibid*.

3　参见 Brigitte Duzan, «Présentation (Wang Anyi)»(2019‑09‑01).引自当代华文中短篇小说网,2022 年 1 月 6 日查询。Brigitte Duzan 在《王安忆介绍》一文中提出了作家写作生涯经历的三个时期:
1. 80 年代:从回忆过去到情感倾诉;2. 90 年代:书写上海和上海女性;
3. 2010 年前后:新转折时期。

走出一条生路"[1]；她也会触及"两性战争"的主题，可克制隐秘的笔法往往将情节拉回常态的世俗生活。她对女性生存之艰和坚忍耐力的书写，从来都怀着人道主义的审美情怀，其文字底色是温和的，与强调抗争的女性主义（或女权主义）姿态相去甚远。值得称道的是，法国学人虽然延续了译介主体的女性主义阐释话语，却另辟蹊径，并未停留在"突破禁忌"的先驱层面。毕竟性题材作品在诞生过放荡主义（libertinage）、萨德主义（sadisme）的法国文学场内早就司空见惯、难觅新意，况且作家对女性的诠释远不是性问题可以涵盖的。学术界的评析似是削弱了王安忆身上为法译本凸显的先锋属性，实则却揭示出她厚重的文学分量——看似写女人，实则写城市、写人的共通处境；说寻常家话，道出的却是动荡波折的大历史。

3. 中西文学传统之间：不拘一格的现实主义者

> 我是一个比较严格的写实主义者……[2]

文学是个人心灵的景观，将记载历史的重任加给它，恐怕会让人失望。[3]

2006 年法译本《长恨歌》出版之时，大众媒体给予了最及时的反馈和推介，报界专栏作家不约而同地提到王安忆与欧洲现实主义文学巨匠的相似属性和深厚渊源。同年 5 月，《读书》率先发声称赞作家出众的心理描写功力："王安忆近似狄更斯和老舍的风格。文风精雕细琢，以惊人

1　王安忆、王雪瑛：《〈长恨歌〉，不是怀旧》，《新民晚报》，2000 年 10 月 8 日。

2　王安忆、徐健：《我是一个比较严格的写实主义者》，《文艺报》，2013 年 4 月 1 日。

3　王安忆、郑逸文：《作家的压力和创作冲动》，《文汇报》，2002 年 7 月 20 日。

的巧妙笔法撕开内心世界。"[1] 随后,文学季刊《白夜》从小说的社会历史价值出发,也给出了相似评价:"作家运用狄更斯和老舍的手法为我们剖析时代。"[2]《费加罗报》的评介则拉近了中国女作家与法国经典文学的距离:"王安忆少年时期沉浸在巴尔扎克的时代。描绘女人和城市的长篇画卷中,也常见左拉和狄更斯的手法,每一章都自成一部小说。"[3] 报界援引的比较对象均系世界文学里丰碑式的经典现实主义作家,足见王安忆的作品有着法国读者眼中一目了然、熟稔于心的写实风格。今日法国公众对于现实主义的理解共识,事实上源自法兰西文学两个多世纪以来不断发展、演变的结果,是承载着历史积淀的美学观念。唯有厘清接受视域内的概念内涵,方能判断译语读者视王安忆为经典写实作家的缘由和初衷。

　　"现实主义"(réalisme)一词,"狭义上可溯至 19 世纪中叶的文学流派,广义则可代指呈现真切现实的创作意图,这也是该流派的核心理念"[4]。如今,它有着更宽泛的意义内涵:"文学领域一切忠实再现现实的作品都可称为现实主义,同样也适用于绘画或电影领域。"[5]

　　它最初在法国是作为批判浪漫主义的创作立场出现的,早在 1826 年《法国信使》(La Mercure de France)便提出了"真实的文学"(la

---

1　André Clavel,《Shanghai aux deux visages: Complainte subtile et mélancolique des destins parallèles d'une ville et d'une femme》, Lire, 2006 - 05 - 01, p.76.

2　《Wang Anyi: Une femme nommée Shanghai》, Nuit Blanche, Automne 2006,(N°104), p.70.

3　Astrid Eliard,《Nostalgie du Shanghai des années 1940》, Le Figaro, 2006 - 08 - 04, p.27.

4　Paul Aron(dir.), Le dictionnaire du littéraire, Paris: Presses Universitaires de France, 2010, p.637.

5　Ibid.

littérature du vrai)这一概念，三十年后《现实主义》(*Réalisme*)正式创刊，它力主写作者"不但要研究人，更要研究人的社会情态"[1]，这种"再现社会现实"的创作观诞生之初即与社会政治理想有着天然联系。这一时期的法国文学有着最为中国读者熟知的鸿篇巨制，如提出"镜子"说——"一部小说犹如一面在大街上走的镜子"[2]——的《红与黑》，社会实录《人间喜剧》，写实风格的巅峰《包法利夫人》，以及将写实推向极端的自然主义小说。及至19世纪晚期，龚古尔兄弟又提出"高雅的现实主义"(réalisme de l'élégance)，主张对现实的再现要避免"过于流俗"(trop populiste)的误区，强调借助"艺术般的写法"(l'écriture artiste)将风格融入对粗粝现实的描绘中。[3]20世纪出现的马克思主义文学流派和苏俄式的社会主义现实主义，都可视作19世纪法国文学思潮的衍生品。在法国文学的语境中，除文学史领域针对19世纪50年代前后的小说家研究，"评论界对现实主义概念的运用更为宽泛，可以形容所有具备同类特征的小说作品"[4]。

　　经历过20世纪初超现实主义者(surréalistes)的反叛和诘问之后，罗兰·巴特(Roland Barthes)以《真实的效果》(*L'effet de réel*)一文重新对现实主义进行了理论和文体层面的思考：文学文本不是纯粹的反映，而是以"具体细节"(détails concrets)呈现与现实的相似之处，细节才是产生似真审美效果的基础。[5]进入90年代后，社会学者皮埃尔·布尔迪厄借助《情感教育》(*L'Éducation sentimentale*)继续这一主题的探讨，他在《艺术的法则》里写道："'真实的效果'是文学虚构产生的一种极其特殊

1　Paul Aron(dir.)，*Le dictionnaire du littéraire*，Paris：Presses Universitaires de France，2010，p.637.

2　*Ibid.*

3　*Ibid.*，p.638.

4　*Ibid.*

5　Roland Barthes，«L'effet de réel»，*Communications*，1968，(11)，p.88.

的信仰,这种信仰是通过拒绝指向被意指的真实而产生的,而这种意指允许人们在拒绝了解真实情况的同时了解一切。"[1]简而言之,"文学作品只是以一种它并未真正说出的方式说话"[2],求真的现实主义文学无法(也不应)企图逾越虚构真实和客观真实的鸿沟。经过后现代思潮的诠释,如今现实主义的意涵更加泛化,可视为"寻求再现社会经济背景中人类生活的写作范式"[3]。

就法国文学传统中对"现实主义"的界定而言,不论是再现时代、反映现实的诉求,还是对以细节构筑真实感的坚持,抑或是逼真、似真而非真的美学理念,种种观点在王安忆的虚构世界和艺术审美中均有明显体现。诚如作家自己所言,她是"严格的写实主义者",更是继承了经典现实主义传统的写实作家。正因如此,法国评论界才会从社会历史价值和美学价值两个维度分析阐释王安忆虚构作品的写实"基因"。

(1)社会历史价值

2003 年,日内瓦大学东亚系研究中国的学者左飞(Nicolas Zufferey)在评议法译本《香港的情与爱》之时,就曾分析过当时法语世界大量译介中国当代文学的现象,他认为其中"关键在于中国文坛八九十年代的作品具有无可置疑的社会价值和文学价值"[4],同时也回应了华语作家荣膺

1　[法]皮埃尔·布尔迪厄:《艺术的法则——文学场的生成和结构(新修订本)》,刘晖译,北京:中央编译出版社,2011 年,第 30 页。

2　同上书:第 29 页。

3　Paul Aron(dir.), *Le dictionnaire du littéraire*, Paris: Presses Universitaires de France, 2010, p.639.

4　Nicolas Zufferey, « Les Lumières de Hong Kong et les brumes de la traduction: A propos des éditions françaises de deux romans chinois contemporains», *Perspectives Chinoises*, 2003, (n°75), p.64.

诺贝尔奖之后公众对于中国文学的期待。不可否认,在文学中寻找认知社会现实的"注脚",一直以来都是西方读者阅读中国作品的主要动机之一。时至今日,即便经过中、法几代学人互通有无、来往交流,精心打造的译作至少让非汉学领域的读者对中国当代文学的丰富内容有所认识,但由来已久的"观看"倾向在各个层面依旧拥有可观的受众。文学价值、社会价值,两种取向呈现"并驾齐驱"的态势。

　　著名汉学家、翻译家安妮·居里安 2010 年的文章《当复兴的中国文学传递历史》[1](*Quand la littérature renaissante chinoise véhicule l'histoire*)即是此视角下比较典型的阐释范例。她在新时期众多作家中选择了王安忆、陆文夫、冯骥才三人的三部作品《长恨歌》《美食家》《一百个人的十年》,以此观照三代人、三段历史和三个文化圈(上海、苏州、天津)。居里安称,中国文坛这一时期的繁荣景象为"废墟上的重建"(rebâtir sur des ruines),文学自此告别了"'英雄'时代"(la période des «héros»);[2]作家开始书写当代,将此前一贯专注当下的视角逐渐转向过往,去审视过往数十年的历史,此所谓"传递历史"(véhicule l'histoire)[3]。在她看来,王、陆、冯三人构建的时空关系一如加斯东·巴什拉(Gaston Bachelard)在《空间的诗意》(*La poétique de l'espace*)中所言,"是形象和记忆的统一,也是想象和回忆的混合"[4]。三个故事都在受损残破、考验生存的空间展开,时间多聚焦在动乱年代,均涉及对于集体和个人关系的思考。王写路,陆写食,冯写故事和文字的关联,内容迥异,但他们"再

1　Annie Curien,«Quand la littérature renaissante chinoise véhicule l'histoire».引自 OpenEdition 网,2022 年 1 月 6 日查询。

2　*Ibid*.

3　*Ibid*.

4　Gaston Bachelard, *La poétique de l'espace* , Paris: Presses Universitaires de France,1957,pp.32 – 33.

现过去"的手法却是相似的,都在"边回顾过去,边书写当下"[1],都擅长
"以古应今,以今寻古"[2]。文章认为,中国小说的这种特别叙述方式,其
根本成因在于中国人循环往复的时间观念和中文里时态模糊的语言特
质,故而"他们活在重叠的时间里"[3]。

　　"再现时代",尤其是"再现一去不返的幸福岁月",是居里安赋予《长
恨歌》的叙述核心。[4]在小说讲述的三段历史时期中,"民国上海"
(Shanghai sous la république)的时代图景尤为引人入胜。相对全凭想象
和虚构搭建的"盛丽的舞台",[5]作家自己和国内评论家们更认可小说第
二部分避难"邬桥"的描写。不论哪个时段,居里安都格外关注小说人物
对于不同年景的印象,"历史和主观感受相互渗透成就了小说的精华,使
其臻于完美"[6]。王安忆正是借此将被集体记忆尘封的"私家历史"写进
了遥不可及的大历史中。在"女人—城市"并置的评析角度之外,这篇文
章在中国式时间观的基础上提炼出小说三条并存的时间线索:编年体
叙述中的数十年、回忆中一去不返的往昔,以及当下时代。

　　"历史—记忆"的研究角度还出现在有关《桃之夭夭》的分析里。如
果说《长恨歌》的故事隐去了特殊十年,那么郁晓秋母女的故事则以互文
效应补充了王安忆对于这段光景的回忆。汉学家迪藏以为,这两部创作

1　Annie Curien,«Quand la littérature renaissante chinoise vehicule l'histoire».
　　引自 OpenEdition 网,2022 年 1 月 6 日查询。

2　*Ibid.*

3　*Ibid.*

4　*Ibid.*

5　王安忆、王雪瑛:《形象与思想——关于近期长篇小说创作的对话》,《文汇
　　报》,1995 年 7 月 2 日。

6　Annie Curien,«Quand la littérature renaissante chinoise vehicule l'histoire»,
　　op. cit.

时间相差近十年的小说共同构成了一道"上海画廊"[1]（une galerie de tableaux de la ville），故事是在"借回顾往昔以照亮现时"[2]。无独有偶，这一层面中法两国学界存在普遍的共识。批评家罗岗早年亦曾从此角度解读王安忆的文学价值："'恢复记忆'是作家创作的一种基本动力，书写是和'遗忘'在比赛，面对历史经验的流失，无奈中只能有一种努力，藉对破碎、片段经验的书写与记录来赓续那势必被湮没的文化记忆。"[3]另外，迪藏能够准确判断作家独特的历史观，看出她此段记忆不同于多数专注"苦难、分离、孤独、创伤和暴行"的宏大书写，[4]所持视角是"平和的"（vision apaisée）。"她的苦难是日常层面的，是弄堂小人物的寻常磨难，为生存而挣扎，日复一日。"[5]一语中的。王安忆眼中的历史正是日常的，"历史的面目不是由若干重大历史事件构成的，历史是日复一日、点点滴滴的生活演变"[6]。《桃之夭夭》在法国学者的眼中"远远超出了怀旧"（au delà de la nostalgie）的窠臼，实则是在"与过去告别"（adieu au passé）。[7]

　　法译本《叔叔的故事》虽出版较晚，但它在法国学术界一直颇受关注。一则，小说标志着作家独特叙事方式——"叙述体"的成熟；二则，比较敏感的创作时间提供了勾连现实的极大可能性。[8]毕竟王安忆在《近日

1　Brigitte Duzan，«La coquette de Shanghai»（2018‑01‑31）.引自当代华文中短篇小说网，2022 年 1 月 6 日查询。

2　*Ibid.*

3　罗岗：《寻找消失的记忆》，《当代作家评论》，1996 年第 5 期，第 54 页。

4　Brigitte Duzan，«La coquette de Shanghai»（2018‑01‑31），*op. cit.*

5　*Ibid.*

6　王安忆、徐春萍：《我眼中的历史是日常的》，《文学报》，2000 年 10 月 26 日。

7　Brigitte Duzan，«La coquette de Shanghai»（2018‑01‑31），*op. cit.*

8　"一九八九年七月到一九九〇年六月我一直封笔。《叔叔的故事》是此后的开笔……"王安忆：《王安忆说》，长沙：湖南文艺出版社，2003 年，第 43 页。

创作谈》中也坦言,当初写作动力就是出于"对一个时代的总结与检讨的企图"[1]。早在 2003 年——法国译界打造单行本译作初期——法国比较文学专家张寅德便在《20 世纪中文小说世界的现代性及身份认同》(*Le Monde romanesque chinois au XXᵉ siècle: modernités et identités*)一书中以"面临时代考验的作家"(L'écrivain à l'épreuve du temps)为题,对该作品进行了全面分析。文章认为,王安忆一代作家"大多会将个人命运与国家运势相连"[2],而《叔叔的故事》,其特殊性在于特定的发表时间展示出作家此前同意识形态和政治权力的关系。[3]文章作者看到,80 年代末中国作家群体面对市场经济和全球化产生的身份危机,使其无法自外于政治社会文化话语,他们只能不断调整自我定位去重建自由空间。王安忆采用父系称呼"叔叔",真实意图在于"集中展示一代作家的共同遭遇"[4]。这种从过往汲取素材的手法,使得作品呈现出模仿(mimétique)和自我辩护(auto-légitimant)的双重特质,也是在暗表创作者本身彷徨(leurs hésitations)、求索(leur quête)的心绪。[5]

(2) 美学价值

通过第五章的文本内部分析,清楚得见王安忆对叙事方式、小说语言的雕琢探索为翻译设置了重重障碍,幸得诸位译者严谨审慎的"再创造",诸多法译本大都传袭再现了原著的整体风格特征。译者备尝艰辛的工作的确在接受过程中引发了回应,透过评论界的声音,可见法语读者当真注意到了作品在叙事和语言方面的审美造诣。

1　王安忆:《近日创作谈》,《文艺争鸣》,1992 年第 5 期,第 63 页。

2　Yinde Zhang, *Le Monde romanesque chinois au XXᵉ siècle: modernités et identités*, Paris: Honoré Champion, 2003, p.241.

3　*Ibid.*, p.242.

4　*Ibid.*

5　*Ibid.*

叙事美学

在法国学界,张寅德教授是注意到王安忆独特叙事审美的第一人。他选择的切入点也十分精准,正是作家暂离"客观叙述"开始"主观叙述"的拐点——《叔叔的故事》。[1]小说在作者心中的分量更是特殊:"它积累了我的许多情感,我特别强调它是被我叙述出来的。我很满意这篇小说。"[2]在这部作品里,王安忆实则突破了传统现实主义"性格决定论"的窠臼,"叔叔"等人物不再按照既定的性格逻辑自行发展,他们的性格乃至命运全然听凭作者一支笔主观叙述的安排。在当年的创作语境中,这部中篇更可谓作家"开始主观叙述策略后所写小说最好的一篇"[3]。《面临时代考验的作家》一文,主要从"复调结构"(une structure polyphonique)和"变体虚构"(une écriture métafictionnelle)两个角度分析了王安忆体现的叙事美学。以巴赫金(Michael Bakhtin)诠释陀思妥耶夫斯(Dostoevsky)的"多人称叙事"理论解读"看着苏俄文学长大的"[4]作家,不可谓不是批评家和作者之间难得的共情默契。所谓"变体虚构",意指"历史讲述"(l'histoire racontée)和"叙述行为"(l'actif narratif)的结合,它赋予作家极大的自由发挥空间——"可以就叔叔平生的同一时段展开'视角'不同的重复叙事"[5]。这种多个故事版本并存的客观效果只能是"皆不可信,彼此消解"[6],故而文章称"不断的重复叙事出人意料地产生了消解和弥平效应"[7]。

1　"以前是客观叙述,《叔叔的故事》是主观叙述。"王安忆:《王安忆说》,长沙:湖南文艺出版社,2003 年,第 29 页。
2　同上注。
3　同上书:第 43 页。
4　王安忆:《王安忆说》,《南方周末》,2001 年 7 月 12 日。
5　Yinde Zhang, *Le Monde romanesque chinois au XXe siècle: modernités et identités*, Paris: Honoré Champion, 2003, p.243.
6　*Ibid.*
7　*Ibid.*

这与中国学界的观点不谋而合,沪上文艺评论家李子云当年也曾就小说的"自我解构"的结构方式予以品评,她的观点着眼于作家"对自己写下的故事提出质疑和否定"。[1]但法国学者并未停留在故事的表层,而是纵深式地走进作家的"心灵世界"。诸如切换人称、纠葛现实与想象等叙事技巧,直观而言是"消解了作家的光辉形象",更是从根本上"否认了文学依附于意识形态的说法"。[2]可以说,法国汉学界对小说的阐释不仅是对国内评论界看法的积极回应,更是精神维度的延伸。

此外有关作家叙事特点的探讨则主要围绕《长恨歌》展开,研究界曾以"闭环叙事"相喻。安妮·居里安指出,在小说四十余载的线性叙事结构里有序篇(introduction)、有尾声(dénouement),首尾相应,末了则是"长音拖拍式"(une sorte de point d'orgue final)的结局,一旦女主人公的隐秘被公之于众,"叙述环就闭合了"(la boucle du récit est bouclé)。[3]

语言美学

法国学界和媒体对王安忆文学语言的探讨主要集中在《锦绣谷之恋》《长恨歌》和《桃之夭夭》二部作品上。它们恰好代表了作家探索小说语言的三个阶段:庐山恋曲完全是内心独白筑就的典型叙述体;[4]王琦瑶的人生虽以冷静客观的第三人称道出,文辞却华丽绵密;待至郁晓秋

1　李子云、陈惠芬:《上海小说创作五十年》,《当代作家评论》,1993 年第 3 期,第 116 页。

2　Yinde Zhang, *Le Monde romanesque chinois au XXe siècle: modernités et identités*, Paris: Honoré Champion, 2003, p.243.

3　Annie Curien, «Quand la littérature renaissante chinoise véhicule l'histoire». 引自 OpenEdition 网,2022 年 1 月 6 日查询。

4　"这'三恋'中,我充分体现了三种绝对:《荒山之恋》以'漏斗型'结构说话;《小城之恋》是一种密不透风的叙述;《锦绣谷之恋》就完全是女主角的内心独白。"王安忆:《王安忆说》,长沙:湖南文艺出版社,2003 年,第 37 页。

的故事，文字又归于平和冲淡，洗尽先前夸张矫饰的风格。[1] 法语世界的评析重点可以用"诗情画意"或"诗画兼备"相概括。

所谓"诗情"，尤指小说呈现的古典韵味。安妮·居里安，这位笔耕不辍的翻译家对现当代中国文学的小说语言始终持谨慎的保留态度，称现代汉语（或白话）由于步入文坛以来遭到的种种"强大阻力"（de puissants obstacles）[2]，难以成熟到作为文学语言的程度，故而新世纪前后的小说"着实不易找到真正新颖的表达手法"[3]。然而，她却对王安忆的文字另眼相看，给予了极高赞誉："中国式的思考境界和语言品级允当而有诗意，诗歌里倒是常见，作为小说语言却很新颖……"[4] "就笔调而论，小说家向古往文化借鉴了大量有力、有效、有意蕴的要素。"[5] 有象征城市遗产的弄堂，更有借用白居易诗篇的悲凉文题——长恨一曲，徒留千古之谜。"这种借鉴，极尽华丽之外，更平添一缕情爱愁思和悲剧气息。"[6] 一言以蔽之，从古典中汲取滋养才是翻译家眼里中式审美的源头活水。这一判断非常精准。中国古典文学在《长恨歌》作者心中有如"神祇"般的存在："古典文学于我是永远的欣赏，我完全放弃我的怀疑和判断，以一种盲目，迷信，甚至信仰去读它们，它们对我有一种祖先的意味，

1　"《长恨歌》以后呢，我被另外一种语言的意境吸引——简明如话，特别单纯的意境。"王安忆：《王安忆说》，长沙：湖南文艺出版社，2003 年，第 253 页。

2　Annie Curien, «Quand la littérature renaissante chinoise véhicule l'histoire». 引自 OpenEdition 网，2022 年 1 月 6 日查询。

3　*Ibid.*

4　*Ibid.*

5　*Ibid.*

6　*Ibid.*

我别无选择,别无挑剔,我无条件地敬仰和爱它们。"[1]

学者兼译者迪藏对《桃之夭夭》语言特点的总结主要有三点:简洁、诗意和古韵。小说的标题和章节题目均取自古代文学,自是框架层面的古意体现。"小说铺排精妙:文风简练,全无造作之感;引古诗文,巧妙地推进着故事发展,毫无煽情闲笔;笔调既不失度,也不无情。"[2]更兼小说在结构和人物的设计上与《长恨歌》形成了互文效应,开端便与后者暗合——包含了《长恨歌》头两节的关键元素:弄堂、流言。[3]女主人公郁晓秋亦可视为"王琦瑶的变体"(un avatar de la Wang Qiyao),从而构成了"王安忆上海故事的另一篇"(un autre volet de l'histoire de Shanghai contée par Wang Anyi)。[4]迪藏看到作家描绘寻常磨难的口吻是平和而不露声色的,不着一丝夸张矫饰之风。[5]这一评断确有其合理性,作家以《长恨歌》将华丽、严密的风格推向极致,此后她的语言审美逐渐转向对冲淡意味的追求,故而才会在《小说的情节与语言》中以《棋王》诠释理想中的抽象化语言。[6]语言造诣精深的译者敏锐地感到王安忆语言实验的审美特质:"依然是现实风格,但文学词藻的运用使它超越了现实主义的寻常范畴。"[7]

---

1 王安忆:《接近世纪初——王安忆散文新作》,杭州:浙江文艺出版社,1998年,第 78 页。

2 Brigitte Duzan, «La coquette de Shanghai» (2018 - 01 - 31),引自当代华文中短篇小说网,2022 年 1 月 6 日查询。

3 *Ibid*.

4 *Ibid*.

5 *Ibid*.

6 王安忆:《心灵世界》,杭州:浙江文艺出版社,2020 年,第 234 页。

7 Brigitte Duzan, «La coquette de Shanghai»(2018 - 09 - 01),引自当代华文中短篇小说网,2022 年 1 月 6 日查询。

所谓"画意",意指小说细节描写呈现出的画面感与水墨境界。传统现实主义美学极其重视文学作品里的细节刻画,雅克·迪布瓦(Jacques Dubois)在《写实小说家——从巴尔扎克到西姆农》[1]一书中就曾给出"一切现实主义都起自细节主义"[2]的论断。他认为巴尔扎克以来,细节观念(la notion minime)便成为小说展现和走向具体真实的关键。"从叙述到描写,一切都只为细化、强化小说语言,引其进入特性或细部。"[3]作家们的具体操作因人而异、不一而足。不可否认的是,大量写实经典里多少都有一些看似出离叙事主线、孤立存在的繁复描写,冗长的内容间或给读者以"无甚意味"(insignifiance)之感。事实绝非如此,雅克·迪布瓦强调这种相对情节推进而言的"停顿、铺排的时刻"(temps d'arrêt et de dépliment),恰恰在人与物之间构成了互为索引、彼此定义的关系。[4]此时,我们便从"无甚意味"进入了"大有深意"(sursignifiance)的境界。故而,细节(détail)不可或缺,具有决定性意义,"是一切真实主义创作的首要信条"[5]。因为,"它总是或多或少地参与构建了影响、引导和决定人物走向的整体氛围,而人物自己却全然无感"[6]。理论家所言似乎字字句句都能作为王安忆描写手法的注脚,不论细绘城市以搭建"故事的一个舞台"[7],还是情随景异暗喻心理变化,

---

1　雅克·迪布瓦:比利时列日大学资深文学教授,专事 19 世纪至 20 世纪小说研究。

2　Jacques Dubois, *Les romanciers du réel — De Balzac à Simenon*, Paris: Seuil, 2000, p.88.

3　*Ibid.*

4　*Ibid.*, p.89.

5　*Ibid.*

6　Jacques Dubois, *Les romanciers du réel — De Balzac à Simenon*, Paris: Seuil, 2000, p.89.

7　王安忆:《王安忆说》,长沙:湖南文艺出版社,2003 年,第 232 页。

她在践行西方写实传统的同时，更赋予文字一种中式美，有时甚至带有禅宗意味。

最令法国评论界津津乐道的莫过于《长恨歌》开篇细密绵延的城市景观描写，文学季刊《白夜》对其中的画面感赞赏有加："没人会后悔打开《长恨歌》，前四节的描写有如身临其境。"[1]《世界报》的评论《"不夜城"》（La "ville insomniaque"）称小说行文"极其详晰"（très précise）、"分外雕琢"（très ciselée），城市图景最为摄人心魄，迷宫般铺排的街道，当中交织着气味、声音和光韵等多种感官描写。[2]《费加罗报》的文学专栏记者阿斯特丽·埃利亚尔（Astrid Eliard）直接将王安忆视作画家，慨叹道："就如中国画的画法，每处落笔都在既定构思内，王安忆的上海画作从弄堂起笔。"[3]。种种称赏并非过誉，可以说作家此刻是在将描写推向纯粹的极致，完全剔除了标准意义上的情节，整整四节都在勾勒城市轮廓，营造帷幕开启时的场面氛围。在作家细腻至极的笔触下，"上海不仅是小说的人物，更是一脉气息，可谓一城一世界"[4]。得益于王安忆驾驭细节的高超能力，环境描写具备了全新的欣赏性和庄严感，无形中消解了西方文学理论里诸如"中心与附属""一般与特殊"等二元式的惯常理念，气度意蕴更似中国古代的世情小说。同样的古典意蕴在小说第二章"邬桥"一节中显得更加醇厚，条条水道、重重桥洞、云雾缭绕的世外水乡全然一派

1 Yvon Poulin，《Wang Anyi：Le chant des regrets éternels》，*Nuit Blanche*，Hiver 2006 - 2007，（N°105），p.20.

2 Raphaëlle Rérolle，《La "ville insomniaque"》，*Le Monde*，2006 - 04 - 20，p.LIV4.

3 Astrid Eliard，《Nostalgie du Shanghai des années 1940》，*Le Figaro*，2006 - 08 - 04.

4 Raphaëlle Rérolle，《La "ville insomniaque"》，*Le Monde*，2006 - 04 - 20，p.LIV4.

水墨风范。因而，安妮·居里安才会觉出小说"绘画式的表达"，并援引程抱一(François Cheng)对中国传统绘画手法的解释去界定女主人公乘船赴邬桥一段，认为景致描写中遍布着"留白与点染""实与虚""明与暗"的技法。[1]

令法国汉学界深感画意灵动的作品还有《锦绣谷之恋》。《读书》的专栏作家安德烈·克拉韦尔(André Clavel)曾以"精巧"(une dentellière de la prose)相喻小说文风。他在《激情肇始》一文里写道："她(王安忆)的文字如书法般轻柔，如同中国传统绘画，人物似身处谜一般云雾缭绕的景致中。"[2]诚然，王安忆在这篇叙述先行的故事里，对景致风光和人物心曲的刻画从来不落重笔，看似"重峦叠嶂""九曲回肠"的反复描摹，实则写的都是女人内心激情迸发的短暂瞬间。但就是这稍纵即逝的一瞬，被作家融进山水之间，笔墨所及之处现实与想象已然被混沌浸染，彼此不分。

在一众称赏之中，当然也有负面的评论之声。这些意见主要集中在两点：风格矫饰和人物单薄。法译版《长恨歌》出版后，文学刊物《白夜》即在"虚构"专栏登载了书评。作者伊冯·普兰(Yvon Poulin)认为小说主题固然非常成功，但其他层面仍有欠缺之处。王安忆铺排华丽的风格令其产生了过犹不及之感："作者机敏的笔调和细腻的观察有时未免太过纤巧矫饰。"[3]这一观点从侧面印证了此前汉学家何碧玉有关作家文风构成一定接受障碍的分析。除此之外，"最遗憾的莫过于女主人公的塑

1　Annie Curie，《Quand la littérature renaissante chinoise véhicule l'historire》. 引自 OpenEdition 网，2022 年 1 月 6 日查询。

2　André Clavel，《Esquisse d'une passion amoureuse：Lors d'une escapade，une femme vit une relation extra-conjugale et s'affranchit des tabous》，*Lire*，2008 - 11 - 01，p.75.

3　Yvon Poulin，《Wang Anyi：Le chant des regrets éternels》，*Nuit Blanche*，Hiver 2006 - 2007，(N°105)，p.21.

造缺乏深度,情爱之外几乎毫无存在感。"[1]既然主流评论都将王安忆界定为写实派,那她笔下最经典的女主人公王琦瑶较之法国 19 世纪和 20 世纪现实主义作品又有何异同呢? 法国文学界很早就提出了"写实小说的细节主义与女性化之间关联性极强"[2]的问题,评论家纳奥米·斯格尔(Naomi Schor)的肯定意见则将其归纳为拥有积极效应的强大力量——"女性特质"(particuler féminin)。[3]这一时期虚构作品里的人物地位大为改观,"男人的小说前所未有地让位于女人和女性气质"[4]。于是就有了诸如韦萝妮克·格拉斯兰(Véronique Graslin)、绮尔维丝·马卡尔(Gervaise Macquart)、米歇尔·德·比尔娜(Michèle de Burne)、艾玛·包法利(Emma Bovary)、贝贝·董热(Bébé Donge)等众多无比熠熠生辉的女性人物。[5]相形之下,弄堂里走出的"上海三小姐"当真显得比较单薄,甚至连具体容貌都被作者作了模糊处理。纵然如此,《白夜》依然坚持以上缺欠瑕不掩瑜,并未损害小说整体的艺术品质,因为作家写出了"上海魂"(l'âme de Shanghai)。"王安忆无与伦比的天赋在于她写活了上海魂,上海成了小说中活生生的人物,这也弥补了些微缺陷。"[6]

1　Yvon Poulin, «Wang Anyi：Le chant des regrets éternels», *Nuit Blanche*, Hiver 2006 - 2007,（N°105）, p.21.

2　Jacques Dubois, *Les romanciers du réel — De Balzac à Simenon*, Paris：Seuil, 2000, p.90.

3　*Ibid.*

4　*Ibid.*

5　以上女主人公分别出自：巴尔扎克《乡村教士》、左拉《小酒店》、莫泊桑《我们的心》、福楼拜《包法利夫人》、乔治·西默农《关于贝贝·董热的真相》。

6　Yvon Poulin, «Wang Anyi：Le chant des regrets éternels», *Nuit Blanche*, Hiver 2006 - 2007,（N°105）, p.21.

二、 默契与龃龉： 法国评见与作家己见

2001 年法译版《上海宝贝》在法国出版。同样的上海写作背景，前辈王安忆对这位风头日盛的青年女作者一直持保守观点。2006 年接受台湾文学同行采访时，就曾直言不讳地评价道："她那个就不能算小说，只能算读物了。"[1] 王安忆所言并非苛责，因为纯虚构的创作者和"亲身下场"的讲述者，两者对文学、文字的理解有着天壤之别。王安忆对文学怀有高远而切实的审美追求，对小说的本质及其内在的核心问题均有自己的探索和思考。虽非专业理论家，但她作为创作者的主观体验无疑可以启发批评，之于译介行为的深意更是不可低估。所以，前节各部分的开端才会附上作家自身就相关主题的见解。可以看到，法语世界的品评与作家的自我解读既有默契点，也有龃龉处，因而有必要就其自我界定予以说明。毕竟，王安忆是害怕误解胜过批评的作家。

1. 去典型化与人物"大道"

法国评论界有关"人物单薄"的非议，恰好是进入作家自我界定的绝佳切入点，因为人物问题触及到了王安忆对小说这一文体的终极追求。"不要特殊环境特殊人物、不要材料太多、不要语言的风格化、不要独特性"[2]，这是她在《我的小说观》里提出的"四不原则"。王琦瑶的人物塑造

1　王安忆：《王安忆说》，长沙：湖南文艺出版社，2003 年，第 271 页。
2　王安忆：《漂泊的语言（王安忆自选集·第四卷）》，北京：作家出版社，1996年，第 331—332 页。

便是对这种"去典型化"理念的具体展示。她指代着一类人、一群人,不
是传统小说中独一无二的存在,所以作家才会在她登场之时屡屡以复数
相称,——诸如"一群王琦瑶""王琦瑶们""王琦瑶和王琦瑶"——这名字
统指一种"情态",即上海弄堂里的小女儿情态。[1]《长恨歌》中的她们只是
"城市的影子",因而都有着近似的面孔和命运。王安忆真正要写的是城
市的故事,而且"不是通过女人去写,而是直接表现"[2]。如此才有了小说
开端状物如写人、近乎一部短篇长度的纯粹描写。虽为"严格的写实主
义者",但她对现实传统中的"典型论"或"特殊论"却早有反思。在提出
"四不原则"之前,王安忆就曾借《形象与思想》表达过相关疑虑。"我们
以前的理论太强调人物,注重表现特殊环境中的特殊人物。我觉得这是
一种局限。"[3]把人物框定在逼仄的特殊场景里,迫使其做出与众不同的
独特行为,难免有"以点代面"之嫌,王安忆视其为"方便取巧的捷径",而
非刻画人物的"大道"。[4]以长篇而论,作家认为人物的"大道"在于思想,
不在特性,一定要靠思想支撑,因为"和思想相比性格是很狭隘的东西"[5]
。《巴黎圣母院》的吉普赛女郎和敲钟人,才是她心中完美的人物,他们
不但有时代的特征,更有超越时代的丰富内涵。[6]所以,王琦瑶永远不会
是专在"五点出门的侯爵夫人",她只会同时出现在上海弄堂的每扇门
后,在自己浮浮沉沉的际遇中诠释着城市无可阻挡的"衰落"命运,演绎

1　王安忆:《长恨歌(王安忆自选集·第六卷)》,北京:作家出版社,1996 年,第
　　20—23 页。

2　王安忆、齐红、林舟:《王安忆访谈》,《作家》,1995 年第 10 期,第 66—67 页。

3　王安忆:《王安忆说》,长沙:湖南文艺出版社,2003 年,第 87 页。

4　王安忆:《漂泊的语言(王安忆自选集·第四卷)》,北京:作家出版社,1996
　　年,第 331 页。

5　王安忆:《王安忆说》,第 87 页。

6　同上注。

着"大历史"中边角侧隅都容不下的"私家历史"。在时代风云随意拨弄个人命运之时，有的个体依然顽强、忠实地履行着自我意愿，王琦瑶们是在用生命诠释自我和命运的关系。如此而言，闺阁女儿的形象非但丝毫不单薄，反而沉郁厚重，身后留下的是一脉穿透时空的恒久意蕴。

2. 心灵世界与小说的"反真实"内核

这就涉及到创作层面的另一个重要问题，即文学与历史的关系。不单是《长恨歌》，王安忆的许多故事都有着跨越数个时期的线性叙事，直观上确给人以记录或见证时代之感，因而法国评论界以社会价值入手的解释行为也就不足为奇。但这是否意味着他们当真能在小说里洞悉到（部分）历史呢？回答此问，必须首先厘清所谓"历史"之于作家的意义。前文提到的"旗袍变列宁装"之喻，令我们对其历史观有了初步的形象认知。她拒绝大事件组成历史的刻板观念，认为历史实为点滴生活的演变，一切成为政治的事件都起自日常生活——"历史的变化都是日常生活里面的变化"[1]。所以她才会关注为时代洪流所遗忘的人、未被裹挟而去的人，只有"这么扎扎实实的、非常琐细日常的人生，才可能使他们的生活蒸腾出这样的奇光异色"[2]。如此说来，王安忆笔下岂不是埋伏着众多"真相"？可她自己的结论恰恰是否定的，抱着"记载历史"的期许去读小说，多会大失所望。[3]

这一判断放之作家本身的观念世界里，可从两个方面予以理解：其

1　王安忆：《王安忆说》，长沙：湖南文艺出版社，2003 年，第 233 页。

2　王安忆、钟红明：《探索城市变动的潜流》，《新民晚报》，2000 年 8 月 6 日。

3　"文学是个人心灵的景观，将记载历史的重任加给它，恐怕会让人失望。"王安忆、郑逸文：《作家的压力和创作冲动》，《文汇报》，2002 年第 20 期。

一,是文学生成的时间距离;其二,则是小说作为"心灵景观"的本质。

当年被《文汇报》记者问及可否有意让小说成为记录历史的载体,王安忆就给出了实质性的否定回答:"最好不要要求文学记载什么,尤其是这样近期和近距离的记载。"[1]换言之,一定的时间距离是文学生成的必要条件。即便是现实在文学中有所反映,也一定不是即时性的反馈。所以,作家呼吁应当放宽"现实"的尺度,"现实"不必然特指当下,她把"现实"的宽度界定为"最起码宽容到一百年间"[2]。

这尚是小说难以成为历史载体的表层缘由,根本原因在于小说的本质是"心灵世界",是作家个人心灵景象的主观表现。如果说这个精神世界与现实有关,那么它的"实"只限定在以现实生活为虚构材料和通行四海的语言层面。这种物质基础决定了小说世界与现实世界具有相似的表象,因而也就具有了"真实"的幻象。然而实际上,小说世界"自有其独立的逻辑、原则,源头和归宿,它的一切都是非现实性的,却是合理性的"[3]。简言之,二者"不能对应",心灵的世界是现实之外的另一个世界,"它具有不真实性"。[4]即便是把"求真"视为首要信条的写实美学,它构筑的"文学真实"与"客观真实"依然是泾渭分明、各自独立的存在,近似的外壳下包裹着迥异的内核。"现实主义青睐一切看似与生活本身最为接近的东西。"[5]王安忆再度与法语世界的理论见地达成了默契,她同样看到了写实主义者的共同特征——生性对生活外部的迷恋。其目的在于"要

1   "文学是个人心灵的景观,将记载历史的重任加给它,恐怕会让人失望。"王安忆、郑逸文:《作家的压力和创作冲动》,《文汇报》,2002 年第 20 期。

2   王安忆:《王安忆说》,长沙:湖南文艺出版社,2003 年,第 347 页。

3   同上书:第 290 页。

4   王安忆:《心灵世界》,杭州:浙江文艺出版社,2020 年,第 217 页。

5   Jacques Dubois, *Les romanciers du réel — De Balzac à Simenon*, Paris: Seuil, 2000, p.90.

把好看的东西都猎取过来做我的材料，创造我的主观世界"[1]。然而，作家期待的最终效果却是"写一个与你、我、他有着相似的表面却有着和你、我、他完全不相同的内容的人"[2]。

于王安忆而言，"反真实"的内核才是小说的内心，而这个内心"绝对不能写实，必须要有一个升华"。[3]故而，她天然地难以认同"比现实还现实"的创作行为（如"身体写作"现象），也曾不无遗憾地慨叹道："现在的小说太现实了，它始终不给你一个戏剧。"[4]王安忆多次在公开场合表达了对迟子建的赞赏。可以说，她在这位北国作家的故事里看到了期待已久的"戏剧"；与沉溺在摹写生活中的当代女作家不同，"她（迟子建）能够建设一个和现实生活不同的生活，这就是小说的生活"[5]。即便是最为中外评论界称道的市井生活描写，王安忆也坦言那是"已经审美化了的"[6]虚构产物。

可见，王安忆早就为小说卸下了传统意义上"记载历史的重任"，加之她又是十分忠于自我、"言行一致"的创作者，希图从她的虚构作品里找到历史发展或社会进程的残留真相，恐怕真的只能徒增失望。幸运的是，法国学界在这方面的研究并未全部与"观看先行"的大众舆论汇流，确有学者（如张寅德）洞悉到作家写实手法背后消解真相、消解历史的真正意图。

1　王安忆：《王安忆说》，长沙：湖南文艺出版社，2003 年，第 347 页。

2　同上书：第 348 页。

3　王安忆、吕频：《王安忆：为审美而关注女性》，《中国妇女报》，2003 年 1 月6 日。

4　王安忆：《王安忆说》，第 236 页。

5　同上书：第 283 页。

6　王安忆、吕频：《王安忆：为审美而关注女性》。

3. 上海与"无旧可怀"的书写者

对于最受法国评论界关注的主题"上海",在创作者心头却有着长久以来的无奈,这也是她被中外读者误解最深的地方。"现在大家说我时都被一个'上海'遮住了眼睛,唯一的参照就是上海,什么都是上海。"[1] 奈何《长恨歌》的巨大成功使得上海成了王安忆身上撕不去的标签,这标签还如影随形地与她一同走进法语世界,经过"翻译之镜"的折射,更变形为他者想象的"怀旧"载体。《长恨歌》40 年代的部分无疑是怀旧者最主要的立论点,但它却是彻头彻尾的虚构和假想的成果,作者自身"对那个时代一无感性的经验,就更谈不上有什么心理上的怀旧因素"[2]。她要写的是平淡里的磨难,是磨难里的坚韧,是"煎心日日复年年"的苦楚。"所以,《长恨歌》的确不是在单纯的怀旧情绪的推动下完成的,它的蕴含和容量也不是怀旧可以概括的。"[3] 所谓"民国上海",不过是为女主人公仅有的好日子,搭一台盛丽的布景。作为故事舞台的上海,与王安忆笔下的江淮农村和插队村镇并无实质区别,只是为情节展开裱上了似真的框架。"上海怎样并不能左右我的写作,我虽然写了上海,但我从来不以为我的写作是要反映某个地方,写作是虚构的工作。"[4] 事实上,她描绘乡村的作品数量绝不逊于城市题材。那为何评论界谈及王安忆,总是只见都市、不见乡土呢?王安忆认为这是潮流,尤其是消费潮流左右的结果。因为,她的上海书写早在《小鲍庄》时期就开始了,那时上海远未进入潮

---

1   王安忆:《王安忆说》,《南方周末》,2001 年 7 月 12 日。

2   王安忆、王雪瑛:《〈长恨歌〉,不是怀旧》,《新民晚报》,2000 年 10 月 8 日。

3   同上注。

4   王安忆:《王安忆说》,长沙:湖南文艺出版社,2003 年,第 251 页。

流的视线，所以无人提及。待至消费主义抬头，"最畸形发展的时候"（20世纪三四十年代）遂成了热门卖点，从而炮制出以"怀旧"为基调的"假想的文化"。[1]移至法语语境后，因其描写唤醒了接受视域里的殖民记忆，结果又被加上了一道"东方主义"的滤镜。

可以说，在"怀旧上海"的标签下，作品的原本风貌和作家的写作初衷遭受了多次变形。王安忆不但不会去顾怜往昔，她实则对以怀旧之名做着"上海梦"的人进行了冷酷讽刺。真正的"老上海遗魂"最后被现今粗鄙的模仿者扼死家中，这层"反上海梦"的意味却不约而同地被域外受众无视了。王安忆自然不会对作品译介和接受层面的误解一无所知，但大多时刻面对本土批评偏差都无能为力的原作者，又如何能对远在译语世界的阐释行为施加影响呢？她对"拉美文学大爆炸"的分析，或可侧面回应作家对误解的忧虑。在《充满梦幻的时代》中王安忆提出，拉美充满观赏性的现实主义作品自从被冠以"魔幻"一词后就起了变化：小说里的"生活，生态，生命，遭际，人"都脱离了现实土壤，成为"一桩审美的对象"，如此为之带来的严重后果就是"真实的拉丁美洲消失在审美，猎奇，观赏的活动后面"。[2]无独有偶，王安忆的上海主题小说不也遭遇过类似"连根拔起"的评介吗！那么，法语世界对其"观看—想象"式的解读是否也遮蔽、消散了作品内在及其外部语境的本初真实呢？这无疑是值得中外译界一同深思的问题。

4. 女性与无关主义的"唯美"书写者

在女性主题上，法国评论界的见地与作家的自我界定没有太大出

1　王安忆：《王安忆说》，长沙：湖南文艺出版社，2003 年，第 251 页。
2　同上书：第 314 页。

入,虽并未以"主义"之名强行释之,但分析思路和阐释话语却不乏女性主义色彩。纵然王安忆的小说里主人公多为女性,选择因由却非性别,而是出于纯粹的审美考虑。"小说对我而言就是艺术化,对象的审美性质决定了我写什么。"[1]"写什么,怎么写,只有一个理由:审美。"[2]为声明创作立场,王安忆曾在 2001 年和 2002 年连续发文——《我是女性主义者吗?》《王安忆:为审美而关注女性》——进行"自我辩护",集中表达了她当时对女性主义的见地。简而言之,她喜欢描写女人仅仅是觉得女性更有审美价值,相比男性显得"更为情感化、更为人性化"。

　　王安忆的出发点是审美,很少考虑社会意义。即使是屡屡被评论界解读为"女性主体意识苏醒"的《小城之恋》,作家也认为这部中篇的女主人公,不同于张贤亮笔下极富社会内涵的女人。"我则是把性爱当作目的来写,没有更多的社会含义。"[3]然而,社会意义却是女性主义和女权主义的典型诉求。据此而言,王安忆确实不符合女性主义创作者的标准。这些事关"主义"的概念和标准都形成于特定的西方语境,其话语背景往往并不符合中国女性或女性作家从前和今日的真实处境,甚至在一定历史时期内,中国女人面临的生存困境较西方更加严峻。如此一来,直接搬用舶来的理论体系去界定作家及其作品,就难免会出现偏差和误读。面对自己时不时就被归入女性写作行列的无奈境遇,王安忆同样将其归结为"潮流"——研究领域的潮流。"这是一种潮流,西方喜欢这样,这种潮流也影响到国内的学术界。"[4]这种批评理念传入后,"很多持女性主义

1　王安忆、刘金冬:《我是女性主义者吗?》,《钟山》,2001 年第 5 期,第 129 页。
2　王安忆、吕频:《王安忆:为审美而关注女性》,《中国妇女报》,2003 年 1 月 6 日。
3　王安忆:《王安忆说》,长沙:湖南文艺出版社,2003 年,第 42 页。
4　同上书:第 231 页。

观点的人往往不自觉地从西方的角度看中国"[1]。

　　抛开写作出发点,作家拒绝性别标签的深层顾虑是不愿被狭隘化。女性文体范围虽有限,但评价起来操作性强,王安忆称"可以把许多东西往里套"[2]。所以,她才会立场鲜明地否定这个定位:"我个人不赞同这个概念,因为它太小了,把很多问题狭隘化了。"[3]作家的顾虑不无道理。一切"标签"客观上都框限了创作主体的文学追求和作品的意义王国。有鉴于此,便有了王安忆在《中国妇女报》上的呼吁:"我身上有两个标签,一个是上海,一个是女性,这都是我不愿意的。标签把写作狭隘化了。"[4]试问,"上海"和"女性"当真能涵盖作家苦苦追寻的"大悲剧"[5]吗? 如若说在译介初期,标签是开拓销路的权宜之计;那么,处于接受一环的严肃批评理应跳出限制,或纠正偏见,或拓展意涵。很遗憾,后一种现象尚不多见于法国评论界针对王安忆的阐释。女性(主义)的标签目前依然是其作品译介和接受的重点之一。

　　倘若一定要在"唯美"之外,为王安忆关注女性的写作行为附加一个"主义",那也应当是更宽广的"人道主义"。这是因为,看着苏俄文学长大的王安忆一代作家,"内心都有一种热的东西,都有一种对大众的关怀的人道主义的东西"[6]。

　　如上所述,法国评论界对王安忆的解读更多呈现为应时的短评,

1　王安忆、刘金冬:《我是女性主义者吗?》,《钟山》,2001 年第 5 期,第 119 页。

2　王安忆:《王安忆说》,第 231 页。

3　同上注。

4　王安忆、吕频:《王安忆:为审美而关注女性》,《中国妇女报》,2003 年 1 月 6 日。

5　"我觉得应该写大悲剧。"王安忆:《王安忆说》,第 38 页。

6　王安忆:《王安忆说》,《南方周末》,2001 年 7 月 12 日。

新译作出版之时往往也是媒体评介涌现之际。相形之下,学术领域的研究体量明显式微。其中虽不乏多视角分析,但系统性不强,更无"追踪式"的长线研究,零星观点大多散落在主题更宽泛的文章和著作中,尚无围绕作家的专题研究。可以说是,但见局部、不见整体。那么这部分已有的阐释论见放之更广阔的欧美汉学领域,又当何论呢?

相对海外研究王安忆的重镇——英美汉学界,就治学的广度和深度而言,虽然法国学者的译介成就近年呈异军突起之势,但学术成果仍与英语世界的东亚系同仁存在不小的差距。差距出现的重要成因,除为数可观的英译本之外,莫过于美、英两国拥有更多杰出的华人研究者。毕竟,母语背景下的文化直觉是后天无法习得的审美优势,这在前文华裔学者张寅德的著述里就可见一斑。正因如此,我们从他们的论述中读到了王安忆作为创作者的更多侧面和独特意涵。

英美学者最初的研究便舍弃了以"主义"出发的话语程式。有别于以现实主义、浪漫主义为主要批评视角的大陆学者,李欧梵在《当代中国文化的现代性和后现代性》中揭出王安忆与同期台湾女作家朱天心一样怀有"世纪末"愁绪,具备标准的后现代特征。在前两节的剖析中,也的确可见作家与法国后现代文论的相通之处,尤其是对于虚构真实的理解。

事实上,即便面对相同的主题,英美一系和法国评论界的观点也有明显出入。以最典型的"上海主题"为例,法语世界仍未摆脱东方主义想象他者的倾向,英美研究者却将其放入中华文脉里予以品评。在有关后现代性的讨论之后,李欧梵又撰文在地域文化层面探讨王安忆与海派文化、海派文学的关系,以及作品所呈现出的海派风貌。在这一维度中,王德威则是给予王安忆"海派传人"称誉的第一人。这位继夏志清之后全美最负盛名的华语文学研究者,在引发轰动的《海派作家又见传人》一文里,将王安忆对上海的书写置于清末民初以来海派文学的历时性发展中去考量,他看到无论是作家笔下瑰丽浮华的都市景致,还是平凡流俗的市井生活,处处都显露着海派作品特有的精致底色。文章几经刊印,对国内文学界的影响有目共睹,王安忆作为"新海派"代言人的形象也愈发深入人心。法国汉学界之所以没有对作家以"海派"相喻,应当有其本身的学统考虑。"海派"一说在法国的学术语境中,尤指上世纪 30 年代以穆时英、刘呐鸥、施蛰存三人为代表的现代主义实验性创作,如今已经浓缩为一个历史性概念。"它并不确指某个作家或某个创作团体,仅为既定时代中的特定写作经验。"[1]倘若以此标准衡量,那么王安忆的上海书写确实与这一称谓难以贴合,想来她自己抗拒"海派"的姿态与此也不无关联。观点相悖之处,何尝又不是争鸣的多发地? 相信,未来中西学术界围绕作家与上海(或"海派")依然有说不完、道不尽的话。还要指出,王德威对作家的跟踪评析从未停滞,他先后围绕《上种红菱下种藕》《香港的情与爱》等小说展开评述[2],探讨作家笔下的新写实主义技巧和刻画想象世界的强大虚构能力。

　　两位前辈之后,以张旭东为代表的大陆旅美批评家也展示出更宽阔的研究视角。同样的"怀旧主题",在他们眼中,非但不带一丝一毫的殖民主义遗风,反而看出作家身上从未被全球化和大众文化浪潮裹挟的精

1　李澜雪:《海派小说在法国》,《外语教学理论与实践》,2022 年第 1 期,第 157 页。

2　分别见于:
　　王德威:《前青春期的文明小史》,《读书》,2002 年第 6 期,第 45—48 页。
　　王德威:《香港情与爱——回归后的小说叙事与欲望》,《当代作家评论》,2003 年第 5 期,第 91—99 页。

英知识分子立场[1],强调对城市日常生活的具体研究能够起到"祛魅"作用,有助消解上海背后的"神话"叙事色彩,从而回归重现历史经验中的个人记忆和丰富感受[2]。类似的解构视角和对作家精神危机的认识,法国学者中也唯有张寅德教授在论及《叔叔的故事》时有所剖析。难得的是,张旭东还曾与王安忆合著《对话启蒙时代》探讨启蒙主题。这种对话模式在中国作家与域外研究者的交流中并不常见,法语世界中即便是译介最为成功的几位当代作家(如余华、莫言、阎连科),也不见有此情况出现。王斑,同样是不容忽视的批评者,其最初关于王安忆的研究见于2002年《杜克大学东亚文化批评》上探讨《长恨歌》中怀旧、商品、时间主题的文章[3]。两年后,他又在专著《历史的启示》中为王安忆单设一节"王安忆小说中的时间、记忆与神话"(Temporality, Memory, and Myth in An-yi Wang's Fiction),以此讨论后革命时代的创伤和历史建构主题(Post-revolutionary Trauma and The Construction of History)。[4]

　　女性主题方面,英美汉学界的研究思路倒是与法国学者金丝燕等人采取的视角和方法比较接近。刘禾、王玲珍两位学者在这一领域的研究比较具有代表性,她们将王安忆与秋瑾、丁玲、冰心一起探讨,着重分析

1　Zhang Xudong, «Shanghai Nostalgia: Post-revolutionary Allegories in An-yi Wang's Literary Production in the 1990s», *Positions: East Asia Cultures Critique*, 2000, (2), pp.349 – 387.

2　Zhang Xudong, «Shanghai Image: Critical Iconography, Minor Literature, and the Un-Making of a Modern Chinese Mythology», *New Literary History*, 2002, (1), pp.137 – 167.

3　Wang Ban, «Love at Last Sight: Nostalgia, Commodity, and Temporality in An-yi Wang's Song of Unending Sorrow», *Positions: East Asia Cultures Critique*, 2002, (3), pp.669 – 694.

4　Wang Ban, «Illuminations from the Past: Trauma, Memory, and History in Modern China», Redwood City, CA: Stanford University Press, 2004.

历史进程中的女性命运和主体意识的觉醒。[1]

　　除上述学者之外，上世纪 90 年代至新世纪最初十年，英语世界又出现了 4 篇有关王安忆的博士论文，分别是《加拿大、中国当代女性作家比较研究》[2]、《重绘过往：邓小平时代的历史小说(1979—1997)》[3]、《论亚洲与美国非裔女权主义前景》[4]和《现代中国文学中的女性和记忆：以沈从文、张爱玲和王安忆为例》[5]。这些研究带有明显的比较研究色彩，更重视对影响文学创作的外部因素的分析。

　　上述海外华人学者的文章多呈现出从文学批评向文化批评转向的总体趋势，消解革命话语、探讨都市文化、考察后现代文化，往往都构成了行文的最终方向。弥足珍贵的是，英美华语文学研究界对王安忆的分析探讨已经形成了代际相承、拓展与深入并重的难得趋势。之所以能建起如此完备的研究梯队，自然离不开海内外学者频繁深入的交流对话。

1　分别见于：

　　David Der-Wei Wang, *From May Fourth to June Fourth: Fiction and Film in 20th Century China*, Cambridge, Massachusetts: Harvard University Press, 1993.

　　Wang Lingzhen, *Personal Matters: Women's Authobiographical Practice in Twentieth-Century China*, Redwood City, CA: Stanford University Press, 2004.

2　Yan Qigang, *A Comparative Study of Contemporary Canadian and Chinese Women Writers* (thesis). University of Alberta, 1997.

3　Howard Choy, *Remapping the Past: Fictions of History in Deng's China (1979-1997)*, Boston: Leiden, 2004.

4　Julie D Neal, *The Asian and African-American Feminist Perspective: Representation of Sisterhood and Search for Self* (thesis), California State University, 2004.

5　Xiao Jiwei, *Memory and Women in Modern Chinese Literature: Shen Congwen, Zhang Ailin and An-yi Wang* (dissertation), Rutgers, The State University of New Jersey, 2004.

虽说复杂多变的文学移植过程,总会出现始料未及的障碍和阻力,受制多方因素的接受效果更不是单凭交流就能立竿见影地有所起色,但不同语言文化背景的作家、译者、研究者之间,所能付诸行动的努力也只有增进了解、减轻误解的积极对话。狭义而言,如若想改善王安忆在法国的接受状况,那么翻译她的文论作品——如《心灵世界》(也即《小说家的十三堂课》)、《漂泊的语言》等——也不失为一种途径。因为,这位作家不是"甘心情愿"任凭解说的创作者,对误解的失望远胜于单纯的批评;再者,她对虚构文体的形式理解和对语言的审美追求,不仅与法国文学有着共同之处,对经典作品更有着作为中文叙事者的不同理解。广义而论,不同语言文学之间的相互接受、相互影响,无疑是需要耐心等待和情感浇筑的漫长过程,它的促成固然更多得益于历史的偶发机遇——如西方文学之于现代汉语,又如翻译文学之于德语,但我们却可以在触发契机前做出更多译介层面的准备和努力,为中国作品"出海"构建跨越语言的桥梁和抵达心灵的通道。

余　论

　　经过以上两部分内容的叙述和分析可以看到,早期中国译界有关王安忆的间断式翻译,始终在话语权力失衡的接受场域中备受冷落。肩负特殊使命的文学译介难免会让渡作品的审美价值,折损作家真实全面的文学形象,加之处在早期译介阶段,法语读者对于中国当代文学还非常陌生,因而导致译本难以进入法语世界的主流图书市场,陷入无闻境地。

　　与此相反,法国学界在翻译王安忆作品之初,便确定了十分明确的基调:借助先声夺人的文化符号引发受众关注。法国的译介主体从来都是在自我的文化传统中发掘作家的闪光点,故而可以精准击中译语读者的兴趣点。不论译本外围的副文本设置,还是翻译主体的具体诠释,无不体现出法国出版人和译者竭力构建作家文学形象和创作全景的良苦用心。他们赋予王安忆其他同代作家可遇不可求的"上海代言人"标签,在一系列译事中不断强化着这一文学形象,甚至构成了译介行为的内在逻辑。在有步骤、有节奏地勾画作家形象的过程中,法国译事客观上弥补了先前中国译事留下的缺憾。这使得王安忆不同于多数中国当代作家在西方的片面接受,她在法语世界的形象具备多元化、多层次的复杂属性:作为当代上海的象征,她承续着经典的写实传统,又洋溢着先锋的女性精神。以毕基耶出版社为中心的译者们借助不一而足的翻译手法,在再现王安忆的"心灵世界"之时,基本也都会着意突出作家具备的上述属性。虽然局部细节存在失真的笔触,却无妨作家形象和原著审美效果的通体真实感。

得益于相对理想的译介主体,法国评论界对王安忆的法译作品多有积极回应。众多伴随译本出现的评论见地,基本不逾翻译"折射"出的"镜像":上海—女性—写实。必须指出,相对应时性的媒体短评,来自学术界的专业分析明显式微;法国汉学家的视角分析固然多样,但研究的系统性不强,尚未出现针对王安忆创作的长线研究或者专题研究。在接受层面,相对法国译界的翻译力度、密度和作家自身的文学成就,特别是面对译介体量更为可观、研究成果更为深入的英美汉学界,王安忆这位大作家在法语世界尚未走出被忽视的境遇。纵然如此,王安忆目前依然是中国当代创作群体里少有的在法语世界拥有独树一帜的文学形象的作家。经过数十载的译介历程,从短篇先行、节译试水,再到作品合集与单行本的出版发行,王安忆在法国的"旅程"可谓是中国当代文学域外之旅的缩影。然而,置身于中国文学与世界对话时依然式微的局面,王安忆又代表了多数当代作家在法国乃至其他语言地区的尴尬处境——丰富译本与有限接受之间的矛盾。

若单论翻译数量,中国当代文学在法国确有一席之地,却尚未进入主流文学领域;在翻译文学内部,法国读者关注更多的仍是英美文学。毕竟,文学接受过程中地缘政治的因素不可忽视,文化亲疏又历来与地理距离呈正相关的关系。即便是亚洲文学里,日本文学在法国累积的影响力也远在华语文学之上。虽说20世纪80年代以来,经过几代译者、出版人和汉学家的研究与对话,中法两国文学界就中国现当代经典作家的认定大体达成共识。但是,法国读者(包括汉学家、媒体、大众读者在内)时至今日还是表现出一种惯常稳定的倾向:重视政治异议立场,偏爱异议言论。在当前的接受大势中,中文作品的非文学价值受重视程度仍然明显高于其文学价值,中国文学对法国文学或其他西方文学都很难产生文学意义的影响。中国作家极少有机会单凭美学因素获得关注,何况翻译,如同滤网一样,阻碍了读者直接接触原来的文本。同时,无可否认的是我们现当代文学中历史和政治话语常有介入,而且比重较大。这种讲述在译介初期"猎奇"和"观看"主导的阅读模式中确为优势,然而也是严重的局限,随着彼此了解的日益增进,这一局限就势必愈发显著。

倘若将王安忆与近年在法国广受欢迎的中国作家对比,如阎连科、余华等,他们在创作理念上的差别可谓一目了然。阎连科的部分作品和他近年收获的文学声望某种程度上印证了异见倾向的存在,但如果一位作家因非文学因素(如政治或意识形态立场)而得到"眷顾",无疑会妨碍对其作品的文学价值做出公允评价。余华的《兄弟》是真正的畅销书,这部在中国批评者眼里存在形式缺陷的小说却在法国收获众口一词的赞誉。两位作家之所以能够在法语世界成为位列"一线"的成功接受案例,更多源于他们"既创造了极具原创性的世界,也为人们观察中国提供了特殊视角"[1]。相形之下,从主题、情节到语言一贯秉持"不险不怪"原则的王安忆,自然不易引起非专业读者的注意。加之对文学潮流和现实风潮的审慎态度,长久以来为社会价值左右的阅读趣味更不会主动对其"青眼相加"。就写作初衷而论,王安忆的读者预设里就从未有过猎奇者的席位。

广义而论,中国的当代写作(甚至是现代文学范围)移植到译语环境时,普遍都会遭遇接受的"时差"问题。因着自身与外国文学——准确说是翻译文学——的深厚渊源,中国当代作家大多都带有西方文学的影响印迹,种种业已被译语读者习以为常、司空见惯的表现手法待至被译介之时,往往就成了过时的风尚,不再具有新鲜感。王安忆在法国的翻译

1　何碧玉、安必诺、季进、周春霞:《中国当代文学在法国——何碧玉、安必诺教授访谈录》,《南方文坛》,2015 年第 6 期,第 40 页。

推介，自然不能无视这种共性，但是真正为其法译作品设置接受屏障的恰恰是文字本身、文体本身——成就作品之所以为"作品"的要义本身。

王安忆的文字介于现代和传统之间，是融合了东方审美与西方理念的折中艺术品，展现的是"若将飞而未翔"的临界之美和矛盾之感。她的修辞、句法清晰可见来自翻译文学的影响，层层叠叠、绵延往复的陈述长句就是最显著的表现。然而，她又是中国古典文学的虔诚崇拜者，在西洋化的文体裱框内，尽是中式传统意境的文墨点染。若套用形象些的比喻，王安忆的小说就如老译制片，一众西洋面孔说着中国话，但这中文又不够地道，夹杂着清晰可闻的"译制腔"。如此矛盾的审美，时时都在把她的译者们引入"画形容易画神难"的尴尬境地。面对王安忆"密不透风"的叙事手法和完美契合的"逻辑情节"，纵然是与其常年合作的中国编辑都会感叹，她的小说总是难以概述、更难以缩写。这一特性也决定了，她的作品无法被英美"整体翻译"的策略诠释。但凡对翻译伦理抱有操守的译者，都不会认同以"伤筋动骨"的改写方式去翻译王安忆，那样只会将原著的审美价值折损殆尽。因而，以毕基耶出版社为中心的法国译者们大多采取了"整体宜译"的翻译策略，尽量不做大事删改，保全王安忆评论叙事文体的鲜明特征。然而，每逢作家幻化新旧文词之时，译文就往往出现或微妙、或显著的理解和诠释偏差。王安忆大量援引古典文学暗表心曲、曲径通幽的手法，之于谙熟中文的第一读者尚且要费一番思量，面对全无汉学素养的外语读者，构成了何等蔚然成观的文字屏障，也就可想而知。在王安忆的法语译事中，不乏亦步亦趋的译者，即使牺牲部分"可读性"，也要保全中文的原有意象；同样也有将其消解于文内的译者，成全了译文的连贯，却也弥平了王安忆最经典的修辞风格。所以，即便是对原作进行了局部缩减和改写的作家型译者，纵然最终效果文采斐然、酣畅淋漓，却也遗失了许多作家笔下微妙的审美意味。

如若从形而上的语言之间的关系看待王安忆在法国的译介历程，对她的译介又何尝不是对法语语言现阶段胸襟与度量的考验？考验法语和法国文化究竟能在多大限度内容纳、包容、留存来自中文和中国文化的异质因素。唯有透过能对法语发起可观"挑战"的中国作家，方能看清目前两种语言文字的真实关系。如果说，中国经历了从五四运动到80年代"思想解放"风潮期间多次来自翻译文学的语言荡涤，如今已经进入了"直译的时代"。那么，属于法国的直译时代还远未到来。虽说相较一海之隔的"盎格鲁-撒克逊国家"，法国社会面对外来文化、异族文学已然展示出能难能可贵的尊重姿态，甚至还诞生了如安托瓦纳·贝尔曼一般呼吁"将他者作为他者来接受"的思想家。但是，在隐秘深层的文字之心，法语国度依然保有本族中心主义的立场。面对通常以故事见长、以情节取胜、以主题先行的中国作家，本族中心论的"幽灵"尚可巧妙地"消声遁迹"；然而，一旦遇到王安忆这般深耕文字本身、不屑取巧、自外潮流，文学信仰和审美理念都异常坚定的创作者，来自法语的抵御力就变得明显可感。当然，也唯有如王安忆一般怀有探索抽象语言理想的文字信徒，才能令法语呈现出现阶段"寻常看不见，偶尔露峥嵘"的自我中心立场。

毫不夸张地说，王安忆作品在法国几十年的译介和接受历程，不仅仅体现了众多中国当代作家在域外的共通处境；她的文字在转化为另一种语言之时，触及的乃是更高层面的语言问题，将她的虚构语言引入法语世界，实则是在向"巴别塔"的顶端发起质问。作为译者，也唯有在打碎、拼凑如此这般的语言之时，才有可能获得一种无限接近"真言"的语言。

参考文献

王安忆作品（法文）

Wang，Anyi. «Histoire de la petite cour»，*Littérature Chinoise*，Beijing，1981，
(7)：pp.121 - 143.

Wang，Anyi. «Terminus»，Tang Zhi'an（trad.），*Littérature Chinoise*，Beijing，
1984，(3)：pp.230 - 254.

Wang，Anyi. «Terminus»，Tang Zhi'an（trad.），*Huit femmes écrivains*，
Beijing：Littérature Chinoise，1984：pp.282 - 320.

Wang，Anyi. «Terminus»，Tang Zhi'an（trad.）. *Les Meilleures Œuvres*（*1949 -
1989*），Beijing：Littérature Chinoise，1989：pp.201 - 220

Wang，Anyi. «Parmi les hommes»，Catherine Vignal（trad.），*Littérature
Chinoise*，Beijing，1987，(1)：pp.120 - 136.

Wang，Anyi. «Fragments de vie»，Françoise Naour（trad.），*Autrement：
Shanghai，rires et fantômes*，Paris，1987，(26)：pp.182 - 186.

Wang，Anyi. «Un défilé de mode»，Zhao Ping（trad.），*Littérature Chinoise*，
Beijing，1989，(1)：pp.168 - 169.

Wang，Anyi. «Miaomiao ou la chimère de la ville»，Liu Fang（trad.），*Littérature
Chinoise*，Beijing，1992，(2)：pp.10 - 40.

Wang，Anyi. «Cette fois, je reviens définitivement»，in Qian Linsen（dir.），*Nous
sommes nées femmes：anthologie de romancières chinoises actuelles*，Paris：
Indigo，1994：pp.163 - 194.

Wang，Anyi. «Miaomiao ou la chimère de la ville»，Liu Fang（trad.），*Œuvres chinoises des femmes écrivains*, Beijing: Littérature Chinoise, 1995: pp.163 - 208.

Wang, Anyi. «Petite Hong du village du Jardin», Zhang Yunshu (trad.), *Littérature Chinoise*, Beijing, 2000, (3): pp.97 - 105.

Wang, Anyi. «La Petite Chose», Marie Laureillard (trad.), *La Nouvelle revue française*, Paris, 2001, (559): pp.229 - 236.

Wang, Anyi. *Les Lumières de Hong-Kong*, Denis Bénéjam (trad.), Arles: Philippe Picquier, 2001.

Wang, Anyi. *Amère jeunesse*, Éric Jacquemin (trad.), Paris: Bleu de Chine, 2003.

Wang, Anyi. «Sur le bateau», Marie Laureillard (trad.). *MEET*, *revue de la Maison des écrivains étrangers et des traducteurs* (*Pékin-Istanbul*), Saint-Nazaire, 2004, (8): pp.22 - 33.

Wang, Anyi. «Les petits ruisseaux qui font les grandes rivières», Camille Loivier et Marie Laureillard (trad.), *Le Nouveau Recueil*, Seyssel, 2004, (72): pp. 107 - 115.

Wang, Anyi. «Ruelles», Yvonne André (trad.), Chen Feng (éd.), *Shanghai, fantômes sans concession*, Paris: Autrement, coll. «Littérature/Romans d'une ville», 2004: pp.141 - 149.

Wang, Anyi. *Le Chant des regrets éternels*, Yvonne André et Stéphane Lévêque (trad.), coll. «Picquier poche», Arles: Philippe Picquier, 2008.

Wang, Anyi. *À la recherche de Shanghai*, Yvonne André (trad.), Arles: Philippe Picquier, 2010.

Wang, Anyi. *Amour dans une petite ville*, Yvonne André (trad.), Arles: Philippe Picquier, 2010.

Wang, Anyi. *Amour dans une colline dénudée*, Stéphane Lévêque (trad.), Arles: Philippe Picquier, 2010.

Wang, Anyi. «Liu Jianhua, le travailleur migrant», Nicolas Idier (trad., dir). *Shanghai: histoire, promenade, anthologie et dictionnaire*, Paris: Robert

Laffont，2010：pp.1181－1187.

Wang，Anyi. *Amour dans une vallée enchantée*，Yvonne André（trad.），Arles：Philippe Picquier，2011.

Wang，Anyi. «L'ouvrier migrant Liu Jianhua»，Eva Fischer et Wang Tian（trad.），*Sous les toits de Shanghai: Recueil de nouvelles d'auteurs contemporains shanghaiens*，New York：Better Link Press，2012：pp.5－10.

Wang，Anyi. «En-cas et distractions de Chenghuangmiao»，Justine Rochot et Wang Tian（trad.），*Gens de Shanghai: Essais d'écrivains shanghaiens*，New York：Better Link Press，2012：pp.54－58.

Wang，Anyi. *Le Plus Clair de la lune*，Yvonne André（trad.），Arles：Philippe Picquier，2013.

Wang，Anyi. *La Coquette de Shanghai*，Brigitte Guilbaud（trad.），Arles：Philippe Picquier，2017.

Wang，Anyi. *L'Histoire de mon oncle*，Yvonne André（trad.），Arles：Philippe Picquier，2020.

王安忆作品（中文）

虚构类

王安忆：《长恨歌》，《长恨歌（王安忆自选集·第六卷）》，北京：作家出版社，1996 年。

王安忆：《歌星日本来》，《香港的情与爱（王安忆自选集·第三卷）》，北京：作家出版社，1996 年，第 187—256 页。

王安忆：《荒山之恋》，《小城之恋（王安忆自选集·第二卷）》，北京：作家出版社，1996 年，第 65—168 页。

王安忆：《锦绣谷之恋》，《小城之恋（王安忆自选集·第二卷）》，北京：作家出版社，1996 年，第 242—316 页。

王安忆：《妙妙》，《香港的情与爱（王安忆自选集·第三卷）》，北京：作家出版社，1996 年，第 384—424 页。

王安忆：《叔叔的故事》，《香港的情与爱（王安忆自选集·第三卷）》，北京：作家
　　出版社，1996 年，第 1—77 页。

王安忆：《乌托邦诗篇》，《香港的情与爱（王安忆自选集·第三卷）》，北京：作家
　　出版社，1996 年，第 257—304 页。

王安忆：《香港的情与爱》，《香港的情与爱（王安忆自选集·第三卷）》，北京：作
　　家出版社，1996 年，第 502—577 页。

王安忆：《小城之恋》，《小城之恋（王安忆自选集·第二卷）》，北京：作家出版社，
　　1996 年，第 169—241 页。

王安忆：《小鲍庄》，上海：上海文艺出版社，2002 年。

王安忆：《月色撩人》，北京：北京联合出版公司，2014 年。

王安忆：《桃之夭夭》，北京：人民文学出版社，2019 年。

非虚构类

王安忆：《近日创作谈》，《文艺争鸣》，1992 年第 5 期，第 62—64 页。

王安忆、王雪瑛：《形象与思想——关于近期长篇小说的对话》，《文汇报》，1995
　　年 7 月 2 日。

王安忆、齐红、林舟：《王安忆访谈》，《作家》，1995 年第 10 期，第 66—67 页。

王安忆：《接近世纪初——王安忆散文新作》，杭州：浙江文艺出版社，1998 年。

王安忆：《漂泊的语言（王安忆自选集·第四卷）》，北京：作家出版社，1996 年。

王安忆、钟红明：《探视城市变动的潜流——王安忆谈长篇新作〈富萍〉及其他》
　　（创作谈），《新民晚报》，2000 年 8 月 6 日。

王安忆、王雪瑛：《〈长恨歌〉，不是怀旧》，《新民晚报》，2000 年 10 月 8 日。

王安忆、徐春萍：《我眼中的历史是日常的——与王安忆谈〈长恨歌〉》，《文学报》，
　　2000 年 10 月 26 日。

王安忆：《男人和女人　女人和城市》，昆明：云南人民出版社，2000 年。

王安忆：《我是一个文学劳动者》，《文汇报》，2000 年 12 月 29 日。

王安忆、刘金冬：《我是女性主义者吗？》，《钟山》，2001 年第 5 期，第 115—
　　129 页。

王安忆：《王安忆说》，《南方周末》，2001 年 7 月 12 日。

王安忆：《寻找上海》，上海：学林出版社，2001 年。

王安忆、郑逸文：《作家的压力和创作冲动》，《文汇报》，2002 年 7 月 20 日。

王安忆、吕频：《王安忆：为审美而关注女性》，《中国妇女报》，2003 年 1 月 6 日。

王安忆：《王安忆说》，长沙：湖南文艺出版社，2003 年。

王安忆：《华丽家族——阿加莎·克里斯蒂的世界》，合肥：安徽文艺出版社，
　　2006 年。

王安忆、张新颖：《谈话录——我的文学人生》，北京：人民文学出版社，2011 年。

王安忆、徐健：《我是一个比较严格的写实主义者》，《文艺报》，2013 年 4 月 1 日。

王安忆、行超：《弃"文"归"朴"的写作历程——访王安忆》，《文艺报》，2019 年 1
　　月 18 日。

王安忆：《心灵世界》，杭州：浙江文艺出版社，2020 年。

王安忆：《遥想手工业时代——王安忆谈外国文学》，上海：东方出版中心，2021 年。

王安忆作品研究

副文本

« Avant-propos »， par Suzanne Bernard，*Huit femmes écrivains*，Beijing：
　　Littérature Chinoise，«Collection Panda»，1984：pp.5 – 11.

« Avant-propos »，*Les Lumières de Hong-Kong*，Arles：Philippe Picquier，2001：
　　p.5.

« Avant-propos »， par Stéphane Lévêque，*Amour dans une colline denudée*，Arles：
　　Philippe Picquier，2010：pp.5 – 8.

« Avant-propos »， par Yvonne André，*Amour dans une petite ville*，Arles：
　　Philippe Picquier，2010：pp.5 – 7.

« Avant-propos »， par Yvonne André，*Amour dans une vallée enchantée*，Arles：
　　Philippe Picquier，2011：pp.5 – 7.

« La troisième de couverture »， *L'Histoire de mon oncle*， Arles： Philippe

Picquier，2020

«La quatrième de couverture»，*Huit femmes écrivains*，Beijing：Littérature Chinoise，1984.

«La quatrième de couverture»，*Shanghai，rires et fantômes*，Paris：Autrement，coll.«Série Monde»，1987，(26).

«La quatrième de couverture»，*Les Lumières de Hong-Kong*，Arles：Philippe Picquier，2001.

«La quatrième de couverture»，*Shanghai，fantômes sans concession*，Paris：Autrement，coll.«Littérature/Romans d'une ville»，2004.

«La quatrième de couverture»，*À la recherche de Shanghai*，Arles：Philippe Picquier，2010.

«La quatrième de couverture»，*Amour dans une colline dénudée*，Arles：Philippe Picquier，2010.

«La quatrième de couverture»，*Amour dans une petite ville*，Arles：Philippe Picquier，2010.

«La quatrième de couverture»，*Amour dans une vallée enchantée*，Arles：Philippe Picquier，2011.

«La quatrième de couverture»，*Shanghai: histoire，promenade，anthologie et dictionnaire*，Paris：Robert Laffont，2010.

«La quatrième de couverture»，*Le Plus Claire de la lune*，Arles：Philippe Picquier，2013.

«La quatrième de couverture»，*La Coquette de Shanghai*，Arles：Philippe Picquier，2017.

«La quatrième de couverture»，*Le Chant des regrets éternels*，coll.«Picquier poche»，Arles：Philippe Picquier，2008.

«Préface». par Chen Meilan，*Œuvres chinoises des femmes écrivains*，Beijing：Littérature Chinoise，1995：pp.II – IV.

«Préface»，par Yvonne André，*Le Chant des regrets éternels*，coll.«Picquier poche»，Arles：Philippe Picquier，2008：pp.5 – 12.

«Présentation», *Littérature Chinoise*, 1981, (7): p.121.

«Présentation», *Huit femmes écrivains*, Beijing: Littérature Chinoise, 1984: p. 282.

«Présentation», *Le Nouveau Recueil*, Seyssel, 2004, (72): p.115.

文章与专著

André, Clavel. «Shanghai aux deux visages: Complainte subtile et mélancolique des destins parallèles d'une ville et d'une femme», *Lire*, 2006 - 05 - 01: p.76.

André, Clavel. «Esquisse d'une passion amoureuse: Lors d'une escapade, une femme vit une relation extra-conjugale et s'affranchit des tabous», *Lire*, 2008 - 11 - 01: p.75.

Curien A, Jin S. «Chemins sinueux, voix profondes», *La Nouvelle revue française*, 2001, (559): pp.183 - 185.

Curien, Annie. «Quand la littérature renaissante chinoise véhicule l'histoire». OpenEdition 网, 2022 年 1 月 6 日查询.

Devarrieux, Claire. «La dame de Shanghai: Une femme au fil du temps, par la romancière chinoise Wang Anyi», *Libération*, 2006 - 06 - 29.

Duzan, Brigitte. «La femme à Shanghai hier et aujourd'hui contée par la romancière Wang Anyi» (2011 - 06 - 29). 当代华文中短篇小说网, 2022 年 1 月 5 日查询.

Duzan, Brigitte. «La Coquette de Shanghai» (2018 - 01 - 31). 当代华文中短篇小说网, 2022 年 1 月 6 日查询.

Duzan, Brigitte. «Présentation (Wang Anyi)» (2019 - 09 - 01). 当代华文中短篇小说网, 2022 年 1 月 6 日查询.

Eliard, Astrid. «Nostalgie du Shanghaï des années 1940», *Le Figaro*, 2006 - 08 - 04: p.27.

Ferniot, Christine. «Deux éditeurs passionnés», *L'Express*, 2004 - 04 - 01.

Jin, Siyan. «La littérature féminine dans la Chine d'aujourd'hui», *Perspectives*

Chinoises, 2002, (n°74): pp.44 – 54.

Mustapha, Harzoune. «Le chant des regrets éternels Wang Anyi, traduit du chinois par Yvonne André et Stéphane Lévêque éditions Philippe Picquier, 2006; Terre des oublis Duong Thu Huong traduit du vietnamien par Phan Huy Duong éditions Sabine Wespieser, 2006», *Hommes & Migrations*, 2006, (n° 1263): pp.154 – 155.

Mustapha, Harzoune. «Stéphane Fière, Double bonheur; Wang Anyi, À la recherche de Shanghai et Chi Li, Le Show de la vie», *Hommes & Migrations*, 2013, (n°1291): pp.160 – 161.

Payot, Marianne. «Quand Shanghai inspire les écrivains», *L'Express*, 2011 – 04 – 12.

Poulin, Yvon. «Wang Anyi: Le chant des regrets éternels», *Nuit Blanche*, Hiver 2006 – 2007, (N°105): p.20.

Rérolle, Raphaëlle. «La "ville insomniaque"», *Le Monde*, 2006 – 04 – 20: LIV4.

«Wang Anyi: Une femme nommée Shanghai», *Nuit Blanche*, Automne 2006, (N°104): p.70.

Wang, Ban. «Love at Last Sight: Nostalgia, Commodity, and Temporality in An-yi Wang's Song of Unending Sorrow», *Positions: East Asia Cultures Critique*, 2002, (3): pp.669 – 694.

Xiao, Jiwei. *Memory and Women in Modern Chinese Literature: Shen Congwen, Zhang Ailin and An-yi Wang* (dissertation), Rutgers, The State University of New Jersey, 2004.

Xiao Zhong. «Un cours d'eau tranquille — Impression sur Wang Anyi et ses œuvres», *Littérature Chinoise*, 1992, (2): pp.5 – 8.

Yan, Qigang. *A Comparative Study of Contemporary Canadian and Chinese Women Writers* (thesis). University of Alberta, 1997.

Zhang, Xudong. «Shanghai Image: Critical Iconography, Minor Literature, and the Un-Making of a Modern Chinese Mythology», *New Literary History*, 2002, (1): pp.137 – 167.

Zhang, Xudong. «Shanghai Nostalgia: Post-revolutionary Allegories in An-yi

Wang's Literary Production in the 1990s»，*Positions: East Asia Cultures Critique*，2000，（2）：pp.349 - 387.

Zufferey，Nicolas. «Les Lumières de Hong Kong et les brumes de la traduction：A propos des éditions françaises de deux romans chinois contemporains»，*Perspectives Chinoises*，2003，（n°75）：pp.64 - 70.

陈村：《长看王安忆》，《时代文学》，2000 年第 1 期，第 82—83 页。

陈思和：《海派文学与王安忆的小说》，《名作欣赏》，2018 年第 7 期，第 5—11 页。

胡缨、唐小兵：《"我不是女权主义者"——关于后结构主义的"策略"理论》，《读书杂志》，1988 年第 4 期，第 72—78 页。

李静：《不冒险的旅程——论王安忆的写作困境》，《当代作家评论》，2003 年第 1 期，第 25—39 页。

茹志鹃：《从王安忆说起》，张新颖、金理：《王安忆研究资料》，天津：天津人民出版社，2009 年，第 391—398 页。

《王安忆获"法国文学艺术骑士勋章"忆法国情结》（2013 年 9 月 30 日），中国作家网，2022 年 1 月 5 日查询。

王德威：《香港情与爱——回归后的小说叙事与欲望》，《当代作家评论》，2003 年第 5 期，第 91—99 页。

翻译研究

Berman，Antoine. *Pour une critique des traductions: John Donne*，Paris：Gallimard，1995.

Berman，Antoine. *L'Âge de la traduction*，Paris：Presse Universitaire de Vincennes，2008.

Delisle，Jean （ dir.）. *Terminologie de la traduction*，Amsterdam：John Benjamins Publishing Company，1999.

Duzan，Brigitte. «Françoise Naour：traduire pour faire tomber les barrières entre les cultures» （2010 - 05）.当代华文中短篇小说网，2022 年 1 月 4 日查询。

Duzan，Brigitte. «Brigitte Guilbaud» （2018 - 10 - 19）.当代华文中短篇小说网，

2022 年 1 月 4 日查询。

Eco，Umberto. *Lector in fabula: le rôle du traducteur，ou，La coopération interprétative dans les textes narratifs*，Myriem Bouzaher（trad. fr.），Paris：Grasset，1989.

Gao，Fang. *La Traduction et la réception de la littérature chinoise moderne en France*，Paris：Classique Garnier，2016.

Lévêque，Stéphane. «Translator interview：Stéphane Lévêque，Chinese-to-French translator of Fan Wen's "Harmonious Land"»（2010‐11‐09）.徐穆实个人网站，2021 年 10 月 17 日查询。

Pino A，Rabut I. *Bibliographie générale des œuvres littéraires modernes d'expression chinoise traduites en français*，Paris：Éditions You Feng，2014.

曹丹红、许钧：《关于中国文学对外译介的若干思考》，《小说评论》，2016 年第 1 期，第 56—64 页。

陈丰：《阎连科作品在法国的推介》，《东吴学术》，2014 年第 5 期，第 72—74 页。

陈丰：《中国文学正在融入世界文学体系》，《文汇报》，2017 年 9 月 19 日。

高方、许钧：《现状、问题与建议——关于中国文学走出去的思考》，《中国翻译》，2010 年第 6 期，第 5—9 页。

高方、阎连科：《精神共鸣与译者的"自由"——阎连科谈文学与翻译》，《外国语》，2014 年第 3 期，第 18—26 页。

耿强：《文学译介与中国文学"走向世界"》，上海：上海外国语大学博士学位论文，2010 年。

何明星：《中国当代文学海外出版传播 60 年》，《出版广角》，2013 年第 7 期，第 18—21 页。

李朝全：《中国当代文学对外译介情况》，中国作家协会外联部编：《翻译家的对话》，北京：作家出版社，2011 年，第 143—146 页。

李澜雪：《海派小说在法国》，《外语教学理论与实践》，2022 年第 1 期，第 154—161 页。

刘云虹：《中国文学对外译介与翻译历史观》，《外语教学理论与实践》，2015 年第 4 期，第 1—8 页。

刘云虹、许钧：《文学翻译模式与中国文学对外译介：关于葛浩文的翻译》，《外国语》,2014 年第 3 期,第 6—17 页。

沈珂:《翻译家罗玉君和〈红与黑〉的一生情缘》,《文汇报》,2021 年 8 月 27 日。

谢天振等:《翻译与中国当代文学国际传播》,南昌:江西教育出版社,2020 年。

徐慎贵:《中国文学出版社熊猫丛书简况》,《青山在》,2005 年第 4 期,第 19—
  21 页。

徐慎贵:《〈中国文学〉对外传播的历史贡献》,《对外大传播》,2007 年第 8 期,第
  46—49 页。

许钧、穆雷:《翻译学概论》,南京:译林出版社,2009 年。

许钧:《文学翻译批评研究:增订本》,南京:译林出版社,2012 年。

许钧:《试论中国文学外译研究的理论思考与探索路径》,《中国比较文学》,2018
  年第 1 期,第 109—118 页。

袁筱一、邹东来:《文学翻译基本问题》,上海:上海人民出版社,2011 年。

周蕾:《中国当代女作家在法国的翻译和接受》,上海:上海外国语大学博士学位
  论文,2018 年。

文学研究

Aron, Paul (dir.) *Le dictionnaire du littéraire*, Paris: Presses Universitaires de
  France, 2010.

Bachelard, Gaston. *La poétique de l'espace*, Paris: Presses Universitaires de
  France, 1957.

Barthes, Roland. «L'effet de réel», *Communications*, 1968, (11): pp.84 - 89.

Bourdieu, Pierre. «Le champ littéraire», *Actes de la recherche en sciences
  sociales*, 1991, 9 (89): pp.3 - 46.

Choy, Howard. *Remapping the Past: Fictions of History in Deng's China
  (1979 - 1997)*, Boston: Leiden, 2004.

Dubois, Jacques. *Les romanciers du réel — De Balzac à Simenon*, Paris: Seuil,
  2000.

Genette, Gérard. *Seuil*, Paris: Seuil, 1987.

Hockx，Michel（dir.）. *The Literary field of twentieth-century China*，Honolulu：University of Hawai'i Press，1999.

Irigaray，Luce. *Ce sexe qui n'en est pas un*，Paris：Minuit，2012.

Neal，Julie D. *The Asian and African-American Feminist Perspective: Representation of Sisterhood and Search for Self*（thesis），California State University，2004.

Wang，Ban. *Illuminations from the Past: Trauma，Memory，and History in Modern China*，Redwood City，CA：Stanford University Press，2004.

Wang，David Der-Wei. *From May Fourth to June Fourth: Fiction and Film in 20th Century China*，Cambridge，Massachusetts：Harvard University Press，1993.

Wang，Lingzhen. *Personal Matters: Women's Authobiographical Practice in Twentieth-Century China*. Redwood City，CA：Stanford University Press，2004.

Zhang，Yinde. *Le Monde romanesque chinois au XXe siècle: modernités et identités*，Paris：Honoré Champion，2003.

陈顺馨：《中国当代文学的叙事与性别》，北京：北京大学出版社，1995 年。

陈思和、王安忆、郜元宝、张新颖、严锋：《当前文学创作中的"轻"与"重"——文学对话录》，《当代作家评论》，1993 年第 5 期，第 14—23 页。

陈思和主编：《中国当代文学史教程》，上海：复旦大学出版社，1999 年。

陈思和、张新颖、王光东：《知识分子精神的自我救赎》，《文艺争鸣》，1999 年第 5 期，第 57—60 页。

陈众议：《从"斗争武器"到"以人为本"——外国文学研究六十年速写》，《外国文学动态》，2009 年第 4 期，第 35—36 页。

何碧玉、周丹颖：《现代华文文学经典在法国》，《南方文坛》，2015 年第 2 期，第 43—48 页。

何碧玉、安必诺、季进、周春霞：《中国当代文学在法国——何碧玉、安必诺教授访谈录》，《南方文坛》，2015 年第 6 期，第 37—43 页。

洪子诚：《中国当代文学史》，北京：北京大学出版社，2010 年。

纪晨辰：《新经典文化布局国际市场，中国作家要在普罗旺斯安家》（2016 年 4 月 30 日），搜狐网，2022 年 1 月 5 日查询。

李欧梵：《上海摩登——一种新都市文化在中国（1930—1945）》，毛尖译，杭州：浙江大学出版社，2017 年。

李子云、陈惠芬：《上海小说创作五十年》，《当代作家评论》，1993 年第 3 期，第 108—117 页。

罗岗：《寻找消失的记忆——对王安忆〈长恨歌〉的一种疏解》，《当代作家评论》，1996 年第 5 期，第 48—54 页。

［俄］А·А·罗季奥诺夫：《中国文学走出去的步伐——苏联解体后中国新时期小说散文在俄罗斯的传播状况》，《小说评论》，2009 年第 5 期，第 129—137 页。

［法］皮埃尔·布尔迪厄、［美］华康德：《实践与反思——反思社会学导引》，李猛、李康译，北京：中央编译出版社，1998 年。

［法］皮埃尔·布尔迪厄：《文化资本与社会炼金术——布尔迪厄访谈录》，包亚明译，上海：上海人民出版社，1997 年。

［法］皮埃尔·布尔迪厄：《艺术的法则——文学场的生成与结构（新修订本）》，刘晖译，北京：中央编译出版社，2011 年。

王德威：《前青春期的文明小史》，《读书杂志》，2002 年第 6 期，第 45—48 页。

王德威：《落地的麦子不死——张爱玲与“张派”传人》，济南：山东画报出版社，2004 年。

王杨、王觅：《图博会“中国作家馆”开馆——作家畅谈中国文学走向世界》，《文艺报》，2010 年 9 月 1 日。

温儒敏、赵祖谟主编：《中国现当代文学专题研究》，北京：北京大学出版社，2002 年。

许子东：《重读 20 世纪中国小说》（Ⅱ），上海：上海三联书店，2021 年。

阎连科：《当代中国文学的样貌及其独特性》，《中国人民大学学报》，2009 年第 5 期，第 20—24 页。

张新颖、金理：《王安忆研究资料》，天津：天津人民出版社，2009 年。

张旭东：《纽约书简：随笔、评论与访谈》，上海：上海书店出版社，2006 年。

张寅德：《法国比较文学的中华视野》，《国际比较文学》，2019 年第 2 期，第 321—332 页。

朱东阳：《跳动在美国腹地的"中国文心"》(2018 年 10 月 26 日)，欧美同学会网，
　2022 年 1 月 5 日查询。

其余

Demiéville，Paul. *Anthologie de la poésie chinoise classique*，Paris：Gallimard，
　1962.

Pimpaneau，*Jacques. Biographie des regrets éternels*，Arles：Philippe Picquier，
　1989.

陈丹青：《遥远的局外》，《十月》，2020 年第 1 期，第 74—77 页。

程乃珊：《上海女人》，长沙：湖南文艺出版社，2014 年。

飞白主编，胡小跃编：《世界诗库》(第 3 卷：法国·荷兰·比利时)，广州：花城出
　版社，1994 年。

李贵君：《源于对绘画的极度迷恋》，《中国艺术研究院艺术家系列·李贵君》，北
　京：文化艺术出版社，2018 年。

唐振常：《上海史》，上海：上海人民出版社，1989 年。

谢　辞

这是我的第一本学术专著。研究的缘起,是为了探寻中国当代文学的杰出作品"出海"之后缘何不时遇冷,最终形成了围绕作家王安忆全部法语译事的系统研究。

机缘际遇,法国求学期间,摆在巴黎书店推荐台上的法译王安忆小说,以其迥异于原著中文版面的设计引起了我的注意。在好奇心的驱使下,我遍寻改开前夕至今王安忆作品的所有法文译本和法国文坛评论,方觉法语世界里的王安忆与我们熟知的《长恨歌》作者是如此不尽相同。是什么塑造了一个令母语读者间或"相见不相识"的王安忆呢? 仅仅是翻译吗? 我的疑惑很快得到了翻译家袁筱一女士的引导,勉励我深入思考。

这十五万余字,凝聚了我追随袁老师求学数年来的全部思考成果,是我们师生二人共同执着求索的印证。过程于我而言无疑是艰辛漫长的历练,更是一次难得的学术训练。尽管期间重重屏障、坎坷不断,甚至停滞不前,但就如登山一般,每次力竭跌倒,经验丰富的"向导"总会向我施以援手,指明正途所在。如此,我才真正体味到了治学之时在层峦叠嶂中不断攀升的感性经验,收获成果的同时,也走过弯路,必不可少地留下些许遗憾。不论如何,经过多年的努力,我终于将自己的探索和思考付诸文字。

这项工作得以完成,首先要深深感激我的导师袁筱一教授! 她的关怀、鼓励和包容陪伴了我全部的求学生涯,一如迷雾中的海岸灯塔,时时为我照亮前行的航向。此时,我真真切切地看到了一位知识分子热忱、严谨、坚韧的治学风范。老师敏锐精准的学术眼光、温厚诚挚的言谈风采,都是我终身仰慕学习的榜样,她的教导、启发更是我倍感珍惜的恒久财富。在资料搜集的过程中,我必须向巴黎索邦大学的张寅德教授致以最深的谢忱。张老师不仅为我创造了邂逅"法译王安忆"的宝贵机会,他的学识见地于本书的立意构思更是多有启迪助益。

此外,我要感谢促成本书成功付梓的华东师范大学出版社和南开大学外国语学院的领导们,没有他们相助,这本书无法与读者见面。